講談社文庫

誰も僕を裁けない

早坂 吝

JN210498

講談社

逆井東蔵邸１Ｆ

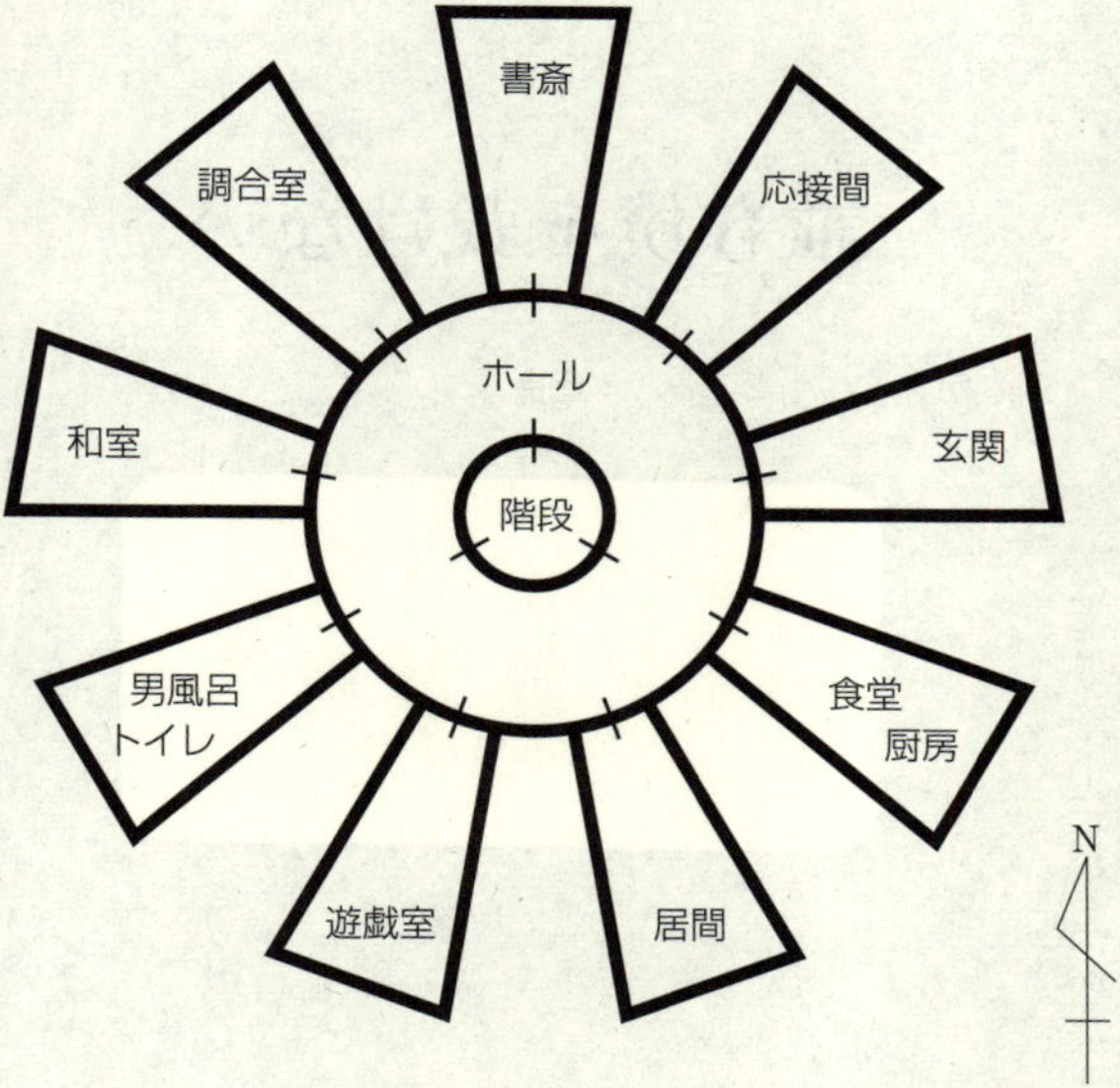

逆井東蔵邸２Ｆ

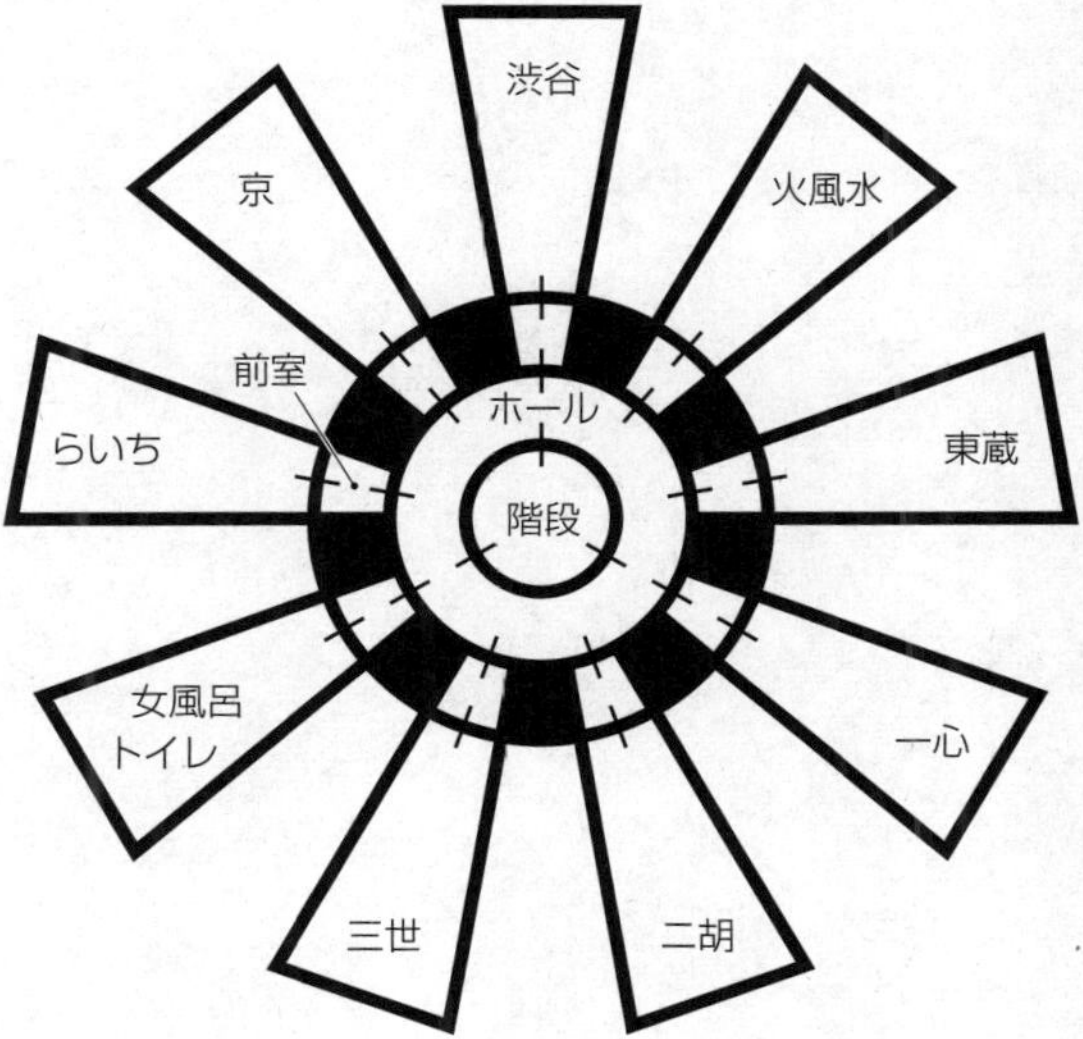

プロローグ　戸田《とだ》公平《こうへい》

僕は法廷にいる。

検事が僕の犯した行為を読み上げると、傍聴席からどよめきが上がった。

検事は傍聴席の方を一瞥《いちべつ》したが、口は止めず、声量のみ上げた。

その事務的な状況説明が、かえって鮮やかに記憶を呼び起こしてくれる。

あの時僕がやったこと。

それが法に背《そむ》く行為だという認識はある。

にもかかわらず、僕は自分が間違ったことをしたとはこれっぽっちも思っていないのだ。

間違ったことをしていない人間を誰が裁けるだろうか。

いや——誰も僕を裁けない。

逮捕されたばかりの頃、僕はそう考えていた。

だが司法の考えは違った。法は原則通りに機能した。思わず笑ってしまうほど馬鹿げた話だった。

――誰も僕を裁けない。

僕の頭にまた同じフレーズが浮かぶ。

結局その一言に尽きた。僕が最初に出した結論は動かなかった。

僕の想い、彼女の考え、二人を取り巻く状況。そういった一切合切を無視し、法の字面《じづら》だけを追う。それが司法か。正義か。ならばそんなものに意味はない。

と声高に叫んでみたところで、今行われている裁判にはもちろん何の影響もないのだが。

この数奇な事件について語るには、どこから説明を始めたらいいだろうか。

見知らぬ女性に突然ＳＯＳの紙を渡されたところから？

いや、それより昔、僕が犯した取り返しの付かない過ちのことから話す必要があるだろう。

そう、あれは高校二年生の夏のことだった。

1　戸田公平

埼玉県立S高校二年の時、春日部《かすかべ》という女子が同じクラスにいた。黒い三つ編みおさげに眼鏡という垢抜《あかぬ》けないファッションのため、クラスの中でも地味な存在だったが、よく見ると整った容姿をしているので、それに気付いた男子からは高評価だった。熊谷《くまがや》という男子が言った。

「彼女は、みつ豆だな。ケーキやパフェは美味しいけど、毎日食べていると飽きてくる。たまにはみつ豆を食べたくなるってものさ」

僕は突っ込んだ。

「それ三つ編みから連想しただけだろ。大体お前毎日ケーキやパフェのような女を食べてるのかよ」

それはともかく、春日部とは夏の始まりに行った席替えで初めて隣同士になった。他愛もない話を数度交わしただけだったが、僕は彼女に好感を持っていた。といっても、それは恋愛感情ではなかった。恋愛感情なら、話す時、全身がカッと熱くなるはずだ。しかし彼女の場合、逆で、周囲の気温がスッと下がったように感じられた。別に彼女が寒いジョークを言うわけではなく、蒸し暑い部屋に吹き込んで風鈴を鳴らす一陣の風のように涼やかなのだった。彼女と話した内容はほとんど覚えていないが、その感覚だけは今でも体に残っている。

多分、彼女の口調や物腰が聞き手に心地良い印象を与えていたからなのだろう。とすれば、真冬に彼女と話せばポカポカ温まるのだろうか。だがそれを試す機会は訪れなかった。


夏休みまであと一週間ほどとなった金曜日の放課後、校舎を出て校門に向かう途中、熊谷に呼び止められた。

「お前さ、知ってる?」

熊谷は校内のゴシップを語るのが好きだった。僕はゴシップが好きではないので、こう言った。

「知らない」

そして歩き出そうとしたが、回り込まれた。

「待てって。まだ何も言ってないだろ。お前も知っておいた方がいいんじゃないかと思ってさ。ほら、最近仲いいだろ、春日部と」

「別に仲いいってわけじゃ」

変な誤解をされたくないので否定した。

それにしても春日部とは。最もゴシップとは縁遠そうと思っていたが。

訝《いぶか》しんでいると、熊谷が声を潜《ひそ》めて言った。

「あいつ、ヤリマンなんだって」

意外な単語が飛び出してきたので、僕は定義を確認した。

「ヤリマンってあの？」

熊谷は嬉しそうに僕の肩を叩いて言った。

「そうだよ、あのヤリマンだよ、他に何があるんだよ。春日部が二人の男と一緒にホテルに入っていくのを、四組の奴が見たらしい。いやー、人は見かけによらないって言うか、何と言うか」

「ガセでしょ」

僕は本心からそう言った。春日部がそんなことするなんて信じられなかった。彼女に悪意を持つ人間のネガキャンか、さもなくば見間違いだろう。

「まあ落ち込むなって」

熊谷はやはり誤解をしているようだったが、僕はもう取り合わず、背を向けたまま片手を上げて立ち去った。

僕は徒歩通学だった。

灼熱《しゃくねつ》の太陽が照り付ける通学路を歩きながら、僕は一応ヤリマンの春日部を想像してみた。しかしそれは出来の悪いアイコラのように不自然で、何の興奮ももたらさなかった。やはりあり得ない。その思いを新たにした。

僕は鞄《かばん》から音楽プレイヤーを出し、イヤホンを耳に入れ、遺伝ティティというバンドの「自殺反対」という曲を再生した。遺伝ティティは若者を中心に人気急上昇中のバンドだが、「自殺反対」はアルバムの中の一曲に過ぎず、そこまで有名ではない。しかし僕はこの曲に特別な思い入れというか、独自の見解を持っていた。

♪死んだら負けだ

♪死ぬ勇気があったら闘えばいい

♪大切な人の顔思い出せ

感動的なバラード調で歌われる。タイトル通り、自殺反対のメッセージソング――と世間では思われている。だが僕の解釈は違う。

この曲はラストで突然ダークな感じに転調する。ギターが乱暴に刻むリフがだんだん大きくなっていき、そして不意に消える。その後、ヴォーカルがポツリと呟く。

♪そんな世界に今さよならを告げるよ
この一節は何を意味するのか。もしかしてこの台詞《せりふ》を口にした人物は、ここまで歌われた励ましの言葉もむなしく、死を選んでしまったのではないだろうか。

そのように考えると、この歌の構図も逆転する。この歌が訴えているのは単純な「自殺反対」ではない。「死んだら負けだ」とか「死ぬ勇気があったら」とか、遺伝テイにしてはありきたりな歌詞だと思っていたのだ。そういった外野の言葉は、自殺者の気持ちなど何も汲《く》んでいない自己満足に過ぎず、人を救う力などないという皮肉なのだろう。

だがいろいろネット検索してみたところ、このように解釈している人は一人もいなかった。「リスカばかりしていた私を救ってくれたのがこの歌でした」とか、「歌詞が陳腐《ちんぷ》すぎ。所詮は子供向けのバンド」とか、そんな感想ばかりだった。彼らの中では最後の一節は「自殺者を生み出す世界に別れを告げる」という程度の意味でしかないらしい。

僕の解釈は深読みに過ぎないのだろうか。いや、そうは思わない。僕の説でなければ、ラストの転調を説明できないからだ。

僕は自説をSNSで発表した。何人かの友人知人が「いいね」を付けてくれた。何が「いい」のかは分からなかった。短くてもいいから自分の言葉でコメントしてほしいといつも思う。

まあ、そういった曲だ。それを流しながら下校した。

バラードから突然の転調、激しいリフへ。

しかし、肝心のラストの台詞は聴き落とした。

あるものに目を奪われたからだ。

通学路の途中、エアポケットのようにそこだけ人気《ひとけ》が少なくなっている区画があり、そこに廃工場が建っていた。フェンス越しに、タイヤが山積みになったり、ドラム缶が横倒しになったりしているのが見えた。いつもは何気なく通り過ぎる場所だが、その日はそういうわけにはいかなかった。

タイヤやドラム缶の間に、セーラー服の女子が立っているのが見えたからだ。

春日部だった。

あいつ、あんなところで何してるんだ。

聴覚情報を得ようとイヤホンを外したところ、彼女は錆《さ》び付いて軋《きし》む扉を開け、ボロボロに朽ち果てた廃屋に入っていった。

廃工場なんかに何の用が……。

その時、熊谷の言葉が脳裏に蘇《よみがえ》った。

――あいつ、ヤリマンなんだって。

――春日部が二人の男と一緒にホテルに入っていくのを、四組の奴が見たらしい。

まさか廃工場で男と？

いや、彼女に限ってそんなことはないと、さっき結論付けたばかりじゃないか。

でも、だったら、何で廃工場なんかに入っていった？

確かめなければ。

僕は説明のできない使命感に駆られ、敷地内への入口を探した。正門はいつも通り封鎖されていたが、少し離れたところのフェンスが破られていた。その日の朝登校する時は、こんな穴はなかった。春日部が開けたのだろうか。それとも待ち合わせ相手が……。

僕は意を決すると、そこから中に入った。

突き刺すような日光が降り注ぎ、陽炎《かげろう》で廃屋が揺らいで見えた。暑さでタイヤが溶け出したのか、黒い粘着物がいくつも地面にこびり付いていた。それらを踏まないように気を付けながら、廃屋に接近した。

閉ざされた扉の前まで来た時、中から男女の話し声がした。何と言ったのかまでは聞き取れなかった。

さっき春日部が扉を開けた時、フェンスの外にまで軋む音が届いたくらいだった。再度扉を開ければ、中の人間に気付かれることは確実と思われた。他に中を覗けるところはないか。

探索の結果、僕は外壁の低い位置に穴が開いているのを発見した。僕は四つん這《ば》いになって、そこから中を覗いた。

少し離れたところに、三人の人間の足が見えた。一人はセーラー服のスカートに、紺のハイソックス。春日部だった。それを挟む形でスラックスと、ジーンズ。三対の足は不気味なまでに密着し、グロテスクな六本足の怪物のように見えた。

突然、春日部が僕と同じ四つん這いになった。スラックスの上方から伸びてきた手が春日部のスカートとパンツを乱暴に下ろし、後ろから結合した。ジーンズは春日部の頭を摑《つか》んで咥《くわ》えさせた。

決定的な瞬間だった。熊谷の話は正しかったのだ。

ヤリマンの春日部はもはや出来の悪いアイコラなどではなく、生々しい実像だった。彼女は二人がかりで乱暴にされながらも、どこか楽しんでいるように見えた――いや、そう見えたのは、熊谷の話による先入観のせいだったのかもしれない。あるいは、後日僕が自己防衛のためにでっち上げた偽の記憶だったのかもしれない。本当のところ彼女はどんな表情をしていたのだろうか。それが思い出せない、思い出せないのだ。

一つだけはっきりしているのは、彼女の痴態《ちたい》を見た僕が著しい性的興奮を覚えたということだ。当時の僕は女性経験がなかったが、人並みにオナニーはしていた。しかしどんなポルノにも、ここまで興奮はしなかった。今までの人生全体を見ても、二番目に強い性衝動だ。

僕は破裂しそうなペニスを解放すると、無我夢中でしごき始めた。通行人に見られるのではないかという恐れは微塵《みじん》も抱かなかった。

違う男のペニスを口に含んだ春日部が、くぐもった呻《うめ》き声を漏らした。その声はいつものように僕を涼しくさせてはくれず、むしろヒートアップさせた。

地獄の太陽が僕の肉体を炙《あぶ》る。

ついに僕は達した。春日部と同じ四つん這いの姿勢でイッた。流した汗と同量か、それ以上の精液を地面にぶちまけた。

オーガズムと、熱中症と、自己嫌悪で、意識が遠くなった。いっそこのまま寝てしまおうか……。
しかし次の瞬間、
「戸田くん！」
呼ばれた。
誰から？
春日部から。
壁の穴を覗くと、彼女と目が合っていた。
一瞬で血の気が引いた。
「おい、誰かそこにいるのか！」
スラックスとジーンズが駆け寄ってきた。
僕は慌ててペニスをしまい、逃げ出した。
フェンスの穴を飛び出し、ひたすら道路を走った。
彼らが追ってくる気配はなかった。

土日の間中ずっと僕は、週明けにどんな顔をして彼女と会えばいいのだろうかと考えていた。しかしそれは無意味で見当外れな悩みだった。

月曜日、登校した僕は教室の前で、柄にもなく深刻な顔をした熊谷に呼び止められた。

「お前さ、知ってる？　さっき職員室で聞いたんだけどさ――」

続く言葉はヤリマン発言の何百倍も衝撃的だった。

「春日部、自殺したんだって」

一瞬、頭が真っ白になった。

少ししてから、いくつもの疑問符が湧《わ》いてきた。

自殺？

遺伝ティティの歌のように死を選んだ？

何で春日部が？

もしかして僕にセックスを見られたから？

自分で見ておいて何だが、そんなことで？

確かに不愉快かもしれないが、あいつ変態だねって二人の男と笑い飛ばせば――。

その時、僕はある可能性に思い至った。

二人の男が春日部の味方ではなかったとしたら？　彼女は二人の男にレイプされていた？

だがそれでは、彼女が自ら廃工場に入っていったことに説明が付かない。それに四組の奴も、彼女と二人の男がホテルに入っていくところを目撃しているという。

いや、それはこう考えることもできる。彼女は何か弱みを握られ、継続的にレイプされていた。ホテルも廃工場も、そのうちの一回なのだと。

そんなある日、彼女はレイプ現場を同級生の男子に目撃されてしまう。しかもその男子は助けてくれないどころか、レイプされている自分を見てオナニーをしていたのだ。

それが引き金となって衝動的に自殺した。

もしそれが真相だとしたら——。

僕は最低の男だ。

春日部は土曜日の晩、古い雑居ビルの七階から墜落死したという。遺書はなかったが、警察は状況から自殺だと判断した。

動機に関するゴシップが熊谷たちによってまことしやかに語られた。

「付き合っていた男に振られたらしい」「母子家庭で貧しかったから、学校が終わった後毎日スーパーでレジ打ちのバイトしてたんだろ。それでしんどくなったんじゃないか」「父親が死んだ理由っていうのがこれまた自殺なんだと。家系なんだろうな」

……。

本当の動機は多分僕だけが知っている。警察にレイプのことを話してみるべきだろうか。だがレイプかどうかの確証がなかった。二人の男の顔すら見ていなかった。大体、春日部はもう死んでしまったのだ。自殺の動機が何だろうが、彼女が還ってくるわけではなかった。

踏ん切りが付かないまま時が経ち、とうとう警察には言えずじまいだった。

この事件を境に、僕は勃起《ぼっき》できなくなってしまった。

2　上木《かみき》らいち

放課後。

東京都立高値《たかね》ノ花《はな》高校を出ると、私は繁華街に向かった。といっても遊びに行くのではない。仕事に行くのだ。私はいい子、真面目な子。

繁華街を歩いていると、次々と男に声をかけられる。

「一人？」

「真っ赤なウェーブロング、格好いいねー。どこで染めたの？」

「おっ、それ高高《たかこう》の制服じゃね？　実は俺も高高出身なんだけどさ」

私はすべて「間に合ってます」で済ませた。

繁華街の一角に、レインボーツリーという超高層マンションが建っている。館内にはプールやテニスコートが、屋上にはヘリポートまである。

その七〇七号室が私の別宅兼仕事場だ。

部屋着に着替えて、くつろいでいると、エントランスから呼び出しがあった。お客様にしては早すぎる。誰だろう。

モニターで応対すると、宅配便だった。エントランスのオートロックを解除し、部屋の前まで上がってきてもらう。

私がドアを開けると、宅配便の青年はハッとしたような顔をした。大抵の男性と同じように、私の美貌に目を奪われたのだ。

私は一抱えほどもある段ボールを受け取ると、伝票にサインをした。彼はそれを当たりの宝くじであるかのように握り締めて帰っていった。

誰かが私に荷物を送るという話は聞いていない。段ボールに貼られた伝票を見ると、不審な点が三つもあった。一つ目は、逆井東蔵《さかいとうぞう》という送り主の名前にも、東京都の住所にも覚えがないこと。二つ目は、私の氏名が「カミキ　ライチ様」となぜかカタカナで書かれていること。三つ目は、筆跡を隠すためにわざと下手に書いたかのような字であること。

これは危険な予感。品名は「衣類」となっているが、猫の死骸か、もっと悪ければ爆弾が入っているかもしれない。

しかし一方で、逆井東蔵という珍しい名前には一定の真実味があった。山田太郎や田中一郎ならいざ知らず、逆井東蔵などという偽名をわざわざ名乗るだろうか。逆井東蔵という人物がこの東京都の住所に実在していることは間違いないことのように思えた。

もちろん、実在する逆井東蔵の名前を騙《かた》った爆弾魔という可能性もあるのだが……。

「ええい、ままよ！」

考えるのが面倒臭くなったので開けた。

――。

猫も私も死ななかった。

中には本当に、ビニル袋に包まれた衣装が入っていた。白と黒。これは……メイド服？

ビニル袋の上に、白い横長封筒がセロハンテープで貼り付けられていた。おお、送り主はなかなか抜け目ない。もし封筒が服の脇や下に入り込んでしまえば、段ボールを開けた時点で「うわ、何かメイド服が入ってる、気持ち悪っ」と段ボールごと捨てられてしまうかもしれない。だからメッセージを目立つ位置に貼り付けた。このセロハンテープからは、どうしても私に伝えたいことがあるという強い意志を感じる。いいだろう、読んでやろうじゃないか。

封筒の中には、折り畳まれた白い手紙が入っていた。それを広げると、まず鮮やかな朱色が目に入った。文章は手書きではなく印字されたものだが、一番下の「逆井東蔵」という記名の側に、染色体のようにウネウネした丸印が押されているのだ。本格的である。

ここまでして私に何の用があるというのか。それを知るべく本文を読んだ。

「カミキライチ様

若葉萌《も》えいづる頃、貴女様《あなたさま》におかれましてはますますご清栄のことと心よりお喜び申し上げます。さて、突然ですが、この度は貴女様を拙宅のメイドとして雇用させていただきたいのです。もちろん多額の給金を保証します。来る五月一日の午後六時半、拙宅においでください。ただし貴女様のような容姿端麗な女性にご訪問いただくと、あらぬ噂が立たぬとも限りません。メイドであるということを示すため、当日は同梱《どうこん》の衣装一式をご着用いただくようお願いいたします。また、この手紙も必ずお持ちください」

そして伝票と同じ東京都の住所と、インターネットからプリントアウトしたと思われる自宅周辺の地図が添えられていた。

私は大いに首を傾《かし》げた。

何といったって、私の職業はメイドではない。それに、勤務形態が書かれていないが、平日の日中は高校にも行かなくちゃならないし、夜中は仕事がある。大体、面識のない、面接もしていない人間を、いきなりメイドとして雇おうとするだろうか。

ここは行間を読む必要があるだろう。多分メイドというのは建前で、真の目的は他にあるのだ。それはきっと私の職業に関係している。「あらぬ噂」こそ真相を言い当てており、メイドの衣装の方がカモフラージュなのではないか。

私はビニル袋の中からカチューシャを摘《つま》み上げ、冷笑した。

まあ、行ってやってもいい。「多額の給金」に期待。

それにしても、逆井東蔵とは一体どのような人物なのだろう。建前でもメイドを雇うという形を取っている以上、お金持ちっぽい。ならネットに情報が出ているかも……と検索してみたところ、何とウィキペディアに載っているほどの有名人だった。

「サカイのキカイ」というCMで有名な逆井重工の社長、六十歳。すごい。「多額の給金」に期待大。

逆井重工は典型的な同族会社であり、東蔵氏は弟の玉之助《たまのすけ》氏と二人で会社を牛耳っている。東蔵氏は東京都の洋館、玉之助氏は埼玉県の和風建築に住んでいるそうだ。「東」京都の「東」蔵さん、埼「玉」県の「玉」之助さんということで憶えやすい。

画像検索すると、二人の写真が出てきた。東蔵氏は総白髪《そうしらが》で優しい顔。玉之助氏は禿頭《はげあたま》で険しい顔。似てない兄弟だ。

写真を見て改めて思った――うん、まったくもって面識がない。どうやって私と、私がレインボーツリーの七〇七号室に住んでいるということを知ったのだろうか。私のお客様にはお金持ちが多いから、その中の誰かから聞いたのかしら。私の氏名がカタカナで書かれていることも、伝聞で私を知ったことを裏付けている。

ちょっとお客様方に確認してみようと携帯を出したが、思い留まった。東蔵氏は、私に接触したことを、情報元の人物に知られたくないと思っているかもしれない。「逆井さん、口では興味ないって言ってたけど、本当はらいちちゃんに興味津津《きょうみしんしん》だったんじゃないですかあ」的なことになって東蔵氏が気分を害しかねない。個人情報の保護は仕事柄、最も気を付けなければならないことだ。

私のことをどこで知ったかは、直接本人に聞けばいいだろう。東蔵氏について考えるのはこれでおしまい。後は当日を待つのみ。五月一日は四日後だ。ゴールデンウィーク中の五連休の初日である。

私は料理を作ることにした。

私は一人暮らしだが、作るのは二人前。今晩、お客様が来る予定だからだ。

十一時過ぎ、お風呂上がりにピラティスをしていると、エントランスから呼び出しがあった。予定のお客様、藍川《あいかわ》さんだった。宅配便同様、エントランスのロックを開け、上がってきてもらう。

「お仕事お疲れ様」

と私は言った。

藍川さんは警視庁捜査一課の警部補、三十八歳。激務なのだろう、いつも来るのが遅く、疲れた顔をしている。

一方、私の仕事は今から始まる。

「しゃぶってくれ」

藍川さんは、やさぐれた口調で言った。

私は跪《ひざまず》き、一日の戦いを終えたチンポを口でねぎらった。藍川さんは私の頭を摑み、喉《のど》の奥に射精した。そのまま小便も出される。すごい量だ。私に飲ませるためにずっと我慢していたのかと思うと笑える。私はマルセル・デュシャンの『泉』のことを考えた。

私は娼婦だ。一晩五万円。馴染《なじ》みのお客様はこうやってマンションに招くこともある。

藍川さんがシャワーから上がると、一緒にご飯を食べた。彼は美味い美味いと言って食べる。作った甲斐があるというものだ。

ここまでのもてなしで険《けん》がとれた藍川さんは食後、恥ずかしそうに切り出した。

「今日はコスプレをしてほしいんだ」

「いいよ。何のコスプレ?」

「あの、本当今更なんだけど、婦警の」

「本当に今更ね」

私がちょっと嘲笑《ちょうしょう》してみると、藍川さんはぞくっとしたような顔をした。彼は仕事のストレスか最初だけは乱暴だけど、すぐにそれを反省し、受けに回るようなところがある。今日もその傾向に変わりはないらしい。二回戦はたっぷりいじめてやろう。

私は性具を揃えた物置部屋に入った。古今東西、老若男女のコスチュームの中から婦警の制服を着て、藍川さんのところに戻った。

「いつも婦警さんをそんな目で見てたんですか。いけませんね。逮捕します」

私は藍川さんの両手首に素早く手錠をかけると、ベッドの上に突き倒した。

そう、要はコスプレだ。

逆井東蔵も娼婦としての私の評判を聞き付け、メイドさんごっこをしたいと思った——そんなところだろう。

あるいは、そんなところだと思わせたいのだろう。

まあ、どっちでもいい。私はただ、お金をもらいに行くだけだ。

3　戸田公平

四月、僕は高校三年生になった。

そろそろ志望校を決めなければならない時期だったが、僕はまだ決めることができないでいた。将来やりたいことがなかったからだ。熊谷はしたり顔で「バカ、何をやりたいか決めるために大学に行くんだよ」と言っていたが、そうだろうか。文系か理系かという単純な二択一つ取っても、今後の人生を大きく左右すると思うのだが。

僕に特別な才能は何一つなかった。埼玉県のローカル企業に勤めている父のような平凡なサラリーマンとして一生を終えるのだろう——と言葉ではそう思ったが、その「平凡なサラリーマン」の自分すら上手く思い描けなかった。未来はただただ灰色に塗り潰されていた。

春日部には何かやりたいことがあったのだろうか。

結局いつもそこに立ち返るのだった。僕の時計はあの日で止まっていた。そこから抜け出すことができなかった。

春日部は死んだ。僕は生きている。だけど僕は生を無駄遣いしている。春日部の代わりに僕が死んだ方が良かったのだ——しかしこれも言葉だ。実際は嫌だ。死ぬのは怖い。

だが何のために生きているかは分からなかったのだ。

目的がないのだから、手段である勉強をする気も起こらなかった。だがこの時期、両親が事あるごとに、勉強は捗《はかど》っているか、志望校は決めたのか、などと聞いてくるようになった。

特に父は夕食時に杯を傾けながらこんなことを言うのが常だった。

「この世は何のかんの言っても、やっぱり学歴社会だよ。俺も本当は大学に行きたかったんだけど、金がなくてなあ。仕方なしの高卒で、しょぼい会社に入り、今じゃ年下の大卒の上司にこき使われる人生だ。なあ、公平。人生は最初の二十年ですべてが決まるぞ。勉強ができるできないという一点だけで、あるべき場所に割り振られる。その後も確かに競争はあるさ、だがそんなものはそれまでの闘争に比べたら何でもない。だからお前は俺のようになるな。いい会社に入れ。そのために、いい大学に入れ。そのために、今全力で勉強しろ」

そんな親が鬱陶《うっとう》しかった。だから少しでも小言を減らすため、この時期の休日は午前中から、図書館に勉強しに行くふりをして家を出るのが習慣となっていた。

その日も教科書を入れているように見せかけたリュックを担いで、いつものP公園に行った。最短の道は敢《あ》えて避けるようにしていた。その道は春日部が雑居ビルから墜落死した場所だからだ。近付いただけで、廃工場での光景がフラッシュバックして、一歩も前に進めなくなるほどだった。

だから遠回りして公園に着いた。ゆったりとした空間に、適度な自然。「すべて忘れて」というわけにはいかないが、少なくとも穏やかな気分になれる場所だった。

四月中旬、桜の花びらがほとんど散ってしまった頃だった。公園内には他にも何人かの人間がいたような記憶があるが、彼らの詳細については覚えていない。多分それは、文庫本を読んでいる初老の男性であるとか、砂場で遊んでいる幼児とその母親たちであるとか、ありふれた人々だったのだろう。

僕は葉桜の下のベンチに座り、音楽プレイヤーで遺伝ティティを聴き始めた。そのまま何もしなかった。いつもと同じ時間が過ぎていった。無事に、無為に。

だが、その日は異変があった。

その若い女性は表口の方からやってきた。華やかで人目を惹《ひ》く美貌。それとは裏腹に、緊張した面持ちで辺りを見回しながら早足で歩くその様子。編み込んだ黒髪を立体的に巻き付けた、ものすごく手間がかかっていそうなヘアスタイル。小洒落《こじゃれ》たオレンジのワンピースに、高級感のある白いハンドバッグ。彼女は平和で素朴なこの公園にはそぐわない、明らかな異物だった。

不思議に思って観察していると、彼女と目が合った。遺伝ティティの曲に乗って、彼女は僕の方にまっすぐ歩いてきた。僕に何か用があるのか——いや、考えすぎだ。初対面の僕にどんな用事があるというんだ。僕は目を逸《そ》らした。

彼女は俯《うつむ》く僕の前を通り過ぎた。

しかしその時、バッグを持っていない方の左手で、僕の膝の上に何かを置いていった。四つに畳まれたメモ用紙だった。僕は反射的に彼女を見上げたが、彼女は僕を見ずに裏口の方へスタスタと歩いていった。

僕はイヤホンを外しながら腰を浮かせかけた。その後「落としましたよ」と言おうとしたが、落としたのではなく置いていったのは明らかだったので、途中で言葉を飲み込んだ。

僕は彼女を追いかけるか、紙を開くか一瞬迷ったが、後者を選んだ。紙には、平台のないところで書いたようなガタガタの字で、二つのことが記されていた。

一つは携帯番号。

そしてもう一つはSOSの三文字。

SOS——って、あの助けを求めるSOS？

僕は紙から顔を上げた。

その時、もう一人の異物が現れた。

彼女と違って服装は地味な茶系統だが、何人も人を殺していそうな冷酷な目をした男が、大股で僕の横を通り過ぎ、裏口の方へ歩いていったのだ。

彼女の方はすでに裏口を出かかっていたが、その時一瞬振り向いた。男を見たようにも、僕を見たようにも思った。しかしすぐに前を向き、公園を出て右に歩いていった。

直後に男も裏口を出て右折した。

まさか彼女は追われているのか？　それで僕に助けを求めて？

僕も裏口から駆け出した。右を見ると、狭い道の少し前方を男が、さらに前方を彼女が歩いていた。周囲に僕たち三人以外の人影はなかった。彼女と男は、さらに人通りが少なそうな路地に入っていった。僕はマズいと思って後を追った。

角を曲がり、二人の姿を再び視界に収めたところで、紙に書かれた電話番号のことを思い出した。僕は携帯を出し、その番号にかけた。

前を行く彼女がバッグから携帯らしきものを出し、耳に当てた。

「はい」

僕の耳元で、囁《ささや》くような女性の声がした。

「あの、さっき紙をもらった者なんですけど、SOSの」

僕も男に聞こえないよう小声で話した。男を挟んで密談する形だった。

「ああ、良かった。そう、SOSよ。助けてほしいの。私の後ろに男がいるでしょ。ずっと追いかけてきてるの。襲いかかってはこないけど、付かず離れずの距離を保って、追いかけてきてる。きっと私の家を突き止めるつもりなんだわ。撒《ま》こうと思っても振り切れない。コンビニとかに入っても待ち伏せされた」

孤独な戦いを続けてきた反動か、彼女は一気呵成《いっきかせい》にしゃべった。

「大変だ、すぐに警察に……」

「ダメよ」

「え？」

「警察はダメ」

「どうして」

「どうしてもよ。ダメな事情があるの」

警察がダメって。

まさか彼女は何か非合法なことをやって、そのツケで追われているのではないか。僕はヤバいことに巻き込まれつつあるのではないか。関わるべきではないのではないか。

そんな僕の思いをよそに、彼女は続けた。

「だから逃げながら、私を助けてくれそうな人を探してたの。そしてあなたを見つけた。あなただけが頼りなの。お願い、私を助けて」

助けて。

その言葉にハッとした。

春日部もあの時、僕に対してそう言いたかったのではないか。

そして今僕がこの女性を助けなければ、彼女もまた春日部のような目に遭《あ》ってしまうのではないか。

見過ごせない。

今度こそ、今度こそ助けなければ。

「——分かりました」

「協力してくれるの？」

「ええ」

「本当？　嬉しい」

「それで僕は何をすれば？」

「この先に曲がり角があるのが見えるわね」

「はい」

今歩いている直線道路に右折路が付いたトの字形の三叉路《さんさろ》。いつの間にか知っている道に出ていた。

「その手前で私が合図するから、あなたは少しでも長い間、男を足止めして。その隙《すき》に逃げるから」

「足止めって、どうやって」

「何でもいいわよ。そうね、例えば、あなたハンカチ持ってる？」

ハンカチ？

「持ってますけど……」

「じゃあそれを相手に見せて『落としましたよ』って言うの」

「それだけじゃ『違います』って言われて終わりな気が……」

「そこからは話術よ。五秒でも十秒でも引き延ばして。さあ、もうすぐよ。私が角を曲がった瞬間、作戦開始。私は全力ダッシュするから、あなたは男を足止めして。それじゃ、よろしく」

一方的に言うと、彼女は電話を切ってしまった。

僕は電話をしまい、代わりにハンカチを出した。

このハンカチ一枚で、彼女が逃げ切れるだけの時間を稼げるだろうか。

逃げ切れたとして、その場合、男が彼女の情報を聞き出すために僕を締め上げることにならないだろうか。

曲がり角が——作戦決行の時も——近付いてきた。心臓がドキドキしてきた。

くそっ、こうなったらヤケだ！

彼女が角を曲がる直前、僕は地面を蹴《け》った。彼女が曲がり切った後に、男も走り出そうとしたが、その前に僕は一気に距離を詰め、男の肩を叩いた。

男はこちらが驚くほどの勢いで振り返った。鋭い眼光が僕を射抜いた。だが気圧《けお》される な。僕はハンカチを突き出し、震え声で言った。

「これ、あなたのですよね。落としましたよ」

「違う」

言うや否や、男は身を返して走り出そうとした。

「あ、待ってくださいよ」

僕は咄嗟《とっさ》に手を伸ばして、男の腕を摑んだ。

次の瞬間、男が不思議な動きをした。

男は僕に触れていないのに、体が前に引っ張られる感覚がした。気付けば僕は地面に膝を突き、男の腕を離していた。男は僕の方を振り向かずに走り出し、角の向こうに消えた。

僕はそのままの姿勢で唖然《あぜん》としていた。今の動きは何だ？ 武術か？ 何にせよ、腕を摑んだだけで技をかけてくるなんて、見た目通りの危険人物なのだ。

情けないことに全身が震え出した。

今ならまだ引き返せる……。

だが、脳裏をよぎった春日部の顔がそれを許さなかった。

「ちくしょう！」

僕は立ち上がった。

角を曲がると、遥《はる》か前方を男と彼女が走っていた。十字路があり、まず彼女が、続いて男が左折した。マズい、あれじゃそのうち追い付かれる。僕も追いかけるか？

いや――。

確か二人の入った道は大きく湾曲して、今僕がいる直線道路に戻ってくるはずだ。僕がこのまま直線道路を進めば、先回りすることができる。

だが一つ問題があった。

それは、その合流地点の手前に、春日部が自殺した雑居ビルがあるということだった。

僕はそこを歩くことができない。足が震え、息が乱れ、鼓動が激しくなり――。

そんなこと言っている場合か！

昔のことはどうでもいい。今だ。今まさにこの瞬間、僕の助けが必要な女性がいるのだ。

この道を進むんだ。

僕は駆け出した。

やがて雑居ビルが見えてきた。

――全力でその前を駆け抜けた。

何だこんなものか、と思った。通り過ぎてみれば何でもなかった。

そして合流地点に到達した。

呼吸を整えていると、まず彼女が走ってきた。彼女は元の道に戻ってきたとは思わなかったのか、僕を見て驚いたような顔をした。僕は手で「行ってください」という素振りをした。彼女は頷《うなず》いて、直線道路を進み始めた。そしてすぐの十字路を左折した。

次に男が現れた。男もやはり僕を見て驚いた。僕は男の前に立ちはだかり、再びハンカチを突き出した。

「僕、あなたがこれ落とすところ見たんですよ。やっぱりあなたのじゃないですか？」

「くどい、違うと言って……」そこで男は急に前言を翻《ひるがえ》した。「ああ、そうだ、俺のだよ。それで満足か？」

男は僕の手からハンカチをひったくった。不意を突かれて意識に空白ができた。その隙に、男は幻惑的な足さばきで僕の脇をすり抜けた。

しかし十字路まで行ったところで、彼女を見失ったようだった。男はわずかな間、迷っていたが、結局、彼女が左折したところを右折した。

とりあえず作戦成功だった。僕は彼女が上手く逃げ切れることを祈った。

男が僕をとっちめに戻ってこないうちに、僕も逃げることにした。

充分遠くまで来たところで、携帯が震えた。彼女からだった。

「ありがとう。あなたのおかげで逃げ切れたわ」

先程とは違い、声が弾んでいた。ワンピースと同じオレンジ色を連想させる声だった。僕はホッとして言った。

「そりゃ良かったです」

しばらく沈黙があった後、彼女は不意に言った。

「あー、楽しかった」

「え？」

楽しかった？

「ごめんなさい、謝らなきゃ。実は私、追われてなんかなかったの」

「え、でもあの男は……」

「あれは私のボディガード。私のパパ、過保護でね。私がちょっと散歩で外に出るだけでも、ボディガードを付けてくるの。まあボディガードも目障《めざわ》りにならないよう一定の距離を取ってくれるんだけど、それでも監視されてるみたいで時々鬱陶しくなるのよね。だから今日は撒いちゃった」

「ボディガード……。随分お金持ちなんですね」

「まあ、一応ね。『サカイのキカイ』ってCM知ってる？」

「はい」

有名なCMだ。「サカイのキカイ」というキャッチフレーズが、つい口ずさみたくなるメロディに乗せて謳《うた》われる。

「私のパパ、あそこのナンバーツー」

「へえ、それはすごいですね」

埼玉県にもそんなセレブが住んでいるんだなと妙な感心をした。そういえば彼女のファッションにはどこかハイソな感じがあった。僕はお金持ちのお嬢様の気まぐれに付き合わされたということか……。

僕が呆《あき》れ気味にそう考えていると、それを見透かすように彼女が言った。

「あ、勘違いしないでね。ボディガードを撒きたかったのは事実だけど、それはあくまでおまけで、本当の目的はあなたと話すことだったの」

「え？」

「P公園、私の散歩コースなんだけど、あなたもよく来てるでしょ。最初にあなたを見た時、あ、何かいいなって思って。それでずっと声をかけようと思ってたんだけど」

一瞬、何を言われたのか理解できなかった。理解した瞬間、全身がカッと熱くなった。

「でも私、アイドルみたいに恋愛禁止されてててさ。あの禿《はげ》――じゃなかった、パパは、私に悪い虫が付かないようにする意味もあって、ボディガードを付けてくるのよ。だから普通にあなたに声をかけたら、ボディガードがパパにチクるのね。それでどうやって声をかけようかってずっと考えてたの」

「それでこんなことを」

声が掠《かす》れた。

「そう、素晴らしい計画でしょ。この計画には二つもメリットがあって、一つは吊り橋効果。吊り橋効果って知ってる？」

「あ、はい」

吊り橋の上でのドキドキ感を恋心と錯覚してしまう現象。

恋心と。

「じゃあ私の言わんとしていること分かるよね。で、もう一つのメリットが、あなたの電話番号が手に入るってこと」

そうか、それで電話を——。

「これでいつでも話せるね。あ、ヤバい、ボディガードに見つかっちゃった。一旦切るよ。また電話する」

そして彼女はまた一方的に電話を切った。

それが埼《みさき》との出会いだった。

4　上木らいち

　翌朝、私はベッドから抜け出して朝食を作り始めた。

藍川さんはいつも通り、なかなか起きてこない。最初のうちはよほど疲れているんだなと思っていたが、最近違うと分かってきた。どうもポルノみたいにモーニングフェラで起こしてもらいたいようなのだ。それならそう言えばいいのに、私がするまでじっと寝たふりをしている。子供みたいな人だ。

　まあいい。これも仕事だ。やったろう。

「藍川さん起きてー。遅刻しちゃうよー」

　私は布団に頭を突っ込んで咥えた。しかし一向に勃《た》たない。これはおかしいと思って藍川さんの顔を見ると、土気色をしていた。

「どうしたの藍川さん、しっかりして！」

　往復ビンタでも目覚めない。明らかに異常事態だ。

　どうすればいいのだろう。人工呼吸か心臓マッサージか――いや、まず救急車だ！

　一一九番に電話した。状況と場所を説明すると、すぐ来てくれるとのこと。

「呼吸はありますか」

電話の向こうの冷静な声のおかげで、私も落ち着きを取り戻すことができた。

胸と腹部の上がり下がりを見たり、鼻と口に耳と頬《ほお》を近付けたりして、呼吸を確認する。ある。

「あります」

「では側に自動体外式除細動器《AED》はありますか」

ＡＥＤ——それもある！

お客様には高齢の方も多いから、腹上死対策に買っておいたのだ。まだ若い藍川さんに使うとは思っていなかったが。

物置部屋から取ってくる。

機械の指示に従い、藍川さんの胸に電極を貼り付けると、「電気ショックの必要はありません」という音声が流れた。

それを電話の相手に報告すると、後は救急車の到着を待てとのことで、通話が終わった。

つまり私にできることはもう何もないということか。

「藍川さん、どうしちゃったのよ……」

私は藍川さんの顔を見下ろした。すると、彼がうわ言のように私の名前を呼んだ。

一瞬意識が戻ったのかと思って、藍川さん藍川さんと呼びかけたが、反応はなく、相変わらず生死の境目を彷徨《さまよ》っているかのようだった。

「うーん、らいち、らいち」

「私はここにいるよ」

彼の手を握ってあげることしかできない——。

いや、もう一つできることがあった！

最寄りのH病院の院長が私のお客様であることを思い出したのだ。すぐに電話し、最優先で診てもらえるよう頼んだ。

そのうちに救急車が到着した。

私は搬送先を指定し、救急車に同乗した。

病院に向かう途中で、私はあることを忘れていたことに気付いた。藍川さんの職場への連絡だ。このままだと無断欠勤になってしまう。

病院で意識を取り戻し、そのまま出勤するケースも想定し、藍川さんのスーツと鞄を持ってきていた。その中から携帯を探り当てる。職場の電話番号を知るためにアドレス帳や着発信履歴を見たが、いずれもロックがかかっていた。彼もまた個人情報の保護に気を遣わなければならない職業だと思い出す。

暗証番号は四桁の数字……ベタだがとりあえず誕生日を試してみるか。

私はお客様の誕生日は全員覚えている。藍川さんの前回の誕生日にはネクタイをあげた。時々着けてくれている。

誕生日で行けた。ちょっと不用心。

アドレス帳に「職場（職員専用）」というのがある。これだろう。

救急隊員の許可を得てから電話すると、若い女性が出た。

「はい、小松凪《こまつなぎ》です」

小松凪（ここまでが苗字）さんは藍川さんの部下だ。藍川さんが仕事の話をする時、よく名前が挙がる。その口ぶりから、彼が小松凪さんを部下として可愛がっていることが伝わってくる。

L商事社長秘書殺人事件の時、私も二度——いや、現実には一度——会ったことがある。「現実には一度」というのは、二度目の出会いは夢の中での出来事だったからだ。そこで彼女は私に対して、ある糾弾を行った。その内容は夢らしく支離滅裂でもあったし、真実の一側面を捉えてもいた。（『虹の歯ブラシ　上木らいち発散』参照）

とにもかくにも、現実には一度しか会っていない。その私の声を識別できるとは思えなかったが、一応声色を作った。

「藍川の代理の者ですが。藍川の上司の方はいらっしゃいますか」

「えっ」

彼女は絶句したまま答えない。どうしたのだろう。

「もしもし」

「あ、すみません、係長はただいま席を外してて……あの、もし良かったら、私が代わりに聞きましょうか」

「それでは伝言をお願いします。藍川ですが、なかなか起きてこないので様子を見に行ったところ、意識不明になっていました。今、救急車でH病院に運ばれています」

「えっ」

小松凪さん、再び絶句。このタイミングで絶句するのは分かる。

「というわけで今日は遅刻します。意識が戻り次第、本人から連絡させますので。何かあれば藍川の携帯にかけてください。ご迷惑をおかけしますが、どうかよろしくお願いします。それじゃ――」

「ま、待ってください。あなたは一体藍川さんとどのようなご関係で」

「友達です」

Ｈ病院に着くと、藍川さんは迅速にＥＲに運び込まれた。院長に根回しした甲斐があった。

待合室でそわそわしていると、初老の医師が出てきた。思わず立ち上がる私に、彼が尋ねた。

「藍川さんのパートナーの方ですか」

パートナー？　うん、そうだ、ビジネスパートナーだ。

「はい、そうです。それで、藍川さんは」

「残念ながら……」

医師は鹿爪《しかつめ》らしい顔で言った。

「そんな……」

私は目の前が真っ暗になるのを感じた。

「当分セックスは控えていただくことになります」

「は？」

「腎虚《じんきょ》です。まだ若いのに異常に衰弱している。ご本人が意識を取り戻したので、生活習慣について質問したところ、おそらくセックスが激しすぎるのが原因かと」

私は片手で顔を覆《おお》った。そういえば昨夜は六回もした。もちろん私は自分で仕事量を増やすような真似はしないので、こちらから求めたのではない。彼が勝手にハッスルしたのだ。己の限界も弁《わきま》えずに。

でも、まあ、大事《おおごと》にならなくて良かった。

そう安堵していると、医師が言った。

「彼にはしばらくの間、仕事を休んで静養していただくことになります」

大事だった。

藍川さんは点滴の管を通され、個室病室に移された。集団病室でないのは、院長が私に気を遣った結果だろう。今度会う時はたっぷりサービスしてあげよう。

さて、藍川さんは職場に連絡しなければならない。この病院ではルールとマナーを守れば、一部区域を除いて携帯電話の使用が許可されているとのこと。藍川さんが憂鬱な顔で電話すると、今度は係長が捕まったようだ。藍川さんが平身低頭、状況を報告すると、意外とあっさり病気休暇が認められた。いい上司だ。

通話が終わると、ベッドの側の椅子に座っていた私は言った。

「もう、無理するから」

「面目ない。五万円で一晩やり放題となると、どうしても元を取らなきゃって気にな

こっちの料金体系に責任転嫁された気がして、私は少しムッとした。

「じゃあ今度から藍川さんは一発一万円ね」

「おい、単価が上がってるじゃないか」

「六発もしなけりゃいいだけの話でしょ！　まったく懲《こ》りてないんだから」

藍川さんは横になると、弱々しく笑った。

「らいちにはいつも助けてもらって……本当にありがとう」

私はツンとして言った。

「サービス業ですからね。他にご要望は？」

「何だか心細くなってきたので手を繋いでください」

「えー、勤務時間外に肉体的接触はちょっと」

「頼むよー」

私は枕元の時計に目をやった。医療行為で秒単位まで計る必要があるためか、秒針が付いている。

「じゃあ一秒一円ね」

手を繋いでやると、藍川さんは安心したような顔をした。彼は私と手を繋ぐのが好きだ。孤独なのだろう。

「いい加減結婚したら？」

私が素晴らしい提案をすると、藍川さんはなぜか得意気に答えた。

「相手がいないからな。大体、刑事は独身って昔から相場が決まってるんだ。勤務時間が不規則だし、デート中に出動命令もザラだから、女が居着かない。ヒーローは孤独なのさ」

「相手として小松凪さんは？」

私がからかうと、藍川さんは急に早口になって否定した。

「馬鹿、あいつまだ二十六だぞ、年が違いすぎる」

「私の方が違うんですけど」

「お前は、ほら、アレだよ」

「アレって？」

「アレっていうのは、つまり、その、何だ――すまん、俺が悪かった」

藍川さんは突然謝った。

私を女性扱いしない「アレ」という言葉で私を傷付けたのではないかと思っているらしい。そういう変な気の回し方をするところ、好き。

程なくして彼は眠りに就いた。

私は立ち去ろうとしたが、彼の手が私の手をがっちり握り込んで放さなかった。私は彼を起こさないように慎重な手付きで彼の指を開こうとしたが、死後硬直した死体のように動かない。

とことん迷惑な人ねー。

手首を切り落としてやろうか――じゃなかった、起こそうかと思ってやめた。倒れたのは仕事の疲れもあったのだろう。しばらく寝かせておいてやろう。

私は椅子に座って、藍川さんが起きるか、手が自然に緩むのを待つことにした。

しばらくしてノックの音がした――かと思ったら、思春期の息子の部屋に入ってくる母親のごときスピードで、中年の女性看護師が入ってきた。そして私たちが手を繋いでいるのを見て「あら」と下世話な笑いを浮かべる。プライバシーも何もあったもんじゃない。

看護師は枕元の水差しを新しいのと取り換えると、それだけで出ていった。「それ今する必要ある？」っていうレベルの作業だったから、本当に覗き目的だったのかもしれない。腎虚で倒れたおっさんに付き添う、派手な赤毛の美少女……好奇心の格好の餌食《えじき》だろう。

早く帰りたいなー、と思っていると、またノック。

しかし今度はすぐに入ってこない。

違和感——から直感。

これは病院関係者じゃない！

咄嗟の判断で藍川さんの布団に潜り込んだ。

再びノックの後、ためらいがちにドアを開く音がした。

「藍川ー、生きてるかー」男の小声。

靴音が近付いてくる。音から考えて、男が一人、女が一人か。

二人はベッドの前で立ち止まった。

「寝てますね」女の小声。

「起こすと悪いから帰ろう」男の小声。

その時、藍川さんが起きた。

「うわっ」

まず枕元の二人に驚き、次に同衾《どうきん》している私に驚いた。私は人差し指を唇に当て

「シー」の仕草をした。藍川さんはかろうじて頷くと、枕元の二人の方に向き直った。

「花田《はなだ》、小松凪、何でここに」

花田さんというのは確か藍川さんの同僚の警部補だったはず。小松凪さんは私の電話に出た例の女性だ。

男の方――つまり花田さんが答える。

「お前が倒れてH病院に運ばれたって聞いてさ。外回りのついでに様子を見に来たんだ」

「そりゃどうも」

「で、原因は何なんだ」

「じ、腎虚」藍川さんは顔を背けて答える。

「腎虚！」花田さんは大爆笑する。「かー、葵《あおい》ちゃんとやりすぎなんじゃないのか」

「葵とはとっくの昔に別れたよ」藍川さんは仏頂面で言う。

「えっ、藍川さん、別れたんですか！」小松凪さんが口を挟む。

その口調でピンと来た。ははあ、この人は藍川さんのことが好きなんだな。だから私の電話を取った時、様子がおかしかったんだ。私のことを藍川さんの恋人だと勘違いしたのだろう。安心したまえ、私は恋人でも何でもない。あ、でも好きな男が女子高生との援助交際に耽《ふけ》っているという方が嫌か。

私は突然、今すぐ布団を剝《は》いで衝撃の登場を果たし、その時の小松凪さんの表情を見たいという衝動に駆られた。私は淑女だからそんなことしないけど。

「気にするな、お前には交通課の交野《かたの》さんがいるじゃないか」

花田さんが言うと、藍川さんは怪訝そうな顔をする。

「前、同じ署にいたから、ちょっと話すだけで、そんな親しくないよ」

「またまたー、俺の目は誤魔化せないぜ」

「いや、親しくないって」

もし藍川さんの言うことが正しいなら、なぜ花田さんはここまで自説を推してくるのだろう。目が節穴だからか。それとも何か意図があるのか……。

私が不思議に思っていると、花田さんが小松凪さんに話を振った。

「凪ちゃんも知ってるよね、交野さんのこと」

男が女を独自のニックネームで呼ぶ時、そこには相手の気を惹きたいという思い（と悪く言えば、相手を自分の色で塗り潰したいという少しの独占欲）が見え隠れすることが多い。今の「凪ちゃん」にも若干そんな臭いがあった。

花田さんは小松凪さんが好きなのだ。だから藍川さんにはもう次の相手がいるのだと印象付けて、小松凪さんに諦めさせようとしている。お前ら学生かと突っ込みたくなるが、手近なところで相手を探そうというのは割とありがちなことである。

花田さんは小松凪さんが好き、小松凪さんは藍川さんが好き、藍川さんは私が好き、私はお金が好き。どろどろしている。

各々の思惑を秘めた談笑がしばらく続いた後、花田さんと小松凪さんは帰っていった。

藍川さんは手の甲で額《ひたい》の汗を拭きながら言った。

「ふー、冷や冷やした」

それから布団の中を覗き込んで私をなじった。

「何でお前までいるの」

私は笑顔を作って藍川さんの手を握り潰した。悲鳴を上げる彼を尻目に時計を見ると八百三十秒経っていたので、藍川さんの財布から八百三十円徴収しようとしたが、細かいのがない。そこで千円札を抜き、百七十円のお釣りを返した。

「もう来ない」

そう言い捨てて病室を出た。

病院を出た時、私はある重大事を失念していたことに気付いた。
そういえば私は高校生だから、高校に行かなければならないのだ。
うーん。
ま、いっか。今日はもうサボろう。
帰り道、病院の側で果物屋を見つけた。明日りんごを買って藍川さんに持っていこう。

5　戸田公平

放課後、教室を出る時、熊谷ともう一人のクラスメートが何かについて熱心に議論を闘わせていた。耳を澄ますと、今世間を騒がせている政治問題について話しているようだ。

嫌だな、と思った。嫌いだった。何も知らないくせに、世の中を変える力もないくせに、借り物の言葉を上滑りさせるだけで、何かを知った気になっている連中が。彼らは自分が知らないということを知らなければならない。無知の知。倫理の授業で習った言葉である。

彼らの議論は、熊谷の好きなゴシップと同じだ。そこに真実はない。

一方、僕と埼の会話には真実がある。僕はそう確信していた。

あれから埼とは電話とメールで何度も話した。翻弄《ほんろう》された初対面時と同様、会話の主導権を握るのはいつも彼女だった。

といっても、彼女は自分のことばかり話したわけではなかった。逆井家の住人やボディガードに対する鋭い人物評は度々口にしたが、普通なら真っ先に言及して然《しか》るべきある一点については頑《かたく》なまでに触れようとしなかった。

それは彼女の社会的立場——つまり学生なのか、働いているのか、花嫁修業をしているのか、ニートなのか。そんな基本事項を明かさないということは、何か話したくない事情があるのかもしれないと思い、こちらから尋ねることはしづらかった。

もちろんストレートに歳を聞くことなどできなかった。女性に歳を聞いてはいけない。誰かが言っていた。誰もが言っている。

しかし大人びた雰囲気から考えて、大学生以上であることは間違いないだろうと思われた。だから僕は敬語を使うように心がけていた。

逆に僕が質問攻めにされることが多かった。

「初めて知り合った日、音楽聴いてたよね。何聴くの」

「遺伝ティティとか……」

「え、遺伝ティティ？　私も好きだよー。一番好きな曲は『自殺反対』かな」

僕はドキッとした。もしかして彼女はあの曲の真価を見抜いているのだろうかという期待と、いや他のファン同様浅い解釈しかしていないに違いないという諦念《ていねん》が交錯した。

果たして彼女は言った。

「あの曲って面白いよねー。遺伝ティティにしては珍しく『自殺はやめよう』とか普通のこと言ってると思ってたら、最後にどんでん返しがあって、そういう空虚な言葉を嘲笑《あざわら》うように自殺しちゃうっていう」

胸の中で喜びが膨《ふく》らんで弾けるのを感じた。

ああ、僕はずっとこの瞬間を待っていたんだ。理解し、共感してくれる人が現れるこの瞬間を。

嬉しさのあまり、つい声が上ずり、敬語も崩してしまった。

「ああ、そうそう、あの曲、そうだよね、どんでん返しがあるの、そう」

「結構みんな気付いてないみたいだけどね。でも遺伝ティティのそういう難読っていうか、気付けた人だけがさらに楽しめるっていうところ、好きなんだよね」

「分かる。すごく分かる」

こういう調子で、他の音楽や漫画についてもことごとくセンスが合った。

人間は元々、男女が合体した姿だった。しかしその状態の人間はあまりにも完全で強力だったため、それを恐れた神々が男と女に切り裂いた。以来、人間は失った自分の片割れを探し求めるようになったのだ——ギリシャ神話か何かだ。埼こそまさにその片割れなのではないか。

その感情は紛れもなく恋だった。

そして幸運なことに彼女の方からアプローチをしてきてくれた。しかし実際問題、僕たちは付き合っているのか？　生まれて初めての彼女ができたと胸を張っていいのか？

付き合ってるよ──埼はそう言ってくれたが、僕にはどうも実感が湧かなかった。初対面以来、一度も会っていなかったからだ。すべては、外出時にはボディガードを付けるという過保護な父親のせいだった。

近所に住んでいながらの遠距離交際が半月ほど続いたある日、彼女が電話口で言った。

「ねえ、デートしない？」

「え、いいですけど……」

「何、その返事。乗り気じゃなさそうね」

彼女は不満そうな声を出した。僕は慌《あわ》てて弁解した。

「いや、そういうわけじゃなくてですね。そりゃ僕だってデートしたいのは山々ですが」

「本当？　本当に私とデートしたい？」

彼女は一転、嬉しそうな声になった。僕はからかわれているように感じて言葉を濁した。

「それは、まあ、そうですが、でも埼さん、ボディガードのせいで僕と会う隙がないんじゃなかったんでしたっけ」

「それがいい方法を考えたのよ。五月一日の午前中、休日だけど空いてる？」


指定された日時に、僕はP公園の公衆トイレを訪れていた。

男子トイレに入った。小便器と個室が一つずつ。歴史があるようで、あちこち汚れと傷《いた》みが激しく、アンモニア臭が鼻を突いた。

個室に入った。大便の欠片《かけら》がこびり付いた和式便器があった。トイレットペーパーがなかった。しかし僕は用を足しに来たわけではないのだから気にしなかった。

ベニヤ板のような壁の、腰くらいの高さに、握り拳が楽に通るくらいの穴が開いていた。位置関係を考えると、その向こうは女子トイレになっているはずだった。そちらから声がした。

「戸田くん？」

「はい」

「穴を覗いて」

僕はしゃがんで穴を覗いた。埼が覗き返してきた。

「はろはろ」

と彼女は言った。半月ぶりに見る彼女は、やはり垢抜けた美人だった。前回と同じ、編み込んだ髪を立体的に巻き付けたヘアスタイルをしていた。

さすがのボディガードも女子トイレまでは付いてこない。そして僕も女子トイレに入るわけにはいかない。だからこうして穴越しに話そうというのが埼の計画だった。

汚い公衆トイレなんて、デートには最もふさわしくない場所だろう。だが僕らにはこういう場所しかなかった。

「この穴、埼さんが開けたんですか」

僕が聞くと、彼女は怒った。

「違うわよ！　何、私ってそういうことやりそうなイメージ？」

「いや、破天荒《はてんこう》な人なので、もしかしたらと思って」

「失礼しちゃうわね。この前散歩中に偶然入ったら、こうなっているのを発見して、使えると思っただけ。でもこの穴って誰が何のために開けたのかなー。ねえ、戸田くん、どう思う？」

男子トイレと女子トイレの個室を繋ぐ穴——どうしてもいかがわしい連想をしてしまう。彼女もそれを分かった上で、僕をからかっているような口調だった。

「麻薬の取引とか？」

僕がとぼけると、彼女はつまらなそうな声を出した。

「へー、麻薬ねー、ふーん、麻薬。戸田くん、夢がないね」

「麻薬だって夢がありますよ」

僕は適当なことを言ったが、彼女はバッサリと切り捨てた。

「ないよ」

「それじゃ埼さんはどう思うんですか」

僕はやり返した。すると彼女は答えた。

「私はね、こう思うんだ。世界の——いや埼玉のどこかに私たちのようなカップルがいて、彼らがこっそり手を繋ぐために穴を開けたんだって。だから戸田くん、私たちも手を繋ごう」

その言葉を聞いた瞬間、甘酸っぱい気持ちが胸に広がり、彼女と手を繋ぎたいと強く思った。

「さあ、穴に手を入れて」

僕は求めに応じた。自分の右腕で穴の向こうが見えなくなった。そのまま手を握られるのを待っていると、いきなり右手の人差指が生温かく濡れたものに包まれた。

「うわっ」

僕は驚いて手を引っ込めた。

「引っかかったー」

彼女はケラケラと笑った。

指を咥えられたのだ——。

そう気付いた瞬間、下腹部にあるもう一つの心臓が脈打った。

僕は何と勃起していた。

春日部が死んだあの日以来、ぴくりともすることのなかったペニスが今、硬さを取り戻していた。

彼女となら変われるかもしれない。そう思った。

彼女が僕を誘惑していることは、当時女性経験のなかった僕にも明らかだった。後は僕がどうするかということだけだった。

「怒った？」

穴から、彼女の心配そうな顔が覗いた。僕があまりに黙っているので不安になったのだろう。

僕は顔を見られたくなかったので、無言で立ち上がり、壁に向かって話しかけた。

「埼さん……。この穴、手を繋ぐだけじゃなくて、他のこともできますよね」

情けないくらい声が震えた。

今度は彼女が沈黙する番だった。

やがて返事があった。

「他のこと、したい？」

感情の読み取れない声だったが、状況は確実に一つの方向に向かっているはずだった。アンモニア臭が淫靡《いんび》な空気を増幅させていた。

「したいです」

僕は声が震えないよう強く言い切った。

再び沈黙があった後、彼女は答えた。

「いいよ」

やった――と思ったのも束の間、彼女が殊更《ことさら》明るい口調で付け足した。

「だけど、ここじゃさすがにムードがないからなあ」

「でも他にどこがあるっていうんですか」

自分の言葉がみっともないほど必死に聞こえ、恥ずかしくなった。ペースはすっかり彼女に戻っていた。

そして彼女はまたもや突拍子もないことを言い出した。

「戸田くん、木登りは得意？」

6　上木らいち

五月一日、午後六時半。

私は送られてきたメイドの衣装一式を身に着け、手紙に書かれていた東京都の住所を訪れた。着いた頃には、辺りは暗くなり始めていた。私は自分の三倍くらいの高さがある鉄製の門から中を覗き、感嘆を漏らした。

「すごいおっきい」

ライトアップされた広い庭と、豪華なシャンデリアのように煌々《こうこう》と明かりを灯らせた洋館が、群青色《ぐんじょういろ》の空の下、圧倒的な存在感を放っていた。絵葉書か何かにありそうな光景だと思った。

逆井という表札までが高そうだった。その下にインターホンがあったので、鳴らした。

しばらくして応答があった。

「はい」

落ち着いた男の声だ。執事的な人物だろうか。

「上木らいちです。メイドの面接に来ました」

すると、かなり長い沈黙があった。私は嫌な予感がした。

やがて男は困惑した声で言った。

「失礼ですが、現在当宅ではメイドの募集などしていないのですが……」

やっぱり！　パターンBだ。手紙はいたずらで、逆井東蔵はこの件にまったく関与していない。

いや、待てよ。手紙には、うねうねした丸印が押してあったじゃないか。

私はそれをインターホンのカメラに突き付けた。

「でも私こんな手紙もらってるんですけど。ほら、ここ見てください。印鑑が押してあります。ほら、ほら」

「カミキ様はどこでその手紙を？」

「宅配便で送られてきたんです。このメイド服と一緒に」

再び長い沈黙の後、男は言った。

「確認して参りますので、今しばらくお待ちください」

そしてプツッと通話が切れた。

数分後。

私がコウモリに襲われていると、館と門を繋ぐ石畳を、一人の人物が歩いてきた。執事らしい黒服に身を包んだ、ロマンスグレーの渋い男。彼は門を開け、コウモリを追い払ってくれると、恭《うやうや》しく頭を下げた。

「当方の手違いで大変失礼いたしました、カミキ様。私は使用人の渋谷恵比寿《しぶやえびす》と申します。さあ、どうぞこちらへ」

さーて、中で何があったのかしら。

渋谷さんの後に続いて、私は滑走路のように両側がライトアップされている石畳を歩いた。

近付くにつれ、館の形が分かってきた。二階建てで、屋根は平たい。中央の円柱から、複数の扇形が放射状に突き出している。扇形はここから見える範囲だけでも五つある。間隔からして裏側にもありそうだ。もしそうなら、俯瞰図《ふかんず》はお日様マークのような形となる（巻頭図参照）。

ちろちろと水音が聞こえる。少し進むと、館を囲むように小川が流れていることが分かった。さすが金持ちはやることが違うねー。

小川を橋で渡り、正面の扇形の先端に付いている玄関ポーチに到着した。短い階段を上がり、立派な扉の前へ。ドアノッカーのライオンが「下賤《げせん》の者よ、立ち去れ」と睨み付けてくるような気がしたので、私も睨み返した。

渋谷さんが扉を開けて「お入りください」と言ってくれた。私はそうした。入ってすぐのところに真っ赤な車が展示されていたので驚いた。そういえば逆井重工の主力分野は自動車だ。渋谷さんが車の名前を教えてくれる。

洋館らしく靴は脱がないシステムだったので、私たちは土足のまま館に上がった。奥に進むと、突き当たりの湾曲した壁にドアが一つあった。

そのドアに入ると円形ホールに出た。壁にはたくさんのドアが等間隔に並んでいる。中心には太い円柱があり、それにも何枚かのドアが付いている。円形ホール自体が外から見た時の円柱に当たる部分だろうから、円柱の中に円柱がある形だ。入ってきたドアから見て反時計回りに二つ隣のドアが開いており、そこから四人の若者がホールに出てきていた。

キノコ頭と小太りという特徴から、トリュフを探すブタを連想させる青年。

イケメンなんだけど、目の周りに天然の隈《くま》があるせいで、わずかに悪魔的な印象を与える青年。

ゼムクリップをたくさん連結させた独特のチェーンピアスで耳たぶと唇を繋いだ、どう見てもヤンキーな金髪の青年。

伸びるに任せたボサボサの黒髪と、地味で冴えない顔立ちの少女。

四者四様の彼らだったが、私を見た時の反応はきれいに二分された。

悪魔の隈とゼムクリッパーは宅配便の青年と同じように、ハッとした表情になった。そう、よほど自制心の強い男でない限り、私に見とれずにはいられない。

一方、トリュフと地味子はそこまで熱烈な反応ではなかった。決して無関心なのではなく、私のことを見てはいるのだが、「あれは誰だろう」程度の視線である。地味子は女だからやむなしだが、トリュフは男のくせにそれってどうなのよ。よほど自制心が強いのか、それとも——女性に興味がないか。女性の前には「現実の」という修飾語が付くかもしれない。見るからにオタクっぽいし。

なお、先程からポーカーフェイスを崩さない渋谷さんは自制心が強いか女性に興味がないのかというと、そうとは限らない。彼はまずインターホン越しに私の顔を見ているはずだからだ。十中八九、その時にハッとしているはずである。

自信満々にそう考えていると、悪魔の隈が代表して質問した。

「渋谷さん、その人は？」

「ああ、客人です」

渋谷さんはそれ以上の紹介をせず、反時計回りに一つ隣のドアを開けて、入るよう私に促した。

そこは応接間のような部屋だった。総白髪で、柔和な顔付きの、初老男性がソファに座っていた。インターネットに写真が載っている逆井東蔵その人だ。

東蔵氏も私を見ると、やはりハッとした表情で立ち上がった。しかし大企業の社長だけあって、すぐに落ち着いた笑顔を取り戻した。彼は顔に似つかわしい穏やかな物腰で言った。

「ようこそ、おいでくださいました。どうぞおかけください」

私と東蔵氏はガラステーブルを挟んで向かい合うソファに座った。渋谷さんはドアを閉め、その側に立つ形で室内に残った。

東蔵氏の背後の壁に風景画が飾られていた。彼と同じソフトな雰囲気の水彩画だった。彼は意識して相手にそういう印象を与えるようにしているのかもしれない。

そんな彼は私を褒《ほ》めることから話を始めた。

「いやはや、実にお美しい」

よく言われるんです——いや、さすがにこれはないな。

「いえ、そんな」

私は無難に謙遜した。東蔵氏はさらに称賛の言葉を重ねてきた。

「貴女のような美しい女性がメイドとして勤めてくれれば、我が家もますます明るくなります。ねえ、渋谷くん」

「本当にそうですね」

渋谷さんは追従《ついしょう》した。

ところで、今の発言で、東蔵氏が私をメイドとして雇うつもりでいることが確定した。渋谷さんがそれを知らなかったのは、単に伝え忘れってことでいいのかしら。そして私の美貌を褒め称えるということは、予想通りメイドに偽装した愛人路線？

そう思っていると、東蔵氏はちょっと申し訳なさそうな口調になって言った。

「それで、失礼ながら本人確認のため、私の送った手紙と、何か身分証を見せていただいてもよろしいでしょうか」

「はい」

私はまず手紙を渡した。手紙は自分が出したものだからそんなに詳しく見ないだろうと、すぐ学生証も渡そうとした。ところが東蔵氏は眉間《みけん》に皺《しわ》を寄せて、手紙から目を離そうとしない。まるで初めて見るような態度じゃないか。一体どういうことなのだろう。

私が戸惑いながら一旦学生証を引っ込めようとした時、東蔵氏は眠りから覚めたように顔を上げた。

「ああ、失礼。では次に身分証を」

東蔵氏は手紙を置き、私から学生証を受け取った。

「ほう、高値ノ花高校ですか。すごいですね。才色兼備というわけだ」

東蔵氏は本来のペースを取り戻したらしく、また褒め言葉を口にした。

「それほどでも」

「しかし高校生ということは、やはり平日の勤務は厳しいですね？」

「ええ。日中はもちろんのこと、夜も『アルバイト』をしておりますので、実質土日祝しか」

「大丈夫ですよ、念のため確認しただけですので。それと炊事洗濯掃除の方は」

「バッチリです」

私は胸を張った。

「ほっほ、それは頼もしい。今日から五連休です。そこでお願いなのですが、今夜から五月五日の夜まで泊まり込みで家事を手伝っていただきたいのです。四泊五日で三十万円。いかがでしょう」

泊まり込みということは、やっぱり愛人業務も含まれているんだろう。しかし、いずれにしても、真面目に一晩五万円の「アルバイト」をするより実入りがいい。さすが大企業の社長、多額の給金。

「ヤります！」

私は即決した。

「いや、助かります。というのも私、逆井重工という会社の社長をやっているのですが。ご存知でしょうか、『サカイのキカイ』というCM」

「もちろんです」

「それは良かった。それで今年の五月の頭はとても忙しいのです。そちらの渋谷くんには秘書、兼、運転手、兼、執事、兼、家政夫、兼、料理人……と仕事と名の付くものは何でも押し付けてしまっている状態なのですが」

「すごい」

と私は言った。渋谷さんは軽く頭を下げた。

東蔵氏は続けた。

「このままでは彼の負担が大きくなりすぎてしまう。だから彼の代わりに家事をしてくれる方を雇うことにしたのです」

「事情は分かりました。でも、どうして私を？」

「炊事洗濯掃除がバッチリできて、急な泊まりにも対応できるスーパー女子高生だと、知人から伺いましたので」

やはり知人の紹介か。誰だろう、と私はお客様方の顔を代わる代わる思い浮かべたが、東蔵氏が名前を出さなかったので私も聞かなかった。

「家族に貴女のことを説明してきます。そのままおかけになってお待ちください」

そう言って東蔵氏は立ち上がった。渋谷さんのみならず家族にも私のことを話していなかったのか。

東蔵氏が戸口に向かい、渋谷さんがドアを開けると――「わっ」という声とともに、悪魔の隈とゼムクリッパーが飛び退いた。トリュフと地味子は少し離れたところに立っている。

「何だ、立ち聞きしていたのか」東蔵氏は困ったように言ってから、私の方を振り向いた。「不肖の子供たちです」

またもや悪魔の隈が代表して質問した。

「だって気になるじゃないですか。メイド服を着た美しい女性がいきなり訪ねてくるなんて。まさか雇うんじゃないでしょうね」

「そのまさかだよ」

「ええっ」悪魔の隈は驚いた。「今まで渋谷さん以外の使用人を雇ったことなんてないじゃないですか」

他の三人の間でも「何で今更？」「要《い》らなくね？」などといった囁きが交わされ、私は求められていないんだと少し気落ちした。

「理由は今から説明するよ」

と言って、東蔵氏はドアを閉めた。

渋谷さんと二人だけになった。彼は門番のように無言でドアの前に立っている。沈黙は気にならないけど、私だけが座っているのは忍びない。

「ずっと立っているのもしんどいでしょう。座りませんか」

私が自分の隣をぽんぽんと叩くと、渋谷さんはやんわりと断った。

「いえ、主人の許可なく使用人が座るわけにはいきませんので」

「じゃあ私が立ちます」

私がいきなり立ち上がると、渋谷さんは一瞬面食らったが、すぐに困ったような笑顔になった。

「それも私が怒られてしまいます」

「大丈夫、ドアが開いた瞬間に座りますから。こう見えても私、反射神経がいいんですよ」

「そこまでおっしゃるなら、どうぞご自由に」

意表を突くと相手の素《す》が見える。渋谷さんはなかなか柔軟な思考の持ち主のようだ。一緒に仕事がしやすそう。

私は立ったまま彼に尋ねた。

「渋谷さんは逆井重工の社員なんですか」

「いえ、私は逆井さんに直接雇われています」

「結構長いんですか」

「そうですね。かれこれ二十年になります」

「わあ、強い信頼関係があるんですね」

「ええ」

と渋谷さんは言ったが、答える前にほんのわずか間が空いたことを私は見逃さなかった。

まあ、信頼関係がなくても仕事はできる。

その後、具体的な業務内容を聞いていると、ドアが開いた。私は慌てて座った。

戻ってきた東蔵氏は目をしばたいた。

「はて、上木さん。今、お立ちになっていたような……」

「立ってません。全然立ってませんよ」

「そうですかな。まあ、いいでしょう。子供たちへの説明を済ませました。皆、食堂で待っております。普段、渋谷くんとは食卓を別にしておるのですが、今日は上木さんの紹介と歓迎を兼ねて、皆で食べましょう」

私たちはホールに出て、別のドアに入った。

そこは食堂だった。その上でテーブルテニスどころかテニスができそうなほど大きな食卓に、四人の子供が着いている。奥には、入ってきたのとは別のドアがあった。

私が感心しながらきょろきょろしていると、東蔵氏が言った。

「初仕事をお願いします。渋谷くんと協力して、隣の厨房から料理を運んできてください」

「はい」

「こちらです」

と渋谷さんが歩き出す。

その後に付いて食堂の奥に進む途中、悪魔の隈に話しかけられた。

「さっきはすみません、あまりに突然のことだったからつい驚いちゃって。でもこんなきれいな女性なら大歓迎ですよ」

親子揃って歯の浮くような台詞を言う、と思いながら適当に応じた。地味子が冷めた視線を私たちに寄越す。

私と渋谷さんは奥のドアに入った。そこは食堂と厨房を直接繋ぐドアだった。厨房も見事なものだった。そこに、これまた見事なフランス料理が並んでいた。

「すごい、昔レストランかどこかに勤めていたことでもあるんですか」

私が聞くと、渋谷さんは少し笑って言った。

「独学ですよ」

「独学でこれですか。はぁー」

私は感嘆のため息をつきながら、あることに気付いた。

「これって明日から私が作ることになるんですよね。荷が重いなあ」

私も一応プロの料理人に教えてもらった身だが、あくまで家庭料理の範疇《はんちゅう》であり、ここまでのものは作れない。

「大丈夫ですよ。逆井家の方々は私の料理を食べ飽きているので、上木さんの料理はきっと新鮮に感じられると思います」

「そうだといいですけど」

二人で配膳した。渋谷さんは私に要領良く指示を出し、有能さを感じさせた。

最後の皿を運び終えた時、ホール側のドアが開いた。入ってきたのは、ピンクブラウンの髪をツインロールにした、ゴスロリファッションの少女だった。五人目の子供だろうか。

そう思って、しげしげと観察していると、ゴス子がこちらを向いた。私の姿を認めると、彼女は目を丸くした。まだ私のことを知らされていないようだ。

ゴス子はすぐに澄ました顔に戻ると、傲岸《ごうがん》にも聞こえる声で言った。

「彼女は？」

「新たに雇ったメイドの上木さんさ」と東蔵氏。

「聞いてないわよ」

ゴス子は露骨に不機嫌になった。険悪な空気が流れる――かと思ったが、東蔵氏は柳に風だった。にこやかに言った。

「まあ、説明するから座りなさい。渋谷くんと上木さんも座って座って」

ゴス子は気勢をそがれたように座った。私と渋谷さんも空いた席に着いた。

「さあ、これで全員集合だ」

と東蔵氏は上機嫌に言った。

全員集合ということは、この家の住人は私、渋谷さん、東蔵氏、トリュフ、悪魔の隈、ゼムクリッパー、地味子、ゴス子の八人か。奥さんがいない。離婚か死別したのかな。まあ、奥さんがいる家に愛人を上げるわけにはいかないから当然か。子供たちに遠慮しないのもどうかと思うけど。

そんなことを考えているうちに、東蔵氏はゴス子に私の説明を終えていた。

「事情は分かったわ。でもそれなら、どうして事前に説明してくださらなかったの」

「急に決まったことだったんだ、すまんね」

東蔵氏はそう言ったが、彼女が納得した様子はなかった。他の子供たちも腑《ふ》に落ちない顔をしている。

それを見ているうちに、私もだんだんおかしいと思い始めてきた。

私が偽装された愛人なのか、ただのメイドなのかという問題は、一旦脇に置いておこう。いずれにしても泊まり込みの使用人だ。それを雇うことを家人の誰にも伝えないということがあるだろうか。

そうだ、おかしい。仮に家族とはバッドコミュニケーションだったとしても、少なくとも渋谷さんには必ず伝えるはずだ。これは彼の業務量に関する問題なのだから。

それに私がインターホンを鳴らした時、応対する可能性が最も高いのが渋谷さんだ。

その彼に伝え忘れるなど考えられない。

加えて、手紙を見た時の東蔵氏の態度。あれじゃまるで――。今日初めて手紙のことを知り、それから私を雇うことを決めたみたいじゃないか。

だが、そんなことがあり得るだろうか。手紙が単なるいたずらであるのなら、私を追い返せば済む話だ。東蔵氏は一体何を企《たくら》んでいる？

彼の柔和な笑顔が急に空恐ろしいものに感じられてきた。

そんな私の思いをよそに、東蔵氏はシャンパンの入ったグラスを持ち上げた。

「それでは上木さんを歓迎して――乾杯！」

元よりグラスが触れ合う距離ではないが、それを差し引いても、盛り上がらない乾杯だった。私を含む多くの者が遠慮がちにグラスを動かしただけで、ゴス子などはグラスを持とうともしなかった。

しかし東蔵氏は気にする様子もなくグラスに口を付けた後、こんな提案をした。

「このままでは上木さんも誰が誰だか分からないだろう。私と渋谷くんはすでに自己紹介をした。他の人も自己紹介をしてくれ」

「必要ないでしょ」とゴス子が突っぱねた。「後で渋谷か誰かが説明すればいいじゃない」

「名前と趣味くらいでいいから」

「趣味なんて言うつもりないわよ！　名前も名前だし……」

ゴス子は後半口ごもった。名前も名前、とはどういう意味だろう。

東蔵氏は何も言わず、穏やかな笑顔でじっと彼女を見つめた。彼女は目を逸らした。が、やがて折れた。

「分かったわよ、やればいいんでしょ」

彼女はガタッと立ち上がり、投げやりな口調で言った。

「私は火風水《ひふみ》。火に風に水と書いて、ひふみ」

すごい名前だ。三属性が揃い踏みしている。圧倒されていると、彼女が私を睨んだ。

「あなた今、変な名前って思ったでしょ」

「いえ、そんな」

「いいのよ。こんな妙ちきりんな名前を付けた親を一生恨むわ」

どうやら彼女は自分の名前にコンプレックスがあるらしい。名前も名前、とはそういう意味だったか。

私は何となく、クリスティの『ＡＢＣ殺人事件』に登場するアレクサンダー・ボナパート・カストを思い出した。あちらはアレクサンドロス大王とナポレオン・ボナパルトのような英雄になってほしいという親の期待を込めて付けられた名前だったが、何をやっても上手く行かない彼自身は、その仰々しい名前に負い目を感じていた。しかし火風水という名前は、強気な彼女にぴったりだとは思う。

それにしても、

「こんな名前を付けた親って……」

私は東蔵氏の方をチラ見した。名付けた本人の前でそんなことを言っていいのだろうか。

すると火風水さんが衝撃的な発言をした。

「勘違いしているようだから言っておくけど、私は東蔵の娘じゃなくて妻だから」

「ええっ、だって若――」

私は失礼になると思い、咄嗟に言葉を飲み込んだ。

若すぎる。火風水さんは高く見積もっても、せいぜい二十五歳くらいじゃないか。六十がらみの東蔵氏とは歳が離れすぎているし、二十歳前後の四人の子供を産めたはずがない。

後妻、か。しかも歳の差婚。

そりゃ自分に断りなく若い女性を家に上げたら怒るわけだ。

ちゃんと奥さんがいるなら、私が愛人だという説も怪しくなってきたな……。

「ふん」

火風水さんはブスッとした顔で席に着いた。

「席順で行こうか。次は一心《いっしん》、頼むよ。そうそう、わざわざ立たなくてもいいからな」

東蔵氏が付け加えた一言が火風水さんを怒らせた。

「何で私が立った時に言わないのよ！」

「ほっほ、せっかく乗り気になっているところに水を差したくなくてね」

これだけ年下の妻だと、年齢差に加えて、財産狙いの下心から、どうしても甘えたり媚《こ》びたりする人が多いと思うが、火風水さんは珍しく反骨精神豊かだ。そのじゃじゃ馬を東蔵氏は上手く乗りこなしている。案外、お似合いの夫婦なのかもしれない。

さて、席順なら、次は火風水さんの隣に座っているトリュフの番だ。

「長男の一心です。字は一心不乱の一心」

彼の声はとても低く、ドンと私の腹に響いた。しかし声の強さとは裏腹に、彼自身は伏し目がちで気弱な印象だった。

「兄さん、何か一心不乱に打ち込んでいることとかあったっけ。大学院で一心不乱に研究しているのかな」

悪魔の隈が茶々を入れた。

「字を説明しただけだし」

一心はムスッとしたように言ったきり、黙り込んでしまった。

「兄さん、もう終わり？」悪魔の隈は確認してから話し始めた。「じゃあ次は僕の番ですね。僕は次男の二胡《にこ》。ニコッと笑うのニコじゃなくて、楽器の方の——ってご存知ですか、楽器の二胡」

「ええ、中国の弦楽器」

「すごいですね、上木さん。同年代の奴に分かられたことありませんよ、二胡。何でこんな名前かっていうと、親父が二の付く熟語を他に思い付かなかったという……」

「語感がかわいいと思ったんだよ」と東蔵氏。

「女の子じゃないんだから」二胡は東蔵氏に言ってから、私の方に向き直る。「まあ、そんなわけで二胡です。二胡は弾けませんが、ギターは弾けます。大学のサークルでバンドやってます。あと釣りも好きです」

前二人が言わなかった趣味まで語り出す。バンドと釣りとは少し毛色が違うなと思っていると、東蔵氏が嬉しそうに言った。

「私も釣りが大好きなんですよ。休日に付き合ってくれる親孝行な息子です」

「上木さんの趣味は何ですか」

二胡は私にも振ってきた。

「え、えーと」

私は言葉に詰まった。

私って案外無趣味なのよねー。唯一の楽しみは援助交際でもらえる五万円。しかもそのお金を何に使うってわけでもないし。どうする、仕事が趣味って答えるか？　それはそれで一種のジョークになるけど、自分のメイドとしてのハードルを上げることにもなりかねない。「どうしたんですか、上木さん。仕事が趣味と言っていたのにその程度ですか」「ああ、そうか。仕事が趣味というのは遊び半分という意味だったんですね」なぜか渋谷さんの声で再生される。うーん、どうしようか。あ、そうだ。もう一つ楽しさを見出せることがあった。あれならウケもよさそうだ。よし、それで行こう。

私は一瞬の熟慮の末、その趣味を口にした。

「探偵です」

今までに解決した事件の話をすれば場が盛り上がるのではないかという狙いだった。

ところが、正反対の現象が起きた。

二胡の表情が凍り付いた。それどころか東蔵氏もだ。他にも誰かまでは特定できなかったが、何人かが剣呑《けんのん》な空気の発生源と化していた。

探偵というワードが禁句だったのか？　でも、どうして？

私は訳も分からないまま、とにかくその場を取り繕《つくろ》おうと、冗談を言った。

「あ、探偵といっても、この家には探偵目的で潜入しに来たのではありません」

しかし空気はますます冷たくなり、いよいよ私が滑ったみたいになってきた。

だが今の冗談で閃《ひらめ》いたことがあった。

それは、東蔵氏はまさにそう考えているのではないかということだった。つまり探偵ではないにせよ、私が何らかの目的で手紙を偽造して潜入しに来た――と。その目的を知るために、敢えて獅子《しし》身中《しんちゅう》の虫を迎え入れ、泳がせているのではないか。例えば産業スパイであれば、そのうち引き出しを漁《あさ》り始めるだろう。その現場を押さえ、雇い主を白状させる。そういう計画なのではないか。ありそうな話だ。

しかし――と私は推理をさらに発展させる。東蔵氏がそう考えていたとしても、事実私は手紙を偽造などしていない。私の元に送られてきたあの手紙とメイド服は、誰が出したのか。手紙には印鑑が押されていた。いくら信憑性を出したいからといって、わざわざ印鑑を偽造するだろうか。あの印鑑は本物だと考えるのが自然だろう。

それを押せたのは誰か。決まっている。逆井家の住人——ここにいる七人の誰かだ。

そうか、東蔵氏は同時に手紙を偽造した内通者も炙り出そうとしているのだ。私を泳がせておけば、必ず内通者に接触するはずだと。

実際は、私は内通者が誰であるか知らない。だから向こうから接触してくるのを待つしかない。その人物はなぜ私をこの館に呼び寄せたのだろう。

考えていると、東蔵氏が咳払《せきばら》いをして言った。

「二胡、お前の自己紹介は終わりかな」

「は、はい」

「では次に行こう。三世《さんせい》、お前の番だ」

だがゼムクリッパーは耳をほじっているだけで答えなかった。

「三世」

東蔵氏が促すと、ゼムクリッパーは小指の先の耳糞《みみくそ》をふっと吹き飛ばしてから、嘲《あざけ》るように言った。

「こんな茶番、もうやめようぜ。小学校のクラス会じゃねーんだから」

しかしその声はどこか震えているように聞こえた。その震えは、いかなる感情によるものか。

「三世！」

東蔵氏が珍しく語気を強めた。

「三世？」

私は小声で隣の渋谷さんに尋ねた。渋谷さんも小声で返事をした。

「ルパン三世の三世ですよ。それが三男のお名前です」

ルパンねえ。こっちの三世はあっちの三世とは違って、見るからに三下だけど。

三下――じゃなかった、三世は頑として口を開こうとしない。東蔵氏もどうしよう
か扱いあぐねている様子。

そんな中、発言する者があった。

「しゃべりたくない人にしゃべらせるのは無理よ」

地味子だった。

「お父さんが三回も名前呼んだから、上木さんにももう伝わってるでしょ。後は私が
自己紹介して終わらせるわね。長女の京《みやこ》。東京の京と書いて、みやこ。三世と同じ高
校生。はい、これで自己紹介タイム終わり」

彼女はさっさと自己完結すると、前菜に取りかかった。東蔵氏は口を開きかけた

が、結局何も言わなかった。

京がすごいのは、当主たる東蔵氏があくまで三世にしゃべらせようとしていたのに、独断でそれを打ち切ったところだ。地味な外見とは裏腹に、強い意志の持ち主なのだろう。

京の後に、私が改めて自己紹介を求められることはなかった。本来なら彼らより先に挨拶するべき場面だっただろうが、東蔵氏は私にしゃべらせたくなかったのかもしれない。何となくそんな気がした。

インプット量が多かったので、私は一旦頭の中を整理した。

●ゴス子……火風水、妻。
●トリュフ……一心、長男、大学院生。
●悪魔の隈……二胡、次男、大学生。
●ゼムクリッパー……三世、三男、高校生。
●地味子……京、長女、高校生。

三人の男子は名前に漢数字が入っているのに、京には入っていない。女子は数に含めないとかいう男尊女卑的なアレだろうか。

いや、京は漢数字と言えなくもないか。「けい」と読めば、兆の一つ上の位だ。もし本当にそういう意図で付けられた名前ならば、京ちゃん最強ということになる。

そんなくだらないことを考えて頭の中は盛り上がったが、食卓はまったく盛り上がらないまま、夕食が終わった。

夕食後、私と渋谷さんは食器を洗った。初回だから厨房の案内を兼ねて渋谷さんが手伝ってくれるが、明日以降は私一人で料理から後片付けまでしなければならない。私が食材と睨めっこしながら明日の朝食のメニューを考えていると、渋谷さんが一冊の大学ノートを渡してくれた。

「困ったら、これをお使いください。一通りのレシピをまとめてあります」

ページをめくってみると、様々な料理について、分量や注意点が見やすくまとめられていた。

「わあ、ありがとうございます。助かります」

お風呂は逆井家の人々が当然先に入るので、女風呂と男風呂に分かれているとはいえ、私と渋谷さんの番が回ってくるのはまだまだ先だ。その空き時間を利用して、渋谷さんは館内を案内してくれた。

九枚の扇形が放射状に突き出た円を、二枚重ねた形。どの扇形に行くためにも一度円形ホールを経由しなければならず、一階と二階を行き来できるのはホールの中心にある螺旋《らせん》階段のみ。螺旋階段は剝き出しではなく、館の中心を貫く円柱の中を通っている（以降階段柱と呼ぶ）。階段柱には北、南東、南西の三方向にドアが付いており、ホールのどこからでも螺旋階段にアクセスしやすくなっている。階段柱の一階部分には、階段の下の空間を利用する形で、物置がある。

館の全貌を把握して最初に思ったのは、いかにも〇りそうな形だな、ということだった。その連想に拍車をかけているのが、二階のホールと各部屋を隔てるドアに関する二点だった。

一点目は、前室とでもいうべき何もない空間を挟んだ二重扉になっていること。

二点目は、ノブではなくドアの窪みに手をかけて開閉するようになっていること。

しかしこういう構造になっているのは二階のホールと各部屋の間だけであり、他の場所はすべて普通のノブ付き一重扉だ。もし〇るとすれば、どのように〇るのだろう。

「この館はどうしてこんな形になっているんですか」

私は渋谷さんに聞いてみたが、

「この館を建てられたのは先代の当主ですが、その御心を推し量る術《すべ》など私にはありません」

という答えが返ってきただけだった。

まあ、私も本気で◯ると思っているわけではなかった。もしこれが現実なら、家が◯るわけがない。もしこれが推理小説なら、今更◯る館などという手垢まみれのトリックを持ち出すはずがない。

あと特筆すべき点と言えば、一階の調合室だろうか。これは火風水さんが化粧品を調合するための部屋である。彼女は小さいながら自分のブランドを持っており、その商品を自分で作っているというのだから驚き。

館の案内が終わり、私と渋谷さんは自室の前で別れた。

私に与えられた部屋は、普段客室として使っているのだという。レインボーツリーの七◯七号室よりちょっとだけ広かった。だがベッドだけはウチの勝ちだ。娼婦にとってのベッドは、高級ハイヤー会社にとってのリムジンと同じようなものだから、最高級品を選んでいる。

そうだ、寝転がっている場合じゃない。明日の朝食のメニューを決めないと。

私はベッドから跳ね起きて、渋谷さんから借りたノートを開いた。一人暮らしを始めたばかりの人に高く売れそうなほど充実した内容だった。コピーさせてもらおうかしら。

おかげで一つのアイデアが浮かんだ。でも、あの食材って厨房にあったっけ。

私は確認するべく部屋を出た。

二重扉を経てホールへ。そこで二胡と会った。

「やあ、上木さん。どちらへ？」

「厨房へ。明日の朝食に必要な食材があるかを確認したくって」

「見た目通り真面目なんですね。明日の朝が楽しみですよ」

二胡は自室に戻った。

入れ替わる形で、女風呂へと続くドアから火風水さんが出てきた。風呂上がりなのだろう、バスローブに着替え、髪も下ろしている。

「こんばんは」

私は会釈《えしゃく》をしてすれ違おうとした。

しかしすれ違いざまに、火風水さんがある言葉を呟いた。

それは私が付けている香水の銘柄だった。

私は驚いた。銘柄もさることながら、香水を付けていることに気付かれたこと自体が驚きだった。抱いた時に初めて分かる隠し味程度の量しか付けてないのに。

「よく分かりますね」

「私、化粧品には詳しいから」

これはお近付きのチャンスかもしれない。さすが自分のブランドを持っているだけありますね——そう褒めようとしたが、その前に火風水さんが言った。

「いいセンスね。でもメイドが付ける香水ではないわ」

上げてから落とされた。

「……はい」

私は出鼻を挫《くじ》かれた気分で答えた。やれやれ、この家にいる間は香水は付けないでおこう。

私は螺旋階段を下り、厨房に行った。

求めていた食材はちゃんとあった。これで考えていた料理を作れる。

そのまま調理のシミュレーションをしていると、どこからか声がした。

この低い声……。一心だ。開いている窓から聞こえてくるようだ。

そういえば彼の部屋は厨房の真上だ。それで聞こえるのか。彼の声がよく通るというのもあるだろう。

別に盗み聞きするつもりはなかったが、勝手に聞こえてくるのだから仕方ない。私も厨房に用事がある。しかし内容は断片的にしか聞き取れなかった。

「今日……メイド……親父が……」

どうやら私の話をしているらしい。

聞こえるのは一心の声だけだ。電話か、独り言か、相手の声が遮断されているだけか。

すると、こんな発言が出た。

「ミサキはどう思う?」

その後も何度かミサキという単語が聞こえた。それが相手の名前か。

ミサキという名前の人物はこの館にはいないし、来客があった風でもない。電話だろう。

そう納得したところで、厨房のドアが乱暴に開けられた。

驚いて振り返ると、戸口に三世が立っていた。

彼の目は異様にギラついていた。

「こんなところにいたのか。探したぞ」

私はびっくりして聞き返した。

「私に何の用ですか」

「とぼけんなよ」

三世は大股で近付いてくると、私の側の壁にドンと手を突いた。きゃー、壁ドン。

「お前の正体は分かってるんだよ。今更何しに来やがった。言え！」

「正体ってどの正体ですか」

彼が何でそんなことを言い出すのか皆目見当が付かなかった。こいつ、ヤクでもキメてるんじゃないか。

「とぼけんなって言ってんだろ！」

三世は掴みかかってきた。ところが私は男の手から逃れるのは非常に得意である。彼が闇雲に突き出す手からするりするりと抜け出した。

「くそっ」

攻めあぐねていた三世の視線が突然、横に跳ねた。その先には私がさっきシミュレーションに使った包丁があった。彼はそれに手を伸ばした。あ、それは反則だ。そっちがその気なら、こっちはチェーンピアスを引っぱってやる。

三世の指が包丁に、私の指がチェーンピアスに触れかけた瞬間。

「やめろ！」

三世の動きがぴたりと止まった。

戸口に二胡が立っていた。彼はもう一度言った。

「やめるんだ、三世」

「でもよ、兄貴」

「迂闊《うかつ》なことはするな」

助けに来てくれたのかと思ったけど、「迂闊」なんて言葉を使うということは、こいつも何か知っていそうだ。

「ちっ、分かったよ」

三世は私から離れた。戸口に向かう途中で、一度だけ私の方を振り返った。その顔に浮かんでいたのは怒りではなく、怯《おび》えだった。

三世は厨房から出ていった。代わりに二胡が近付いてきた。

「大丈夫ですか、怪我はない？」

「ギリギリ大丈夫でしたが、もう少しで死人が出るところでした。三世さんは一体どうしたんですか」

「最近あいつ情緒不安定で」

そんな理由なわけないだろう。

「二胡さん、何か知ってるんじゃありませんか」

「僕は何も知りませんよ。上木さんこそ何か知ってるんじゃないですか」

彼は私の側の壁にそっと手を突き、私の目を覗き込んできた。お前ら壁ドン好きだな。

「どういう意味です？」

「三世が何か叫んでいたでしょ。心当たりがありませんか」

「ありませんね。彼とは今日初めて会いましたし」

「そう、ですか……」

二胡は私から離れると、急に声を明るくした。

「いや、ご迷惑をおかけしました。弟に代わって僕が謝罪します。ところで上木さんはさっき言ってた食材の確認に？」

「はい、その後調理のシミュレーションをしていたら、一心さんが電話している声が聞こえてきて……」

言ってから、これじゃ盗み聞きしていたみたいだなと思った。しかし二胡はその点には突っ込まなかった。

「電話？　ああ、それはきっと従姉妹ですね。兄さんが電話する相手なんて彼女しかいない」

「従姉妹？」

「はい、埼玉県北部に住んでいる玉之助叔父の一人娘です。僕たち四人の中で、なぜか兄さんだけ好かれていて、よく電話してます。ホント、一心みたいな奴のどこがいいんだろうなあ」

最後のは独り言めかしているが、本当は反応してほしいのがありありだった。

夕食の時も一心不乱がどうとか言っていたし、二胡は一心に対抗心を燃やしているようだ。大企業の社長の家だから、後継ぎ問題が関わっているのかもしれない。

私は煽《あお》ってみた。

「二胡さんはどうして従姉妹に嫌われてるんですか」

その瞬間の彼の表情は見物だった。作り笑いのメッキがボロボロと剝がれ、中から悪魔の顔が出てきた。わあ、楽しい。

「彼女の見る目がないからさ」

彼は目を背けて吐き捨てるように言った後、私の方に向き直った。

「上木さんはもう少し気を付けた方がいい。この家にはいろいろとあるから。そう、いろいろとね」

脅迫めいた台詞を残し、二胡は消えた。

私も戻ることにした。

二階のホールで一心と鉢合わせした。会釈してすれ違おうとすると、「あの」と呼び止められた。彼の声は太くホールに響き渡った。

「何でしょうか」

「さっき趣味は探偵って。あれ、どういう意味ですか」

やはり混乱を招く発言だったらしいと反省し、釈明した。

「他意はありません。私、よく事件に巻き込まれるんですが、その事件をちょっと解決したりとか、それだけのことです」

一心はしばらく黙っていた。他意を疑っているのだろうか。しかし次に彼が発した言葉は予想だにしないものだった。

「すごい、本当にいるんだ、探偵。実は俺、推理作家になりたいと。それであなたがもし本当に探偵なら、ぜひお話を」

一心は時々語尾を省略する独特のしゃべり方をした。

「推理作家ですか。応募とかしてるんですか」

「ええ、でもなかなか引っかからなくて」

「そうなんですか。私の友達にも――」

推理作家がいるんです、と言いかけてやめた。夢を追う者にとって、夢を叶えた者の話は疎《うと》ましいだけだろう。

結局こう続けた。

「推理小説好きがいるんです。もちろん私も好きです」

やや不自然な繋ぎになったが、彼はまったく気にかけていないようだった。

「それは良かった。もしアレでなければ、俺の部屋でお話を」

「アレじゃないですよ」

私は彼の部屋に行った。

「わあ、本がいっぱい」

本棚に古今東西の推理小説が並んでいて壮観だった。

「こんなの全然ですよ。もっとすごい人はたくさんいます」

私は勧められた椅子に座った。

窓が開いているらしく、カーテンがそよいでいる。さっきの電話の時もこうして窓が開いていたのだろう。この館は防音性が高そうだから、厨房の窓が開いていただけでは多分声は聞こえない。

針と文字盤が壁に直接取り付けられている時計があった。私の部屋の壁時計もあのタイプだったから、全居室にあるのかもしれない。

「じゃあ、まずは小笠原諸島で遭遇した連続殺人事件の話を……」

私の話を聞いている間中、彼は子供のように目を輝かせていた。そして解決編に入ると、彼は「えっ」と大声を上げた。

「まさか島に集まった人々にそんな秘密があったなんて」

そこまで驚いてくれると、こちらも話し甲斐があるというものだ。私は得意な気分で話を終えた。

彼は感嘆するように溜め息を漏らした。

「いるところにはいるんですね、殺人事件を解決する探偵」

「私も推理小説の中にしか存在しないと思っていたんですけど、解けちゃったんで」

「天才、か。俺も才能が欲しい」

彼は独り言のように言うと、テーブルの上からコピー用紙の束を取って私に渡した。それはプリントアウトした小説だった。一行目に『雨男の証明』というタイトルと、榊有心《さかきゆうしん》というペンネームが印字されている。

「犯人当て小説です。読んでくれませんか。あなたの感想が聞きたい」

A４用紙で十数枚。大した分量ではない。すぐ読めそうだ。

「喜んで」

「ありがとうございます」

一心はキノコ頭を律儀に下げた。

読み始めてしばらくすると、部屋のドアがノックされた。一心が開けると、東蔵氏だった。白髪は乾き切っていたけど、肌が上気していたので、お風呂上がりだと分かった。

東蔵氏は私を見て眉を上げた。

「おや、上木さん。早速仲良くなったのかな」

その言葉には含みがあるように聞こえた。一心が手紙を偽造した内通者だと疑っているのだろうか。

「上木さんも推理小説が好きらしくて、そのことで話していたんだ」

一心はバツが悪そうに答えた。東蔵氏は、ほっほと笑った。

「そいつは結構。あと、風呂が沸いたからな」

「あ……。二胡に先に入ってもらって」

「分かった」

東蔵氏が退室すると、一心は言った。

「推理作家を目指していることは家族には内緒にしていて。だから上木さんも内密に」

「分かりました」

「親父は長男の俺に会社を継がせたがっているようですが、二胡の方が適任かと。何が何でも年功序列にしなきゃいけないわけでもないですし。親父だって」

その二胡は一心に強い対抗心を抱いているようだ。父親の釣りに付き合うのも取り入るためなのかもしれない。二人の生まれた順番が逆だったら良かったのに。

「とりあえず逆井重工に入れと。そう言われてるんですが、今は大学院で時間を稼いでいるという状況で」

「なるほど」

大学は乗り物と似ている、と私はふと考えた。どちらもお金で時間を買っている。

私は原稿に目を戻した。

『雨男の証明』は、旅行や行事に参加すると必ず雨が降る「雨男」という特殊体質が実在する世界観の下、一緒に旅行に行った四人のうち誰が雨男なのかを当てる小説だった。文章には稚拙《ちせつ》な部分もあったが、設定が面白いので楽しく読めた。

「これは問題編だけなんですね」

「ええ、解答編は別に。どうです、雨男が誰か分かりますか」

「この人でしょう」

「こ、根拠は？」

「三つあります。まず……」

「――すごい。完全正解です。難しいと自負していたんですが、本物の探偵はやはり違いますね。それでは解答編を」

一心はコピー用紙を追加で数枚渡してきた。私が読み終えると、彼は尋ねた。

「どう思いますか」

なかなか答え方が難しい。私は作家志望者を喜ばせつつ、適当に褒めているだけと感じさせないような言葉を探した。

「やはりタイトルと設定がいいですね。惹き付けられます。一方で、犯人限定のためだけの設定が多くて、ややスマートさを欠いているように感じられます。例えば『自宅から半径五十キロ以上の移動を旅行と呼ぶ』とか、『センター試験は行事に含めるけど模試は含めない』とか。でも雨男が砂漠に旅立つ決意をするラストシーンは良かったです。雨上がりの空のような読後感でした」

「スマートさを欠いている、か。ＳＦミステリはどうしても設定過多になりがちとはいえど、ちょっと多すぎるとは自分でも思ってたんだよなあ」

彼は批判部分しか聞こえなかったような反応をしたので、私はもう一つ褒め言葉を重ねることにした。

「でも一心さんの本格ミステリ愛が伝わってくる作品だったと思います」

「ええ、本格は好きです。何というか、ルールでガチガチに縛られているのがいいんですよね。作者と読者がフェアプレイの契約をしているから安心できるというか」

しゃべりながら、一心の目線はどんどん下がり、声も小さくなっていった。人がそうなる時、その人は自分の核心を話そうとしている。それを知られるのが恥ずかしいから、否定されるのが怖いから、俯き囁くのだ。胸を張って堂々と語られる言葉は大抵、用意された建前である。私は耳を澄ました。

「本格は『倫理的に正しいかどうか』より『論理的に正しいかどうか』を重視する。だからよく非人間的だとか、冷徹だとか言われるけど、俺はそう思わないんですね。ちゃんとルールを決めて、その枠内で正々堂々、不意打ちはなしですよ、っていうのはすごく人間的な行為じゃないですか。むしろ現実の人間の方が人間的に思えません。無秩序で、動物的だ」

「厳格に定められたルールこそが人間的、ということですね」

「え、ええ、その通りです」

「私もまったく同じ考えです。いつもそれを心がけて行動しています」

私はニッコリ微笑んだ。彼は顔を赤らめた。

そこで私はあることを思い出した。

「そうだ、一心さんほどの本格ミステリマニアなら一度は考えたことがあるでしょ。この館は○るんじゃないかって」

私が冗談めかして言うと、彼は不器用に唇を吊り上げた。

「さすが上木さん、よく分かってますね。でも残念ながらそういう話は聞いたことが。親父が祖父から相続した家なので、秘密を知っているとすれば親父だけかと」

「そうですか。形的には絶対○ると思うんですけどねえ」

「○る館は講談社文庫やメフィスト賞作家の新本格を象徴する『ルール』ですからね」

「あの時期から仕掛けのある館が急増しましたよね。○る館もその一つですか」

「ええ、基本的にはそういう理解でいいかと。でも○る館を使ったトリックはもっと昔からあって、例えば甲賀三郎が昭和五年に発表した短編で使われています」

「昭和五年！　そんな昔から！」

「甲賀は初めて『本格』という言葉を使ったとされる推理作家で。ですから○る館は本格の『ルール』にして『ルーツ』と言えるかと。それだけに使い古されてはいますが。○る館なんて所詮『秘密の抜け穴』とトポロジー的には同相ですからね」

「それじゃあ現代本格の最先端は何ですか。やっぱり叙述トリック？」

「叙述はまだまだ現役の『ルール』ですが、俺は食傷気味で。○る館とか、叙述とか、それらは単に汎用的《はんようてき》な技法に過ぎないのであって、使いはするけどそれ自体に価値はないですよ。それよりも、もっとその先にあるものを俺は書いていきたい」

一心は熱弁を振るった。

「その思いを応募作品に込めているわけですね」

「まあ、そうです。次に挑戦したいのは、本格と社会派の融合——の新しい形というか」

謎解きを重視するあまり現実感が希薄になりがちな本格と、犯罪を通じて現実社会を描く社会派は相反するものだとされているが、その二つを融合させようとする試みは昔から行われてきた。彼はその方角から新たな風を吹かせようというのか。

「従来の融合を謳った作品の中には、ほぼ全編ガチガチのトリック小説で、動機だけ取って付けたように社会派というようなものもあって。そうするとトリックの部分が浮いてしまって、かえって本格と社会派の乖離《かいり》を強調してしまっているだけではないかと。だから俺は本格のルールが現実社会のルールをも侵食し、両者が混然一体となるような、そんな作品を書きたいと思っているんです」

「面白そうですね。頑張ってください」

その後、私が解決した事件の話をもう二、三してから、部屋を辞した。

一心に一つ聞き忘れたことがあった。まあ、いいや。またの機会にしよう。

そう考えながらホールを歩いていると、背後から呼ばれた。

「上木さん」

振り返ると、京だった。

「はい、何でしょう」

「お風呂が空きましたので、お使いください。場所は分かりますか」

「先程渋谷さんに案内してもらったので大丈夫です。お気遣いありがとうございます」

親切な人だ。質問をしても無下《むげ》に扱われることはないだろう。私は一心に聞き忘れたことを尋ねてみることにした。

「そういえば私が着いた時、ご兄弟の皆さん、書斎から出てきたところでしたね。あれは何をされていたんですか」

「この曜日の夕食前は、父による帝王学の講義が書斎で行われるんです」

「帝王学」

字面では見たことがあるが、実際に耳にするのは初めての単語だった。

「経営者の心構えとか、部下の使い方とか、そういったことです。時々ペーパーテストのみならず、スピーチやパネルディスカッションなどもやらされます。その成績を元に後継者を決めるなどと父は言っていますが、どこまで本気なものか。二胡などは躍起になっていますが」

「京さんは社長の座を狙ってないんですか」

私は冗談めかして尋ねた。すると彼女は自嘲するように言った。

「父が私を講義に参加させているのはただの戯《たわむ》れです。実際に私が社長になる可能性はありませんよ」

なぜだろう。地味だからカリスマ性はなさそうだけど、三世よりはずっと向いていると思うが。

「やはり女性で年下だから……？」

「それもあります」

ということは、他の理由もあるということか。しかし彼女がそれを話すつもりはないようだった。

私は質問を本筋に戻すことにした。

「それで私がこの家に着いた時、皆さんお揃いだったんですね」

「はい。チャイムが鳴った後、渋谷さんが書斎に入ってきて父に何かを耳打ちしたんです。父が講義を中断して渋谷さんと出ていったので、私たちはどうしたんだろうと話し合いました。それでホールに出たら、上木さんが」

「私のこと、事前に聞かされていなかったんですってね。さぞ驚かれたでしょう」

「そりゃもう。私は最初、二胡と三世に関係のあるお客さんだと思ったんです。というのも、上木さんが応接間に入ってから数分後、父が応接間から出てきて、二胡と三世だけを連れて書斎に入ったので」

「へえ、二胡さんと三世さんを」

「ええ。でもその後書斎から戻ってきた父から、ゴールデンウィーク限定のメイドなんだと聞きました」

あの時、東蔵氏は家族に私のことを説明すると言って応接間を出ていった。それなのに、まず二胡と三世とだけ密談したとは。やはりあの二人はこの件に何か関係があるらしい。

「いろいろ教えていただきありがとうございます。それでは、お風呂に入ってきますので」

「ウチのお風呂は大きいから楽しいですよ」

と京は微笑んだ。

私はお風呂セットを持って、女風呂がある扇形の二重扉をくぐった。廊下があり、突き当たりと右手にドアが一つずつあった。前者はトイレ、後者は洗面所と大浴場になっていた。私は広いお風呂を満喫して一日の疲れを取った後、自室に戻った。

東蔵氏の寝室には呼ばれていないし、向こうから夜這《よば》いもかけてこない。私ももはや自分が愛人として招かれたのだとは思っていなかった。

では誰が何のために招いたのだろう。今日その人物が接触してくることはなかったが、疑わしい人物なら何人かいた。二胡と三世は確定で怪しい。それから一心も要注意。最初から私が探偵であることを知っていて、何かをさせたいのかもしれない。

私は電気を消し、ベッドに潜った。逆井邸の闇はレインボーツリー七〇七号室のそれよりずっと深いように感じられた。

7　戸田公平

公衆トイレで埼と会った五月一日の夕食後。

玄関で靴を履いていると、父に呼び止められた。

「友達の家で泊まりがけの勉強会をするんだって？」

父が上機嫌なのは、夕食時に飲んだ酒のためだけではなく、勉強というキーワードのためでもあるに違いなかった。

「うん、そう」

僕は靴紐を結びながら答えたが、それは嘘で、本当は埼に会いに行くのだった。僕に過度な期待を抱いている父を騙すのは忍びなかったので、勉強会の嘘は母だけに言っていたのだが、その甲斐なく母から聞いてしまったらしい。

「そうか、頑張れよ」

父の笑顔に心が痛んだ。

「行ってきます」

僕は父の顔を見ずに家を出た。

目的地は近く、自転車は邪魔になりそうだったので、徒歩を選んだ。いつものように教科書を入れているように見せかけたリュックも持っていた。

僕はまずコンビニに寄ってミネラルウォーターとコンドームを買った。コンビニでコンドームを売っているなんて、埼に教えられるまで知らなかった。レジに出す時緊張したが、若い茶髪の男性店員は気にも留めていないようだった。

コンビニを出た後も、すぐに目的地には向かわず、近所の漫画喫茶で時間を潰した。二十五時という遅い時刻を指定されているからだった。

二十四時半頃、漫画喫茶を出て、目的地に向かった。昼に一度下見をしておいたので、夜道でも迷うことはなかった。

やがて高い塀《へい》に行き当たった。塀に沿って歩き始めた。長い塀だったが、そのうち街灯と自動販売機の光に照らし出される形で、木戸が現れた。その側に、埼から聞いた埼玉県の住所が書かれた電柱があった。

埼からメールで合図があれば、僕はこの裏木戸をくぐり、塀の向こう——目的地である逆井邸の庭に侵入する。

そう、僕は埼の自宅に招かれたのだった。ただし家族には内緒で。あの公衆トイレ以外で逢瀬《おうせ》をするなら、この方法しかなかった。

家人の一人の同意があるのだから、住居侵入罪にはならないだろうが、非常識な行為ではあった。だが僕の胸が高鳴っているのは、罪の意識のせいではなかった。元はといえば、彼女の父親が彼女を束縛するから悪いのだ。僕は魔王から姫を救い出す勇者のような昂《たかぶ》りを覚えていた。

二十五時ちょうど、埼からのメールが携帯を震わせた。家族が全員寝静まったとのこと。作戦決行だ。

僕は裏木戸を開けた。鍵は事前に埼が開けてくれていた。

全員寝静まったという情報通り、敷地内はほぼ真っ暗だった。しかし、よくよく目を凝らすと、複数の光の点が一本の緩やかな曲線を地面に描いていた。埼が蛍光塗料で付けた道標だった。

真っ暗な庭にちりばめられたそれらは、夜空にまたたく星たちを連想させた。僕は星座を描くように、点と点の間を歩いていった。

そのうち建物が見えてきた。暗くて全貌は摑めなかったが、和風建築の土壁が視認できた。

最後の二つの光点は、屋敷の側の太い木の根元と、その真上に位置する二階の窓枠にあった。

僕は彼女の説明を思い出した。

——深夜はセキュリティシステムがオンになっている。その場合、一階のドアや窓の鍵が開いていると警報が鳴るの。だから私が一階から招き入れたり、事前に鍵を開けておいたりすることはできない。じゃあ、どうすればって顔してるわね。そこで木登りの出番よ！　家の側に一本だけ木がある。それを登って二階の窓から入ってちょうだい。そこで待ってるから。

木登りとは！　男性が意中の女性を手に入れたくば、木くらい登れないといけないということらしい。恋愛がこんなに大変だとは知らなかった。

僕は何だか愉快な気分になりながら、リュックを背負い直し、幹に取り付いた。

木登りは得意かと埼は聞いた。得意どころか、やったことすらなかった。だから今日の午後、P公園で、人がいない時を見計らって何度か練習した。

その甲斐あって出足は好調だった。

するする登りながら、僕は近い未来と遠い未来のことを考えた。今夜、僕と埼が結ばれると考えるのは自惚《うぬぼ》れではないだろう。それと同時に、僕は春日部の死から解放される。そして埼と手を取り合って輝かしい生者の道を歩んでいくんだ。今夜、一つの物語が終わり、新たな物語が始まる……。

僕は未来に——いや、次の枝に手を伸ばした。

が、暗さのせいで目測を誤り、掴み損ねた。

「あっ」

僕は情けない声と、枝葉が揺れる音を空中に残し、落下した。尻に鈍痛が走った。

「つつつ……」

僕は尻をさすりながら立ち上がった。

幸運にもダメージは少なかった。未来を掴み損ねたようで縁起が悪くはあったが……。

いや、そんな抽象的なことよりも、もっと現実的な心配があった。それは、今の騒ぎで誰かが起き出してこないかということだった。

僕はすぐ再挑戦せず、木の陰でしばらく息を潜めた。

すると、少し離れたところにある二階の窓に電気が点いた。

やはり誰かが起き出してきたのか、それとも今の騒ぎを聞いた埼が心配になって電気を点けただけか。

僕は木の陰に隠れたまま、その窓を監視した。

しばらくしてカーテンが開き、パジャマ姿の女性が顔を覗かせた。

え？

僕は思わず我が目を疑った。

窓の向こうで庭を見下ろしているのは、黒い三つ編みおさげに、眼鏡——春日部だった。

どうしてここに春日部が——！

凄まじい驚愕《きょうがく》に全身を貫かれているうちに、カーテンが閉まり、春日部は見えなくなった。

思考が戻ってくるまでに長い時間を要した。

……今のは、誰だったんだ？

決まっている。春日部だ。

だが、そんなはずはない。彼女は死んだのだ。

大きく分けて二つの可能性が考えられた。

一つ目は見間違い、錯覚、幻覚の可能性。春日部を死に追いやった自分が幸せになっていいのかという罪悪感が生んだ亡霊というわけだ。だが、それにしては、やけに生々しい実感があった。例えば、僕は春日部のパジャマ姿など見たことがないが、今の女性はパジャマを着ていた。そしてその柄《がら》も僕の脳裏にしっかりと焼き付いていた。幻の類《たぐい》とは思えなかった。彼女は確かにそこに存在したのだ。

二つ目は、血縁または他人の空似《そらに》など、春日部によく似た女性だったという可能性。血縁なら似ているのも当然だし、他人でもこの世には自分にそっくりな人間が三人はいるという。だから春日部によく似た女性が存在すること自体はおかしなことではなかった。

しかしそれは「世界のどこかに」という但し書き付きでの話だ。僕が春日部という過去から脱却し、埼という未来を摑もうとしている今この時に、春日部そっくりの女性が現れた。これが果たして偶然と言えるだろうか。何者かの作為を感じる。だが誰が何のために？

いずれにしても、この時の僕に引き返すという選択肢はなかった。目の前にぶら下げられた埼という餌は、あまりにも魅力的すぎた。

僕は深呼吸をして手汗を拭くと、木登りを再開した。

今度はやたら手間取った。

それでも何とか登っていき、蛍光塗料が塗られた窓と同じ高さにまで到達した。

僕は太い枝に移り、窓の方に移動していった。

そして窓のすぐ側まで来た。

僕は当初の打ち合わせ通り、窓をノックした。

窓が開き、埼が顔を覗かせた。電気は点いていなかったが、彼女がモバイルライトを点けた携帯を手にしていたため、本人だと分かった。いつもの髪型で、セクシーな黒のネグリジェを着ていた。

「こんばんは」

と僕は声を潜めて言った。彼女も小声で返してきた。

「こんばんは。大丈夫？　こっち来れる？」

「大丈夫です。ちょっと下がっててください」

僕は慎重に手足を伸ばして窓枠に乗り移った。そして足音が立たないように気を付けながら、窓の内側に下りた。

そこはトイレだった。僕らはつくづくトイレに縁がある。もっとも、例の公衆トイレと違って清潔だったが。

「足音を立てないようにゆっくりね。それから靴も脱いで」

彼女の足元は靴下だった。確かに家の中で靴を履くわけにはいかない。僕は靴を脱ぎ、手に持った。

僕たちはトイレを出て、モバイルライトだけを頼りに、ひっそりと静まり返った屋敷内を忍び足で歩いた。そして彼女の部屋に着いた。

さばさばした彼女らしく、こざっぱりと片付けられた部屋で、女の子らしい小物やアイドルのポスターなどはなかった。僕と共通の趣味である音楽CDや漫画も見当たらなかったが、これらはデジタルデータで保有しているのかもしれない。ノートパソコンは机の上にあった。

そうした光景の中、きれいに設《しつら》えられた布団が、これから起こることを予感させて僕の目を離さなかった。

「お疲れ様。まあ、座ってよ」

彼女は布団の上に座り、自分の隣をぽんぽんと叩いた。僕はリュックを床に置き、床が汚れないようその上に靴を載せた。それから彼女の隣に座った。

「家族を起こさないように小声でね」

「はい」

とは言ったものの、何を言えばいいのか分からなかった。やるべきことは一つしかないはずだ。しかし、どうすればそこに漕《こ》ぎ着けるのだろうか。

分かってるだろ、やらせろよ。

そんな風に言えたらどんなに楽なことか。

それで黙っていると、彼女に先手を取られた。

「他のことって？」

「え？」

思わず声が上ずった。

「今朝、公衆トイレで言ってたでしょ。私と他のことがしたいって。他のことってなあに」

彼女はいたずらっぽい笑みを浮かべていた。

「勘弁してくださいよ、埼さん。僕、もう限界です。お願いします」

「ダメよ。お願いがあるなら、ちゃんと言葉で言いなさい」

「セ、セックスですよ。セックスさせてください」

僕は捨て鉢な気分で言った。女性の前でセックスという単語を発するのがこんなに恥ずかしいとは思わなかった。

しかし彼女はつれなかった。

「えー、どうしようかな」

「そんな。ちゃんと言葉で言ったじゃないですか」

「口説くという文化を知らないの？　ただ『セックスしたい』って言うだけじゃ、女の子の心は動かないのよ。甘く優しい愛の言葉を囁かなきゃ」

甘く優しい愛の言葉――。

初めて行った書道教室で、今日は薔薇《ばら》という字を書いてみましょうと言われた気分になった。

僕は考えた。そして自分が初めて本当に彼女を好きだと思った瞬間の気持ちを、ありのままに伝えようと思った。

「埼さんが一番好きって言ってた遺伝ティティの『自殺反対』……実は僕も思い入れがある曲なんです。僕も埼さんと一緒で、あの曲は安易な『自殺反対』を皮肉った曲なんだと解釈していますが、周囲にもネットにもそう思っている人が一人もいなくて。だから埼さんが僕と同じ意見を言った時、すごく嬉しかった……。それ以外にもいろんなセンスが合って、まるでずっと探していた自分の片割れに巡り合えたような気分でした。だからお願いします。僕と一つになってください」

彼女はじっと無表情で聞いていた。そして僕が言い終わった後もしばらく黙っていた。失敗したんだろうかと不安になり始めた時、彼女が口を開いた。

「五十点」

五十点――。

決していい点数ではない。やはり失敗だったのか……。

しかし彼女は表情を緩めてこう続けた。

「ま、初めてだから仕方ないか。次までにはもっと練習しておいてね」

「それじゃ……」

「今回は可哀想だからさせてあげる」

「本当ですか！」

「喜びすぎ」

彼女は笑った。嘲笑に近い笑い方だった。それから言った。

「じゃ、脱いで」

「え？」

「え、じゃないわよ。脱がないとセックスできないでしょ」

それはその通りだったので、僕は立ち上がってシャツを脱ごうとした。しかしものすごい心理的抵抗があった。ここは風呂場でも更衣室でもなく、ましてや女性の前だが、本当に脱いでいいのかと脳がストップをかけているのがありありと感じられた。

だが彼女が言う通り、脱がなければ始まらない。僕はシャツに手をかけた。ところが今度は、亀のように手と首を引っ込めて頭から脱ぐいつものやり方が急に格好悪く思えてきた。そこで他の方法を模索したが、よく考えたらそんなものは存在しない。そんなことすら分からなくなるほど舞い上がっていた。

僕が脱いでいる間も、彼女は一向に脱ぐ気配を見せなかった。僕は戸惑いながらもトランクス一丁になった。

「脱ぎました」

「何言ってるの、パンツがまだでしょ」

彼女は微笑を湛《たた》えたまま、容赦なく指摘した。僕は仕方なく脱いだ。ひどく恥ずかしかったが、前を隠すのもおかしい気がしたので、すべてをさらけ出して立つ他なかった。僕はすでに半分勃起していた。

彼女は僕の体をじろじろと眺めまわした後、言った。

「痩せてるねー。クラブには入ってないって言ってたよね。スポーツとかしないの？」

「はい……」

貧相な体付きを馬鹿にされているようで惨《みじ》めな気分になった。

「ま、肝心のモノは及第点だから、いっか」

彼女はあけすけに言った。何本もペニスを見たことがあるような口ぶりだった。薄々分かっていたことだったが、やはり経験豊富らしい。嫉妬《しっと》の炎の舌がちろちろと僕の心を舐めた。

「セックスは初めて？」

「はい……」

「オナニーは？」

ずっと勃たなかったので当然していなかったが、そんなこと言いたくなかったので、「人並みには」と答えた。

「いつもどんなものを見ながらやってるの」

最後の時は、春日部が犯されているのを見ながらやった。もちろん言えない。

「適当にネットとかで探して……」

「ふうん」

彼女は不満そうに唇を尖らせると、ようやくネグリジェを脱ぎ、枕元に置いた。黒い下着姿になった彼女は言った。

「さあ、始めましょうか。その欲望の塊《かたまり》で私を犯してちょうだい」

「犯すだなんてそんな……」

「きれいごとはやめて。セックスは闘争よ。さあ、奪い合いましょう」

犯すという単語が僕の脳裏に廃工場での光景を蘇らせた。

激しく犯されていた春日部。

あんなセックスはしたくない。

嘘だ、あんなセックスがずっとしたかったのだ。

強烈な性衝動──今までの人生で一番の性衝動に駆られ、僕はふらふらと埼に近付いていった。

突然、彼女が乱暴に僕のペニスを摑んだ。そのまま引き寄せられ、僕は彼女に覆い被さる形で布団の上に倒れ込んだ。

その後のことは詳しく描写する必要はないだろう。概略を言えば、犯されたのは僕の方だった。彼女は荒波のように激しく、僕も最初のうちは抵抗しようとしていたのだが、すぐに力尽きて身を任せるしかなかった。やがて僕は快楽の浜辺に導かれた。かと思えば、またすぐ逆巻く海中に引きずり込まれた。それらは寄せては返す波のごとく交互に繰り返し、僕の岩礁を削り取った。

「男って馬鹿よね」

と彼女は言った。彼女が僕の顔面に跨《また》がり、ペニスを咥えている、いわゆるシックスナインの最中での発言だった。意識が自分の下半身に吸い寄せられていた僕は思わず聞き返した。

「今何て？」

「『男って馬鹿よね』って言ったのよ。こっちはいつでも噛み切れるし握り潰せるのに、呆けた面で無防備にしゃぶられちゃって」

そう言うと、彼女は竿に歯を立て、袋を握り締めた。僕の悲鳴とともに、迸《ほとばし》る肉汁のような精液が彼女の口内に放たれた。

僕が放心していると、顔の上で埼が言った。

「何かおしっこしたくなってきちゃったなあ」

「えっと、じゃあトイレに行きますか」

僕は提案した。ところが彼女は邪悪な笑みを浮かべた。

「何言ってるのよ、ここに便器があるじゃない」

「え？」

まさか……。

「私だって不味い精液飲んであげたんだから。ほら、口開けて」

彼女はしなやかな指で僕の鼻をつまむと、酸素を求めて開いた僕の口に放尿した。

僕は息をしようと、塩辛く温かい液体を必死に飲み下した。それが流れ込んだかのように、僕のペニスは再び膨張し始めた。

やがて雨がやんだ。

彼女は全身をぶるっと震わせると、今が我が世の春という表情で言った。

「ありがとう、スッキリしたわ。お返しにあなたのおしっこも飲んであげるけど」

僕はひとしきり咽せてから言った。

「……いえ、結構です」

「そう？　したくなったら、いつでも言ってね」

そこで彼女は僕の勃起に気付き、それを指で弾いた。

「何よこれ、バッキバキじゃない。おしっこ飲まされて興奮したの、ねえ」

「いや、これは」

「変態」

彼女は馬乗りになってペニスを挿入すると、僕の両腕を押さえ付けて力強く腰を振り始めた。

天井のシミを数えている間に終わるよ――経験豊富な男が処女に言う古い定型句だ。何となくそれを思い出した僕は、蹂躙《じゅうりん》されている間、ぼんやりと天井のシミを数えていた。

持ってきたコンドームは使い切ってしまったので、彼女が用意していたコンドームも使わなければならなかった。使用済みコンドームは口を縛った後、やはり彼女が用意していたビニル袋に入れていった。この発想は僕に抜け落ちていたので、コンドーム購入時のビニル袋も邪魔になるからと断ってしまったくらいだった。よく考えたら、この家のゴミ箱に使用済みコンドームを捨てていくわけにはいかない。彼女は何から何まで用意周到だった。

長い長い一夜だった。

しかしそれでも別れの時間はやってきた。

「どうだった？」

起き上がれないでいる僕に、彼女は尋ねた。

「すごかったです」

「引いた？」

引くわけがないというような自信満々の口調だった。事実、僕はすっかり彼女に夢中になっており、もはや彼女なしでは生きられないという心持ちにさえなっていた。

「そんなことありません。すごく、素敵でした。あの、また……」

したいです、と言おうとしたのだが、彼女はそれを遮《さえぎ》って言った。

「さ、もう五時よ。家族が起きる前に帰ってもらわなきゃ」

彼女は淡々としていた。満足しなかったのだろうか。何度も達していたようだったが、演技だったのかもしれない。僕はまた彼女とセックスできるか不安になった。しかしそれを言い出すことはできなかった。

僕たちは黙々と服を着た。僕はリュックを背負い、使用済みコンドームを入れた袋と靴を持った。

「さあ、出て」

彼女に促されて部屋を出た。

僕たちは行きと同じルートを戻った。

事件が起きたのは、トイレの前まで来た時のことだった。

ドアが開き、中から禿頭の初老男性が出てきたのだ。

僕も驚いたが、向こうも驚いたようで目を丸くした。だがすぐに険しい顔で僕を怒鳴り付けた。

「何だ、貴様はっ」

突然怒声を浴びせられたショックで、僕は咄嗟に返事ができなかった。埼が代わりに答えた。

「パパ、この人は私の友達で……」

埼の父親は皆まで言わせなかった。

「埼、お前はまた——」彼は一瞬口ごもってから言い直した。「無断で男を連れ込むなど言語道断！　絶対許さんからな」

マズいことになったと僕は思った。とはいえ、この段階ではまだ説教くらいで済むと考えていた。

ところが、彼はとんでもないことを言い出した。

「警察に通報する。そこで待ってろ」

警察？　僕は呆然となった。

埼の父親は電話の元に向かうのか、ずかずかと廊下を歩き出した。その腕に埼が取り付いた。

「そんな、警察だなんて」

「ええい、うるさい」

彼は娘を振り払った。埼は尻餅をついた。

その瞬間、僕の頭の中に、娘を雁字搦《がんじがら》めに束縛する父親という構図が出来上がった。ボディガードのことだってそうじゃないか。僕はヒロイックな気分で言った。

「待ってください。僕たちが何をしたっていうんですか。愛し合う二人が逢引《あいび》きすることが犯罪ですか」

埼の前で「愛し合う二人」という言葉を使うことには勇気が必要だったが、言い切った。そうすることで、彼女の愛が冷めてしまったのではないかという不安を吹き飛ばせるという思いもあった。

私に無断で連れ込むから悪いのだ——そう言われたら、あなたが彼女を束縛して自由な外出を禁止するから悪い、とやり返すつもりだった。

だが反撃は予想外のものだった。埼の父親は禿頭を茹蛸《ゆでだこ》のように真っ赤にして言った。

「犯罪か、だと？　もちろん犯罪だ。娘はまだ十七歳だ。まだ分別の付かない少年少女に対する淫行《いんこう》が条例で禁止されているのを知らんのか！」

十七歳？　こんなに大人っぽい彼女が、十八歳の僕より年下？

僕は彼女を見た。

床の上で弱々しく震える彼女が、初めて年下に見えた。

その間に、埼の父親は立ち去った。

逃げるチャンスかもしれなかったが、残された埼がどうなるか考えると、そんなことはできなかった。

僕は彼女に言った。

「埼さん、十七歳だったんですね」

年下と判明して敬語をやめるのは露骨だったので、今まで通り接した。

「うん」

彼女は蚊の鳴くような声で答えた。先程までの強気な彼女はどこにもいなかった。

僕は彼女の父親の強権ぶりを推察し、怒りを新たにした。

「ということは高校……」

「二年生。戸田くん、ごめんね」

「どうして謝るんですか」

別に彼女が年齢を偽っていたわけではない。僕が聞かなかっただけだ。誰が女性に歳を聞けるだろうか。

「十七歳とやったら条例違反になるから」

と彼女は答えた。

彼女の父親も同じことを言っていた。そういう条例があるということは何となく知っていたが、まさか自分に関係してくるとは夢にも思っていなかった。それまで女性とは無縁だったし、それに僕自身まだ高校生なのだ。高三が高二とセックスすることが犯罪になるとは思えない。せいぜい警察官による口頭注意で終わりだろう。

「大丈夫ですよ。僕たちは何も悪いことはしていないんですから」

僕は彼女を安心させるべく言った。

しかし僕は世の中のことを何も知らなかった。

そのうち例のボディガードが寝間着姿で現れた。住み込みの使用人だったのか。彼は何も言わなかったが、埼の父親に起こされてこの場に派遣されたらしく、あの冷たい目で僕たちのことを睥睨《へいげい》した。僕が逃げるチャンスは失われた。

二十分から三十分が経過した頃、埼の父親が一人の制服警官を伴って戻ってきた。気の良さそうな若い男だったので、僕は少し安堵した。

二人は、警官が広げている紙を覗き込みながら何やら議論しているようだった。

埼の父親が紙の一点を指差しながら主張した。

「……だから、さっきから何度も言っているように、この部分がこうなっているではないか！」

埼の父親は警官に対しても居丈高《いたけだか》だった。彼は何をそんなに熱心に主張しているのだろうか。僕が想像したのは、この程度のことが未成年淫行にあたるのかと訝《いぶか》る警官に対して、埼の父親がプリントアウトした条文を見せて説き伏せているという図だった。警官ですら悩むということは、やはり大したことではないのではないか——。

後から思えば、それはとんでもない楽観だった。彼らはもっと別の問題を議論していたのだ。

とにもかくにも、警官はようやく納得したようだ。

「ああ、そうか、そういうことか。失礼しました。確かに私どもの仕事のようですね」

警官は埼の父親に紙を返した。埼の父親はそれをポケットにしまいながら言った。

「ふん、やっと分かったか。言っておくが、君のところの署長は私の友人なのだ。しっかりやってくれよ」

署長だって？　権力を振りかざすそのやり方に吐き気がした。警察が有力者の便宜を図る——フィクションではよくある話だ。実際の警察はそんな公私混同はしないと信じたかったが、少し不安になってきた。

当の警官はというと、それには返事をせず、僕を見た。そして埼の父親に尋ねた。

「彼ですか」

「そうだ。とっちめてやってくれ」

警官は僕の方にやってきた。

「君、名前と年齢を教えてくれるかな」

僕に対しては敬語を使わなかった。当然かもしれないが、そのことに少し引っかかりを覚えながら答えた。

「戸田公平、十八歳です」

「ふうん、十八歳ね。学生証とか持ってる？」

「あ、はい」

僕はリュックから財布を出し、学生証を警官に渡した。警官はじっとそれを見てから、僕に返した。

「ここの娘さんと関係を持ったの？」

「はい、でもそれは」

僕は二人が愛し合っていることを再び主張しようとしたが、押し留められた。

「詳しい話は後で聞くから」

そこで警官は僕の足元のビニル袋に気付いた。

「この袋は？」

「あ、それは……」

恥ずかしかったので即答できないでいると、警官はさっと袋に手を伸ばした。僕は慌てて答えた。

「コ、コンドームです。……使用済みの」

「貴様！」

埼の父親が怒声を飛ばした。

「まあまあ」

警官は宥《なだ》めてから、袋の口を開けて中を覗いた。僕はひどく恥ずかしかった。

「では、これは証拠品として押収します」

証拠品、押収——。

警官は僕に言った。

「じゃあ、行こうか」

僕は思わず聞き返した。

「行くって、どこにですか」

警官の表情にわずかな苛立《いらだ》ちがよぎった。

「警察署に決まってるじゃないか。君は埼玉県淫行条例違反で逮捕されたんだ」

逮捕——。

目の前の警官が恐ろしくいい体格をしていることに、今更気付いた。

僕は埼の方を振り返った。

彼女は虚《うつ》ろな目を僕に向けていた。

8　上木らいち

五月二日。

逆井家の朝食は八時始まりだというので、七時にアラームをセットしておいた。そして、その通りに起きた。いつぞやの宗教施設では寝過ごす失敗をしたが、仕事だとちゃんと起きられるのだ。ちなみに学校は仕事のうちに入らないらしい。

私が室内側のドアを開けると同時に、ホール側のドアが開いて渋谷さんが現れた。

「あ、上木さん、おはようございます。もう起きてらしたんですね」

「おはようございます。もしかして起こしてくださるつもりだったんですか」

「ははは、いや、念のため。準備ができたら、一緒に厨房に行きましょう」

「え？」

「最初ですから手伝いますよ」

いいですよ、お仕事が溜まっているんでしょう、そちらをなさってください――と断ろうとしたが、渋谷さんの立場になって考えてみれば、新人がどんなものを作るのか不安なのだろう。

「ありがとうございます。それでは朝の身繕《みづくろ》いをしてきますので、少々お待ちください」

私がトイレと洗面所に行ってから戻ってくると、渋谷さんはロケットペンダントの蓋を開けて中身を見ていた。彼は私に気付くと、それをポケットにしまった。

奥さんか恋人の写真だろうか。あ、でもこの館に住み込んでいるということは独身？

プライベートに踏み込んでいいものか少し迷ったが、聞いてみることにした。

「渋谷さんってご結婚は……」

「いえ、独身です。住み込みですからね。さてはロケットの中身が気になったんでしょう」

彼は察しが良かった。

「え、ええ、まあ」

「昔の想い人のようなものです」

昔の想い人ということは、今は想っていないのだろうか。いや、それならば写真を持ち歩くわけがない。もしかしたらその人は亡くなったのかもしれない。

その想像が会話を打ち切らせた。

私たちは厨房に行った。私は昨日シミュレーションした料理を作った。

「見事な腕前ですね」

「いえ、お借りしたノートのおかげです」

「いえいえ、私のレシピそのままではなくアレンジを加えておられる。なるほど、こういう方法があったのか。今度使わせてもらいますよ」

渋谷さんに褒められて私は嬉しくなった。

彼は配膳まで手伝ってくれた。二人で料理を並べていると、逆井家の人々が続々と下りてきた。火風水さんは朝からゴスロリだった。好きなんだなあ。

「おはようございます」

私が挨拶すると、火風水さんは私をじろりと見た。

「あの香水、付けるのやめたわけ？」

「はい」

あんたが言ったからね。

「ふーん、そう」

彼女は素っ気なく言うと、席に着いた。当の彼女は朝から化粧をして、高そうな香水の匂いを漂わせていた。

二胡は昨夜のしこりが残っているらしく、私の挨拶を無視した。心なしか目の下の隈が濃くなっており、昨日以上に悪魔的だった。

もう一人の渦中の人物である三世は、なかなか下りてこない。

そのうち三世以外の全員が揃った。

「三世は寝坊かな」と東蔵氏。

「連休とはいえ弛《たる》んでますね」と二胡。

「まあ、そのうち起きてくるだろう。先に食べていよう」

東蔵氏が言って、朝食が始まった。

「私たちは厨房で食べましょう」

と渋谷さんが囁いた。普段は食卓を別にしていると東蔵氏も言っていた。私は頷《うなず》き、厨房に移動した。

自分で言うのも何だが、私の料理は美味しかった。逆井家の人々も私を雇ったことの有難味を噛み締めていることだろう。

そう思いながら食べていると、厨房のドアが開き、東蔵氏が顔を覗かせた。彼は申し訳なさそうに言った。

「食事中すみませんが、三世がまだ下りてこんのです。様子を見に行ってくださらんか」

「はい」

と渋谷さんが立ち上がりかけたが、私はそれを制して言った。

「私が見てきます」

下《した》っ端《ぱ》なんだから働かないとね。

あ、でも昨夜の様子じゃ、私が起こしに行ったら嫌がるかなあ。

とは思ったが、今更辞退はできない。

私は厨房を出て、三世の部屋の前まで行った。

この家の施錠方式は少し変わっていて、二重扉のうちホール側のドアだけ、前室側からロックできるようになっている。そこのロックはかかっていなかったので、私は前室に入り、三世の部屋に直結するドアをノックした。だが何度ノックしても返事がなかった。

寝てるのかしら。私はドアを開けてみた。

三世が室内中央、側に調度品がない絨《じゅう》毯《たん》の上で倒れていた。

「まあ、大変」

慌てて駆け寄ると、首にロープが巻き付いていた。引けば絞まる結び方だった。穏やかな表情だが、顔面は鬱血《うっけつ》して腫《は》れている。寝間着姿で、チェーンピアスは付けていない。首が絞まった時に失禁したらしく、アンモニア臭が鼻を突いた。

私は先に脈を取るべきか、ロープをほどくべきか、一瞬悩んだ。まだ生きているのなら、一刻も早くほどくべきだ。逆に死んでいるのなら、ほどくと現場保存の考えに反してしまう。しかし三世からはまったく生命の息吹《いぶき》が感じられなかったので、先に脈を取ることにした。すると案の定死んでいた。

自分で自分の首を絞めるのはまず不可能なので、他殺だろう。

法医学者のお客様からいろいろ教えてもらっている私の見立てでは、死亡推定時刻は午前二時から四時の間。絞殺体は普通苦悶《くもん》の表情を浮かべているものだが、三世は安らかな表情だった。室内に格闘の跡なし、ベッドに使われた跡あり。眠っている間に死んだのか――いや、首を絞められた時点で起きるはずだ。犯人は睡眠薬を使ったのかもしれない。

私は犯行の情景を想像した。午前二時から四時の間、犯人は三世の部屋を訪れる。犯人は三世に睡眠薬入りの飲食物を勧める。それを口にした三世は床に倒れる。犯人は隠し持っていたロープで三世の首を絞める――。

私は現場を見回した。飲食の形跡はないが、犯人が片付けたのかもしれない。

何ヵ所か窓が開いていた。だがそこから犯人が出入りした可能性は低い。窓の外には鉤縄《かぎなわ》を引っかけられるベランダや、よじ登れる雨樋《あまどい》などもないからだ。ほぼ間違いなく内部犯だろう。

私は持っていた携帯で現場の写真を撮った。

それ以上できることはなかったので戻ることにした。

一階のホールに下りると、食堂のドアから渋谷さんが出てきた。私が遅いので様子を見に行こうとしていたのかもしれない。私が三世の死を知らせると、彼は血相を変えた。

「何ですって！」

「皆さんに知らせないと」

「……いや、念のため私にも確認させてください。三世さんの部屋ですね」

私が頷くと、渋谷さんは駆け出した。事が事だし、私の言葉を鵜呑《うの》みにしたまま東蔵氏に報告するわけにはいかないと思ったのだろう。その判断を無視して、私が直接東蔵氏に報告することもできないので、私も一旦現場に戻ることにした。

私が三世の部屋に入ると、渋谷さんは死体の首に巻き付いているロープをほどいているところだった。私は思わず咎《とが》めた。

「ダメですよ、現場は保存しなきゃ」

渋谷さんは私を一瞥《いちべつ》したが、無視してロープをほどき続けた。

「上木さんの言っていることは正しい。私も脈を取りました。ですが、私の立場としてはこうせざるを得ないのですよ」

助けようとした姿勢を示しておかなければならないということか。確かにロープをそのままにしておく私の行為は、事件慣れしていない人々には冷酷に映るかもしれない。

納得した私は、黙って渋谷さんの作業を見守った。渋谷さんはロープをほどき終わると、立ち上がって振り返った。

「さあ、皆さんに知らせなくてはね」

ひどく疲れたような顔をしていた。

その後はお決まりのパニックだった。

私と食堂に下りた渋谷さんは、まず東蔵氏に耳打ちした。東蔵氏は大声で叫んだ。

「何っ、三世が死んだだと！」

部屋中の視線が東蔵氏に集まった。

「どういうこと!?」

火風水さんが甲高い声で問い質《ただ》した。渋谷さんは状況を説明した。室内が騒然となった。

すぐに全員で三世の部屋に上がった。そして死体を目の当たりにして立ち竦《すく》むこととなった。

「奥様！」

振り返ると、渋谷さんが火風水さんの体を支えていた。気を失ったらしい。

「部屋へ運んでやってくれ」

東蔵氏が蒼白な顔のまま言った。渋谷さんは頷き、火風水さんを運び出した。

東蔵氏、火風水さん、一心、二胡、京、渋谷さん。皆、青天の霹靂《へきれき》に打たれたよう。だがこの中に犯人がいるはずなのだ。

警察を待っている間、暇なので食器を洗っていると、渋谷さんが厨房に入ってきた。

「上木さん、ちょっといいですか」

彼は私を書斎に連れていった。電気が点いておらず、自然光だけの室内は薄暗かった。

パソコンなどが載っているマホガニー製のデスクに東蔵氏が着いており、側の丸椅子に二胡が座っていた。彼らの背後の本棚には高級そうな本がずらりと並んでいたが、一心の部屋とは違いあまり読まれている形跡はなかった。

面接の時と同じく、渋谷さんも戸口に残った。

「座って」

東蔵氏は硬い声で、デスク正面の長机を示した。私はそれに着いた。四人の子供が帝王学の講義を受ける時は、この長机に着くのだろう。

東蔵氏はどう話したものか考えあぐねている様子だった。こんなことがあった後も新参者を住み込ませておく気にはなれないはずだ。やはりクビだろうか。その場合、お金はどうなるのだろう。

私がそういうことを考えていると、彼はようやく切り出した。

「昨夜、三世と一悶着《ひともんちゃく》あったんだってね。二胡から聞いたよ。その時、君は何も知らないと二胡に答えた。だがそれは嘘偽りないと誓えるかね。事件には何も関係がないと」

彼は敬語を使わなかった。私に対する心象が相当悪くなっているのだろう。私が館に来た次の日に殺人事件が起きたのだ。疑うのも無理はない。

「誓えます」

私は東蔵氏の目を見て答えた。彼はじっと私の目を見返してきた。それから言った。

「昨晩、一心の部屋にいたが、彼とはどのような話を？」

「あの時一心さんが仰《おつしや》ったように、推理小説の話です」

「推理小説、ね」

まるで信じていない様子だった。やはり一心が手紙を偽造し、私を館に手引きした内通者だと疑っているらしい。

東蔵氏は難しい顔をして黙っていたが、やがて言った。

「三つお願いがある」

「はい」

「一つ目は、約束の五月五日の夜までは住み込みで働いてほしいということ」

予想外の申し出だった。クビどころか住み込みも続けてほしいとは。

「二つ目は、昨夜三世と口論したことを警察に黙っていてほしいということ」

これもなぜだろう。私としても警察に疑われたくないので、なるべく黙っておきたいことではあるのだが。

「三つ目は、君を雇ったきっかけのことだ。知っての通り、私は君に直接手紙を出して館に来てもらったわけだが、警察にはそう言わないでほしい。代わりに、元々二胡の友達だった君が、二胡の紹介で、ゴールデンウィーク中だけ家事手伝いをすることになった。そういう風に説明してもらいたいのだ。二胡と君は音楽関係の……ええと……何だったかな」

東蔵氏は二胡を見た。二胡は私に言った。

「僕のバンドの追っかけで、ライブハウスで知り合った。そういうことにしましょう」

私は当然の疑問を口にした。

「引き続き働かせていただけるのはありがたいですが、どうして口論や手紙のことを伏せる必要があるのですか」

「口論についてはだな、君にとってもあまり警察には言いたくないことだろう」

東蔵氏は言ったが、答えになっていない。私ではなくそちらが隠したがる理由は何なのだ。

「手紙については何というか、つまり、メイドを雇うのに直接手紙を出すというのはあまり一般的な方法ではないからな。警察にあらぬ疑いは持たれたくない」

どうも歯切れが悪い。

「逆井さんは最初からお手紙なんか出してないんでしょう」

私は奇襲した。

「いやいや、出したとも」

東蔵氏はあくまで老獪《ろうかい》だったが、わずかに見せた狼狽《ろうばい》が真相を雄弁に物語っていた。

「給金を四十万に増やす。この三つの約束、守ってくれるね」

「うーん、でも私、口が軽いからなあ。ついうっかりしゃべってしまわないか心配で心配で」

東蔵氏の顔に一瞬、悪魔の親の面影がよぎった。

「……五十万だ」

「分かりました、守りましょう」

やった、臨時収入。

「それでは警察にはそのように証言してくれ」

「私はいいですけど、他のご家族が矛盾する証言をしたらどうするんです。昨日の自己紹介一つを取ってみても、私と二胡さんが元々友達だったというのは無理があると思うんですけど」

「そこは私から全員に言い含めるので心配無用。君は自分の証言にだけ気を付けていればよろしい。念のため三つの約束の内容を復唱してみてくれるかね」

徹底している。私をクビにしないのも、そのことで警察の注意を惹きたくないからだろう。そこまでして何を隠したいのか。昨日の夕食時に私が考えた「産業スパイ現行犯逮捕&内通者炙り出し説」なら、警察にそう説明すればいい。もっと深刻な何かがあるのだ。

復唱を終えて部屋を出る時、私は一応警告しておいた。

「でも逆井さん――あまり隠し事ばかりしていると、また何が起こるか分かりませんことよ」

薄暗い室内で、東蔵氏は物言わぬ呪いの彫像のように見えた。怖いので私はさっさとドアを閉めた。

しばらくして警察の初動捜査員が到着した。私は何回か刑事事件に出くわしたことがあるが、今回はいつもの倍ほどの人数がいる気がした。大企業の社長宅が現場だからだろうか。もっともその大軍も、近所の聞き込みにでも行ったのか、すぐに普段の人数に減った。その後、藍川さんと同じ警視庁捜査一課のバッジをした人々が到着した。

私たちは一人ずつ応接間に呼び出され、事情聴取を受けた。

私の番がやってきた。応接間に入ると、男女の刑事が私を出迎えた。男性の方は三十代後半くらいで、セールスマンのような社交的な笑みを浮かべている。女性は小柄で、高校生のようにあどけない——どこかで会ったことがあるような、ないような。ほら、私ってば人の顔を覚えられないから。

　すると彼女が私を見て驚いたような声を上げた。

「あっ、あなたは……」

　やはり会ったことがあるようだ。面識のある女性の刑事は一人しかいない。

「小松凪です」と名乗ったことで彼女の正体が確定した。「L商事社長秘書殺人事件の時、マンションにお伺いした」

　一度しか会っていない（夢も含めれば二度だが）私の顔をよく覚えていたな。その記憶力に舌を巻きながら挨拶した。

「お久しぶりです」

　すると彼女はさらに驚いた表情になった。忙しい人だ。何をそんなに驚くことがあるのだろう。

　まさか——気付いたのか？

　藍川さんが倒れたという電話をしたのが私だと気付いたのか？

　電話越しだだし、あの時私は声を作っていた。気付くはずがない。だがもしほんの少しでも違和感を抱いたのだとしたら──。

彼女には気を付けなければならない。わずかなミスから藍川さんとの関係がバレる恐れがある。そういえば夢の中でも彼女は鋭かった。

私が警戒していると、男の刑事が小松凪さんに聞いた。

「あの事件の関係者の方?」

「L商事の村崎《むらさき》社長の、あ──」小松凪さんは口ごもった。愛人と言いかけて、それが失礼な呼称であることに気付いたのだろう。だが上手く誤魔化した。「アリバイを証言した上木らいちさんです」

「ああ、あの時の」男も私の名前だけは知っているようだった。「その節はお世話になりました。警視庁捜査一課の花田と申します」

この人が花田さんか。名乗られて初めて、病院のベッドで盗み聞いた声の持ち主だと分かった。やはり普通声だけでは分からない。

どうやら藍川さんの班がこの事件を担当するようだ。もっとも当の本人はまだ入院中だと聞いている。彼は私の推理力を知っているので、難事件を解いてもらおうと、私に捜査情報を横流しすることがある。しかし今回の事件ではそういうことは望めなさそうだ。まあ、いつもいつも私が探偵をしなくてもいいだろう。私の職業は娼婦であって、探偵は趣味でしかないのだから。

「どうぞおかけください」

私たちは向かい合うソファに座った。正面の風景画も、今は殺風景に見える。

「ええと、確か上木さんは高校生でしたよね」と花田さん。「メイドもされてるんですか」

「ゴールデンウィークだけのアルバイトです」

「ああ、そうなんですか。どういった経緯で、この家に？」

私は東蔵氏に指示された内容を口にした。警察には悪いが、お金をもらった私の口は固い。

花田さんは特におかしいとも思わなかったらしく、あっさり次の質問に移った。

「亡くなった三世さんですが、家族間でトラブルがあったり、様子がおかしかったりしませんでしたか」

「ごめんなさい。私、昨夜来たばかりなので何も知らないんです」

残念ながら、今の私から情報を引き出すことはできない。

「いや、そうだと思いましたよ。ところで凶器はロープなんですが、この家のどこかでロープを見たことはありませんか」

「ありません」

「それでは最後の質問です。今日の午前二時から四時の間、上木さんはどこで何をしていましたか。といっても自室でお休みになっていたのではないかと思いますが」

午前二時から四時。やった、私の死亡推定時刻ドンピシャ。

「そうですね、ぐっすり寝てました。だから事件には気付きませんでした」

「やっぱりそうですか。ご協力ありがとうございました。これで事情聴取は終わりです。部屋にお戻りいただいて結構です」

「捜査頑張ってください」

私が白々しく言うと、小松凪さんは真顔で答えた。

「はい、頑張ります！」

花田さんは苦笑していた。

私はソファから立ち上がり、応接間を出ようとした。その時、微かな違和感――欠落感を覚えた。

あれ、何かが足りない……？

「どうされましたか」

戸口で立ち止まっている私を不審に思ったのか、花田さんが聞いてくる。

どうされたんでしょう。

私は少し考えたが、何が足りないのか分からなかったので、「何でもありません」と退室した。


自室に戻ろうと二階のホールに上がった。三世の部屋に、刑事や鑑識が慌ただしく出入りしている。それを遠くからじっと観察している人物が一人。一心だった。

もしや自作の参考にしようとしているのだろうか。家族が殺されたという状況でも、芸術家という生き物はついそういう思考をしてしまうのかもしれない。

と、そこに火風水さんが部屋から出てきた。意識を取り戻したようだが、まだ夢の中にいるような足取りで、三世の部屋に近付いていく。

「母さん！」

一心がその側に駆け寄った。

「三世……三世はどこ……あの子はどうなったの」

火風水さんはうわ言のように言った。

「残念だけど……助からなかった」

一心は目を逸らして答えた。

「嘘でしょ、嘘だと言って」

「嘘じゃない、嘘じゃないんだ」

「そんな……」

火風水さんは一心の胸に泣き付いた。まるで自分が腹を痛めた子供を亡くしたような悲しみぶりだった。一心は泣きじゃくる彼女の背中をぽんぽんと叩きながら、大きな溜め息を一つついた。


午前は慌ただしいうちに終わった。

私は昼食を作ろうと厨房に行きかけたが、渋谷さんに止められた。

「上木さんもいろいろあってお疲れでしょう。私が作りますよ」

「お気遣いなく。渋谷さんこそお忙しいでしょう」

「いえいえ、大丈夫ですよ」

彼は一見私を気遣っているようだったが、その底には有無を言わせない強さが隠れていた。それで察した。私に料理を作らせたくないのだ。新参者の私が毒を盛るかもしれないというわけだ。まあ本気でそう思っているというより、そう思う人がいるかもしれないことに配慮しているのだろうが。私はその意志を汲み取って、調理を辞退した。

それでも結局、みんなほとんど昼食に手を付けていなかった。無理もないことだが。

食器を片付けていると、

「あの」

と一心に声をかけられた。

「後で俺の部屋に来てくれますか」

洗い物を終えてから彼の部屋に行った。前室に入ってドアをノックしたが、なかなか返事がない。もう一度ノックしようと思った時、ようやくドアが開いた。

「すみません、従姉妹と電話してたもので」一心は携帯をポケットにしまいながら言った。「彼女の家、埼玉県北部にあるんですが、そんなところにもわざわざ警察が事情聴取に行ったらしくて。やっぱり警察というものは何でも確認しないと気が済まないものなんだなあ」

笑い混じりだったが、虚勢を張っているように見えた。

私たちは椅子に座った。彼は目を伏せたまま独り言のように話し始めた。

「人生で一度は殺人事件に遭遇してみたいなんて思ってたけど、まさか身内が殺されるなんてな。バチが当たったってことか」

低い声で途切れ途切れに続ける。

「あいつ、決していい奴じゃなかった。むしろ悪い部類だ。ここらじゃ有名な不良で、あくどいこともいろいろやっていたらしい。親父の力がなかったら、少年院に入ってたかも……。でも、いいところもたくさんあった。人間ってそういうもんだろ。それをあんなに無残に殺しやがって。くそっ、一体誰が……！」

彼は頭を抱えた。私は何も言わなかった。やがて彼は顔を上げ、私を見た。

「上木さん、あなたならこの事件も解けるはずだ。お願いします。弟を殺した犯人を捕まえてください」

「私の依頼料は五十万円ですが払えますか」

と言ってみた。彼は一瞬固まったが、すぐに答えた。

「払いますよ。大学院を辞めて親父の会社に入ってでも」

夢を叶えるためのモラトリアムを放棄するというのか。いい人だ。

「嘘です。私は依頼料を取りません」

私の職業は娼婦であって、探偵は趣味でしかないのだから。

「ということに、やっていただけるんですね！」

「ええ。家事の合間に、ということになりますが」

「もちろんそれで！」

「ただし私は内部犯だと考えています。私の調査によって、ご家族の誰かが殺人犯だと判明するかもしれませんが、その覚悟はおありですか」

彼は膝の上で拳《こぶし》を握った。

「それは覚悟の上で。俺も内部犯だと」

「いいでしょう。では早速、探偵として質問させてください」

「何でも聞いてください」

「私のことはこういう風に説明するように、みたいな指示を東蔵さんから受けましたか」

「ええ、二胡の友達とかいうやつですよね。だから一応警察にはそう言ったんですが。でも上木さんは二胡とは昨日初めて」

「はい、初めて会いました」

「何で親父はそんなこと」

私は「産業スパイ現行犯逮捕&内通者炙り出し説」の推理を話し、私を館に呼び寄せる動機のありそうな人はいないか尋ねた。と同時に、一心の表情をじっと観察していた。彼は純粋に驚いているようだった。

「えっ、そんな手紙を。確かにそれは変というか何というか。でも上木さんを呼び寄せる理由も、ちょっと。上木さんが殺害対象とかなら理解できますけど、そうじゃなかったわけだし」

推理作家志望はさらりと恐ろしいことを言ってのけた。しかし連続殺人の可能性は考慮していないようだ。私も次に殺されるかもしれないではないか――まあ、私がターゲットの一人なら真っ先に殺されているか。三世を先に殺せば、私に逃げ帰られてしまう恐れがある。

そもそも、逆井家の住人と一切面識がなかった私に、殺される理由などない。

いや、本当にそうか？　三世と二胡は昨夜、妙な因縁を付けてきたじゃないか。私が知らない（あるいは忘れている）だけで、私と逆井家の間には繋がりがあるのかもしれない。あるいは繋がりがあると向こうが勘違いしているか。

「そういえば昨夜ね……」

私は三世と二胡に絡まれたことを話し、一心の意見を求めた。

「そんなことが。上木さんは本当に三世や二胡とは」

「面識はありません」

「上木さん自身ではなくても、ご家族や友人が最近不良に殴られたり、お金を取られたりといったことは。その不良が実は三世で、上木さんが復讐しに来たと勘違いしたのかも」

「そういうこともありませんでしたね」

「それじゃ三世が人違いしたのかも。いずれにしても、上木さんを館に呼んだ人物は、上木さんと三世を会わせたかったんじゃ。上木さんという触媒で、三世に何らかの化学反応を起こしたかった」

私はハッとした。一心の言葉には何かしら真実が含まれているような気がしたのだ。私が館に招かれたことと、三世が殺されたことは、そういう風に繋がるのかもしれない。

「三世さんを恨んでいた人に心当たりはありますか」

「家の外の話なら、いろいろ悪評を耳にしますが、具体的な話は何も。肝心の家の中は……正直分かりません。あいつは家庭内暴力を振るっていたわけじゃないし」

「これは念のための確認なんですけど、今日の午前二時から四時の間、どこで何をしていましたか」

「『念のための確認』。アリバイを聞く際の常套句《じょうとうく》ですね」一心は弱々しく笑った。

「しかし時間が時間ですから、普通に自室で寝てました」

「私もそうです」

「警察にも同じことを。その時間帯が死亡推定時刻なんでしょうか」

「多分そうなんでしょうね」

私は他の人にも当たってみると言って、部屋を出た。


他の人……。何か知っていそうなのは今朝書斎にいた東蔵氏、二胡、渋谷さんの三人。このうち一番簡単に落とせそうなのは二胡だろう。

腕時計を見ると、十三時二十分。昼下がりの情事と洒落込《しゃれこ》もう。

二胡の部屋に向かおうとした時、階段柱から花田さんと小松凪さんが現れた。二胡の部屋に行くのを見られないのに越したことはない。二人が三世の部屋に消えてから、私は二胡の部屋のドアを開けようとした。

しかし二重扉のうちホール側のドアにロックがかかっていた。そこでノックした。

少し待つと、恐る恐るという感じでドアが開き、二胡が顔を出した。

私を見ると、彼は嫌そうに眉をひそめた。

「何だ、上木さんですか。何の用ですか」

「あなたとお父さん、それから渋谷さん。何か隠しているでしょう」

「何も隠してなんかいませんよ」

「嘘。昨夜私に絡んできた三世さんが、今朝死体になって発見された。絶対偶然なんかじゃありません。昨夜あなたも何か知っている素振りでしたね。それを教えてほしいんです。もし教えてくれたら……」

私は指で彼の内股をなぞった。これで落ちない男はいない――はずだった。

ところが、彼は私の手をぴしゃりとはたいた。

「やめてくれよ」

!?!?!?!?

「色仕掛けなんか無駄だよ。僕はあんた程度の女、何人も抱いてきたんだからさ」

「あんた程度の女……」

「あ、傷付いた？　そりゃそうだろうね。今までずっと底辺の男ども相手に成功させてきた方法が、通用しなかったんだから。これを機会に知っておくとい い。僕のような一流の男は女ごときに左右されることはない。身の程を知れ《Know yourself》。そして部屋に戻って一人でやれ《And go fuck yourself》」

私の目の前に突如ドアが出現した。いや、二胡が閉めたのだ。

私は唖然、呆然、愕然――全然もう全然だった。

私の色仕掛けが通用しなかった……。

挙句《あげく》の果てに「あんた程度の女」呼ばわりされた……。

なぜなのだ……。

いつからこんな世界になってしまったのだ……。

……。


その後の私は魂を捨てたように、家事に没頭した。

♪私はメイド。ウェルメイドなオーダーメイド。掃除、洗濯、水やり、お仕事一杯。探偵やる暇なんかない。（作詞作曲：上木らいち）

口ずさみながらホースで庭の花壇に水をやっていると、背後から話しかけられた。

「上木さん、何か分かりましたか」

一心だった。私は慌てて歌うのをやめた。殺人事件があった後に歌っていること自体不謹慎だが、内容も問題だ。幸い依頼人が気にした様子はなかった。

「ごめんなさい、なかなか家事が忙しくて」

嘘だ。時間はいくらでもあったが、怖かったのだ。東蔵氏や渋谷さんにも色仕掛けを拒絶されるのが。その結果、上木らいちのアイデンティティが崩壊するのが。私はただの臆病者だった。

にもかかわらず一心は、

「無理を言っているのはこちらですから謝ることは。俺に手伝えることがあったら何でも」

と親切な申し出をしてくれる。罪悪感。

もっとも、依頼人を有効活用すること自体は悪いことではない。

「じゃあ、お言葉に甘えて。死亡推定時刻のアリバイと、三世さんが殺された動機に関して心当たりがないか、ご家族の皆さんに聞いていただけますか。多分、新参者の私が聞くより回答率がいいと思うので」

「お任せください」

一心は意気込んで調査に出発した。

調査結果は夕食後、一心の部屋で教えてもらった。全員証言は同じで、午前二時から四時の間は自室で寝ていたので事件には気付かなかった、動機は不良の抗争以外には思い当たらない、というものだった。

「何の役にも立たずすみません」

「いえ、お手数おかけしました」

私も彼の気持ちに応えなければならない。

「今からもう一度現場を調べてきます」

刑事たちは夕方頃に引き上げ、今、三世の部屋は立ち入り禁止のテープが貼られているだけの状態だった。

私が席を立つと、一心がおずおずと言った。

「あの、俺も一緒に行っていいですか」

「もちろんいいですよ。じゃあ手袋と、できれば帽子を用意してください。すでに鑑識の捜査は終わっていると思いますが、念のため指紋や毛髪を残したくないので」

私は一旦自室に戻り、探偵七つ道具セットから透明手袋を取り出した。探偵七つ道具セットはネットで一九八〇〇円で売っていたので衝動買いしてしまったが、案の定持て余すことになったので、こうして折に触れて持ち出しては使う機会を窺っているのだ。このセットには指紋検出キットも入っているが、今回はプロの鑑識が捜査しているので、私がわざわざ採り直す必要はないだろう。もし致命的な場所に指紋が残っていたのなら、じきに犯人は逮捕されるだろうし、そうでない場所なら、同じ家に住んでいるのだから指紋くらい残っていても当然だと言える。

ホールに戻ると、一心は毛糸の手袋と、つば付きの帽子を装備していた。

「ごめんなさい。私、帽子は持ってきてなくて」

私は一応弁明したが、さして問題だとは考えていなかった。

私たちはテープを切らないように気を付けて、三世の部屋に入った。

電気を点けると、死体のポーズを模《かたど》った紐が目に飛び込んできた。隣で一心が息を呑むのが聞こえた。

当の死体はすでに運び出されていた。多分司法解剖されるはずだ。

死体の股間に位置する絨毯にシミがあった。失禁の跡だろう。

「凶器はロープでした。この家にロープはあるんですか」

「警察にも聞かれましたが、すみません、分かりません。階段下の物置とかにはあるのかな。渋谷さんなら」

「そうですね、後で聞いてみます」

本棚には不良漫画やバイク雑誌が雑然と並べられていた。勉強机の側にはエレキギターが立てかけられている。

「二胡さんはバンドをやってるって言ってましたけど、三世さんも音楽をやってたんですか」

「二胡に感化されてお下がりをもらったんですが、すぐに放り投げてしまったみたいで。あいつは何をやっても長続きしなくて……」

一心は偲《しの》ぶように言った。確かにギターは空しく埃《ほこり》を被っていた。

私は室内を調べ始めた。後を付いてくる一心の目は輝き、息は荒く、興奮を必死に抑えているように見えた。探偵と一緒に殺人現場を調べてまわるというのは推理作家志望にとって垂涎《すいぜん》の経験だろうが、一方で殺されたのは自分の家族だ。そういう葛藤と戦っているのかもしれない。

しかし推理小説の参考になりそうな劇的な発見はなかった。何か目ぼしいものがあったらとっくに警察が持っていってしまっているだろうから、当然だ。

強いて言えば、失禁の跡が他にはなかったことくらいか。死斑などを見ていないので断言できないが、死体が動かされた可能性は低そうだ。

あと、死体発見時は開いていた窓が今は閉じていた。それ自体は単に開けっ放しはマズいと考えた刑事が閉めただけだろうが、発見時に開いていたことには一考の余地がある。

「三世さんは暑がりでしたか」

「どうだったかな。それが重要なんですか」

「はい、発見時窓が開いていたので。三世さんが開けていたのか、犯人が開けたのかによって、話が変わってきます」

「ああ、昨夜は少し暑かったですからね。三世自身が開けたのかも」

そうか？　快適な夜だったが。そういえば一心も昨夜窓を開けていた。この人、ちょっと太ってるから人より暑がりなのかもしれない。

そんな私の邪推も知らず、彼は続ける。

「あるいは煙草の臭いを隠すためか。三世の奴、たまに自室でこっそり煙草を吸っていましたから」

「その理由はあるかもしれませんね」

「逆に犯人が開けたとすれば、そこから脱出するため？」一心はすぐ自説を撤回した。「でも内部犯なら窓から出る必要はないか」

「さっきの煙草の話と同じで、犯人は換気をしたかったのかもしれません。例えば香水の残り香を消すために」

「香水……。上木さん、もしかして母を」

昨夜、お風呂上がりの火風水さんとすれ違った時は香水の匂いはしていなかったが、その後に付けた可能性はある。お風呂上がりに香水を付ける女性は意外と多い。

「あくまで一例ですよ。それに、香水は火風水さんだけではなく京さんも付けるのでは？」

するとー心は言いづらそうに答えた。

「いや、京はあまり香水とか付けるタイプでは」

確かにあの年頃の女性にしては珍しくノーメイクだから、香水に興味がないというのも頷ける。しかし一心の歯切れが妙に悪いのが気になった。今の話題のどこに憚《はばか》られる部分があったのだろう。私は何か補足説明があるのではないかと待ったが、彼は話題を変えた。

「あと臭いといえば、失禁のアンモニア臭くらいですか」

「でもそれを薄めることにどんな意味があるんでしょう」

「うーん、犯人は殺害後もしばらく現場に残る必要があって、それで臭いに耐えられなくなって。まあ、何で残る必要があったかは全然思い付いてないんですけど……。あと換気と言えば、ガスを使ったトリックとかですか」

私は思わず噴き出した。

「ミステリマニアらしい発想の飛躍ですね」

結局、結論は出ないまま、私たちは部屋を後にした。

別れ際に一心が言った。

「改めてお願いします。弟を殺した犯人を絶対に捕まえてください」

「はい……」

そのためには東蔵氏たちを誘惑して情報を聞き出す必要がある。だがもしまた拒絶されたら……。その時、自分が正気でいられるか自信がなかった。

それでも何かしなければとは思い、エロなしで渋谷さんにアタックしてみた。何か隠してませんか。何も隠してません。そりゃ言う訳ないよね。アホか私は。

ついでにロープのことも聞いてみた。物置にあるが、量までは把握していなかったので、今回の犯行に持ち出されたかどうかは分からないとのこと。

そうやってグズグズしているうちに就寝時間になってしまった。

東蔵氏は寝る前に皆を居間に集めた。火風水さんは泣き腫らしたらしく目の周りを真っ赤にしており、二胡はひどく眠そうだった。

東蔵氏は重い口ぶりで話し始めた。

「さっき警察から電話があった」

「犯人が捕まったの⁉」

火風水さんが鋭く問い質した。

「いや、そうじゃない。遺体が司法解剖されるからお返しできるのが遅くなるとか、そういった事務的なことだ。だから通夜もそれからということになるな……」

東蔵氏は話しづらそうな表情を見せてから、苦い声で続けた。

「警察はどうやら内部犯だと考えているらしい」

「そんな、私たちの中に犯人がいるって言うの!?」と火風水さん。

「とんでもないことだ。とんでもないことだが……一応警戒はしなければならん。皆、寝る時は必ずドアをロックすること。そして深夜誰が訪ねてきても決してドアを開けないこと。いいな」

私たちは無言で頷いた。

洗面所で歯を磨いていると、京が入ってきた。私たちは目礼を交わした。彼女は私の隣に立って磨き始めた。歯磨き中はしゃべれないので、二人で黙々と磨く。

私はさり気なく鏡越しに彼女の様子を観察した。初対面の時も思ったけど、髪がボサボサ。枝毛も多く、かなりダメージを受けている。ヘアトリートメントすればいいのに──って使用人の私が口出しすることじゃないけど。火風水さんの髪はサラサラだから教えてもらえばいいのにな。

先に歯磨きを終えて洗面所を出ようとした時、京が手を拭きながら声をかけてきた。

「一心兄さんと仲がいいんですね」

「ええ、推理小説のことで気が合って」

「ああ、それで。あの人、口下手だし、声も低いから、よく誤解されるみたいで。でも本当は優しい人なんです。だから友達ができて良かった」

「京さんも一心さんと仲がいいんですね」

彼女の口調からそれが分かった。彼女は、はにかんだ。

「ストレートにそう言われると何か恥ずかしいですね」

「そうですか？」

「兄妹で仲がいいとか恥ずかしくないですか？　でもまあ悪くはないですよ」

「三世さんとはどうでしたか」

彼女の目に少し挑戦的な光が宿った。

「それ、趣味の探偵ですか」

「気分を害されたなら謝ります」

「別に構いませんよ。まあ、あの通りのグレっぷりでしたから、仲が良かったと言えば嘘になるでしょうね。お互い不干渉だったというのが正確なところでしょうか」

「ありがとうございます」

自室に戻り、アラームの確認をしていると、ドアがノックされた。開けると、渋谷さんだった。

「ロックをお願いします」と彼は言った。「やり方は分かりますか」

「ああ、ごめんなさい。今からしようと思っていたんです。一室一室確認してまわってるんですか」

「ええ、東蔵氏の指示です。窓の方も施錠をお忘れなきよう」

厳重だ。だが用心するに越したことはない。

ホールと各部屋を隔てる二重扉は、ホール側の方だけロックが可能となっている。ノブの代わりに窪みに手をかけて開閉するドアだが、その窪みにロックボタンが付いている。それを押し込むとカチリという音がして、ドアが開かなくなった。渋谷さんも外からガチャガチャやってロックを確認すると、立ち去った。

私は窓のクレセント錠もかかっていることを確認してから、電気を消してベッドに入った。やはりこの家の闇は深い。

9　戸田公平

五月二日、早朝。

僕と警官はボディガードに見送られ、裏木戸から出た。裏木戸の外には、埼玉県警と書かれたパトカーが止まっていた。五時を過ぎてから大分経っているので、辺りはかなり明るくなっていた。早朝の住宅街は静かで、時折遠くから自動車のエンジン音が聞こえてくるくらいだった。五月だというのに、外気がやけに冷たく感じた。

警官はボディガードに言った。

「後はこちらで適切に処理しますので。逆井さんによろしくお伝えください」

適切に処理。まるで特別な廃棄手順が必要なゴミになった気分だった。

ボディガードは無言で頭を下げ、裏木戸を閉めた。

警官は肩の無線を外し、誰かと交信した。

「マルヒ確保。今から署に向かいます」

マルヒ。刑事ドラマで聞いたことがある。確か被疑者という意味だ。

自分が犯罪者扱いされているという事実を改めて認識し、ぞっとした。

ところで、当時はそういう知識がなかったし、仮にあったとしても気付く余裕があったかは不明だが、今回のようなケースで逮捕状なくして逮捕できるのだろうか。

これは多分、逮捕状が不要な現行犯逮捕だったのだと思う。厳密に言えば、犯行中ではなく犯行直後を目撃された準現行犯。使用済みコンドームが、準現行犯の要件の一つである「犯罪の顕著な証跡」に当たるという解釈だろう。現行犯逮捕は軽微な罪には適用されないが、青少年淫行は残念ながら軽微な罪ではない。

警官は交信を終えると、パトカーの後部座席のドアを開けた。

「乗って」

僕は言われた通りにした。

「両手首出して」

僕は言われた通りにした――ガチャリ。

「え？」

僕の両手首には手錠がかかっていた。

「後部座席で暴れられたら困るからね。署に着いたら外すから」

両手首にまとわりつく重く冷たい金属が、まるで強力な重力を発しているかのように僕の意識を吸い寄せた。

いつの間にか車は発進しており、気付いた時には知らない街を走っていた。最寄りの警察署は僕の近所からは少し離れた場所にあり、そちら方面に行ったことは一度もなかったのだ。

到着までほとんど会話は交わされなかったが、信号待ちの時に一度だけ警官が聞いてきた。

「こういうことは初めて？」

セックス自体のことか、青少年淫行で逮捕されることか分からなかったが、どちらの意味だとしても答えは同じだった。

「初めてです」

「そう。でも条例違反は違反だからね」

「あの、僕はどうなるんですか」

「どうなるとは？」

「何か、罰とか」

「さあ、それは裁判官が決めることだから」

「えっ、裁判になるんですか」

逮捕、そして裁判。次々と信じられない出来事が降りかかる。悪い夢でも見ているようだった。

「いや、それはいろいろあって」警官は少し慌てたように言った。「担当者が詳しく説明するから、ここであれこれ言っても仕方がないよ」

そのうち警察署に着いた。年季の入った無骨な建物だった。

警官は建物の裏手に駐車し、裏口から僕を連れて入った。

床や壁は薄汚れた灰色で、他の公共施設にはない独特の陰気さが充満していた。

二階に上がった。警官は一枚のドアを開けて、僕の手錠を外した。

「中で座って待ってて」

覗き窓付きのドア。高いところにある鉄格子付きの小窓。無駄に大きな鏡（多分、面通し用のマジックミラー）。電気スタンドが載った中央のテーブル。ノートパソコンとプリンターが載った壁際のデスク。刑事ドラマに出てくる取調室そのものだった。後はカツ丼があれば完璧だ——そう思った瞬間、腹が鳴った。一晩中激しい運動をした後なのに、そういえばまだ何も食べていなかった。

警官は外からドアに鍵をかけ、ノブをガチャガチャ言わせて施錠を確認した。僕も試しにノブを握ってみたが、やはり回らなかった。誰かに閉じ込められるのも初めての経験だった。

僕は言われた通り座って待つことにした。しかしどの椅子に座ればいいのか。警官は「中で座って待ってて」としか言わなかった。

椅子は全部で三脚あった。中央のテーブルを挟むように二脚。壁際のデスクに一脚。そのうち壁際のデスクは多分、供述を聞きながら補佐役の刑事が書類を作成するためのものだろう。中央のテーブルで僕と刑事が向かい合う形になるはずだ。だが二脚のうち、どちらに座るべきか。

その時、僕は入口に近い方が下座だということを思い出した。被疑者が刑事より偉いわけないから、僕は下座だ。そう判断して、ドアに近い方の椅子に座った。

椅子がカタカタと震えていた。地震——ではない。震源は僕自身だった。

信じられないことばかりが重なった。大好きな埼と初めてを経験できたと思ったら、その父親に罵倒《ばとう》され、挙句の果てに逮捕されるなんて。これからどうなるんだろう。先が見えない恐怖から震えが止まらなかった。

約一分後、ドアが開いた。

入ってきたのは二人の男だった。無精ひげを生やし、くたびれたスーツを着た中年。顔のパーツが豆粒のように小さい、同じくスーツ姿の青年。

中年は僕を見るなり怒鳴った。

「どけ、そこは俺の席だ！」

「えっ、こっちが下座かと思って」

僕は慌てて立ち上がった。

「下座ぁ？　娑婆《しゃば》の常識を持ち込んでんじゃねえ。取調室では被疑者が奥に座る。逃げ出す恐れがあるからな」

「すみません、知らなかったもので」

「知らなくても考えたら分かることだろ、バカ」

バカ？　バカとは何だ。警察署内のローカルルールなんか知るか。それならさっきの警官が説明すればいいだろ。

そう言い返してやりたかったが、やはり刑事、それも出会ってすぐに怒鳴り付けられたことで、僕はすっかり畏縮してしまっていた。堰《せ》き止められた言葉が「ぐう」とだけ喉を鳴らした。

仕方なく僕は奥の椅子に移ろうとした。

ところが中年は今度はこう言った。

「あ、待て、座るな！」

「え？」

その時にはすでに僕は腰を下ろしてしまっていた。

「あー、バカ。そっちの椅子もダメにする気か」

中年は嘆いた。「ダメにする」とはどういう意味だろう。発言に付いていけないでいると、中年はさっきまで僕が座っていたドア側の椅子の座面をぺたぺたと触って言った。

「おえー、やっぱり温まってるよ。犯罪者のケツが触れた椅子になんか座れねぇよなぁ?」

それで「ダメにする」の意味が分かった。まるで小学生のいじめじゃないか。やーい、〇〇の椅子だから〇〇菌が付いてるぞ……。

こんな奴が刑事なのか。こんな奴が僕の運命を決めるのか。

愕然としているうちに、中年はその椅子と、壁際のデスクの椅子を交換した。

「おい、下っ端。お前、これで我慢しろ」

青年は不服そうにぶつぶつ言いながら、壁際のデスクに着き、ノートパソコンを起動した。

中年は奪った椅子に足を組んでふんぞり返ると、僕の方に右手を差し出した。

「はい、それじゃ自慢話をどうぞ」

「自慢、話」

「どういう風に入れたとか、どういう風に抜いたとか、そういう話よ」

中年は下卑《げび》た笑いを浮かべながら、左手で作った輪に右手の人差し指を抜き差しした。

さすがに我慢の限界だった。

「あのさあ、ふざけないでくださいよ」

僕は腰を浮かせ、両手でテーブルを叩いた。

「あ？」

中年も中腰になり、僕の胸倉を掴んだ。そして限界まで顔を近付けてきた。

「ふざけてんのはお前だろ」

中年は無表情だったが、それがかえって威圧的に見えた。

「……何で僕がふざけてることになるんですか」

中年は僕の胸倉を放すと、再び椅子にふんぞり返った。そして急に芝居がかった丁寧語になって言った。

「国会議員がネットで知り合った十七歳と不適切な関係を持ったため逮捕されました。あなたはどう思いますか」

僕は答えなかったが、刑事の言わんとすることは分かった。しかしその例と今回のケースでは全然話が違うと思った。僕も椅子に座ってから反論した。

「国会議員なんて社会的地位がある人ならもっと配慮しなきゃいけないと思うし、そもそも僕よりずっと年齢差があるし……」

「何だ？　ボクのような社会的地位の低い人間なら同じことをしても許されるってか？」

「そ、そういうわけじゃ」

「それに今、年齢差のことを言ったが、十八歳でも五十歳でも同じだ。十八歳未満とヤれば等しく違法となる」

僕が言い返せないでいると、中年が言った。

「それだよ。その姿勢がふざけてるって言ってるんだ。お前、自分が悪いことをしたなんてこれっぽっちも思ってないだろ。顔見てすぐ分かったよ。だが実際にはお前がしたことは条例違反だ。俺がそれを分からせてやる」

高圧的な言い方に怒りがぶり返してきた。

「だったら分からせてくださいよ。何で十八歳未満としたらいけないんですか」

「十八歳未満の青少年には判断力がなく、悪い大人に騙されてしまうからな。法で守ってやらにゃいかん」

埼が判断力のない幼児で、僕が悪い大人だというのか。僕は言い返した。

「十七歳が十八歳になったら突然判断力が付くとでも言うんですか」

「条文にはそう書いてある」

中年はニヤニヤしながら言った。自分の言っていることが本当のことだなどとはちっとも思っていない風だった。すべては形式的な話なのだ。

僕は食い下がった。

「殺人や窃盗とは違う。被害者がいない。誰も傷付いてないじゃないですか」

「あ？　お前エスパーかよ。相手の女の子が傷付いてないってどうして分かるんだ」

「それはお互い合意の上で……」

「その時は合意でも、後になってから騙されたなーって思ってくるもんなんだよ。女の場合、体の負担もあるしな」

埼がそんなことを思うはずがない——と信じたかったが、断言はできなかった。体の負担という言葉には少なからず責任を感じさせられた。コンドームをしたから大丈夫だろうが……。

しかし実際、十八歳と十七歳のセックスなど、そこら中で行われているのではないか。高二の時、三年の先輩とエッチしちゃったと吹聴《ふいちょう》しているクラスメートの女子がいた。あれも違法か。なぜ僕だけ逮捕されなければならないんだ。その理不尽が呟かせた。

「みんな、やってるじゃないですか」

「ほー、みんなね。そう言うからには周りでやってる奴がいるんだよな。名前を教えてくれ。そいつらのことも取調べるよ。そうだよな、自分だけ逮捕されるのは嫌だよな。こうなったからには一人でも多く道連れにしようぜ」

僕は答えなかった。中年もハナから返答は期待していなかったようで、すぐに言葉を継いだ。

「俺は以前交通課にいたんだが、違反切符を切るとよくこう言われたよ。みんなやってるのに、どうして俺だけ私だけ……。おう、確かにみんなやってるかもしれないな。だけどな」と僕を指差す。「お前もやってるんだよ。だからまずお前を取り締まる。それから順次、他の奴らを取り締まる。それだけのことだ」

僕は何も言い返せなかった。確かに中年の言うことは正論だった。

しかし言い方が気に入らなかった。今までのことを説明するのに、ここまで挑発的になる必要があるだろうか。女の子と上手くやった僕をやっかんで、嫌がらせをしたいだけではないのか。

「さて、それじゃ一からお話し願おうかね」

僕が依然黙っていると、中年は鼻で笑った。

「ふん、だんまりか。そうそう、言っとかなきゃいけないんだった。お前には黙秘権がある。だからずっとそうやって黙ってることもできる。だが無駄だ。こっちには物的証拠がある。イカ臭い証拠がな」

使用済みコンドームのことだ。あのビニル袋の姿は見えない。この部屋には持ってきていないのだろう。

「内側からお前の、外側から少女のDNAが検出されたら確定だ。それはともかくあのコンドームの数、いくら何でもヤりすぎだろ。そんなに良かったのか」

耳たぶや首筋が不快に熱くなった。

「分かりましたよ、話せばいいんでしょう」

「そうだ、話せばいい」

僕は埼との出会いを一から話し始めた。同時に、青年がパチパチとノートパソコンのキーボードを叩き始めた。埼のSOSが僕に近付くための芝居だったと判明するくだりになると、中年が「ほー、青春だねえ」とせせら笑った。埼との思い出を汚されたようで気分が悪かった。

すべて話し終えると、中年は聞いてきた。

「するとお前は彼女の年齢は知らなかったってわけだな」

その念押しに、僕は一筋の光明を見たような気がした。僕はそれに飛び付いた。

「ええ、そうです。知らなかったんです。大人っぽいから絶対年上だと思ってました。その場合でも法律違反になるんですか」

中年は、ほじった耳糞を吹き飛ばしてから言った。

「まず一つ言っとくとだな、今回お前が違反したのは法律じゃなくて条例だ」

「条例……？」

「まさかお前、法律と条例の違いも知らないんじゃないだろうな」

「知るわけないでしょう。専門知識をさも当然のように語らないでくださいよ」

「バカか、お前、一般常識だぞ。それでも高校生か？　お前が無能なのか、それとも学校教育が無能なのか」

「どう違うっていうんですか」

「つたく、高校生に社会の授業をするとは思わなかったぜ。法律っていうのは国が決めたもの。それに対して、条例っていうのは都道府県が別個に決めたもの。そういう違いだ」

しかし都道府県も結局は国の一部なのだから、そう大差はないのではないか。こんな瑣末《さまつ》な違いが本当に一般常識なのだろうか。クラスメート全員に聞いても、ほとんど答えられないと思うが。

「条例は犯罪を行った場所のものが適用される。お前が淫行したのは埼玉県だから、適用されるのは埼玉県青少年健全育成条例——通称淫行条例だ」

「それじゃ僕がやったのが埼玉県以外だったら良かったわけですか」

「そんなわけないだろボケ。他の都道府県にもちゃんとそこの淫行条例があるから、それで罰せられるだけだ。さあて、話を戻すが、『十八歳未満だと知らなかったから違反じゃない』というのがお前の主張なわけだな」

「そうです。彼女がセーラー服とかブレザーを着てたなら、そりゃ僕にも落ち度はあったということになるかもしれませんが、実際は大人びた私服姿しか見てないわけですからね。当然、大学生以上だと思ったわけです。まさか女性に年齢を聞くわけにはいかないでしょう」

「それだそうじゃないんだな。おい、下っ端。ちょっと条文出せ」

青年は返事をせず振り返りもせず、怒ったようにエンターキーをターンと叩いた。

プリンターが紙を排出し始めた。ほとんど排出は終わったが、まだプリンターの稼働音が止まっていないという段階で、中年は我慢しきれなくなったらしく紙を引っこ抜いた。青年は「あ」と言ったが、中年は意に介さず、びっしり印字された紙をテーブルに叩き付けた。
「この三十一条っての読んでみろ」

埼玉県青少年健全育成条例
第三十一条　第十一条第三項、第十二条第三項若しくは第四項、第十六条第二項、第十七条の二、第十八条第一項、第二項若しくは第三項、第十八条の二、第十八条の三、第十九条第一項若しくは第二項、第十九条の二、第二十条、第二十一条第二項又は第二十一条の二第一項の規定に違反した者は、当該青少年の年齢を知らないことを理由として、第二十八条から第二十九条までの規定による処罰を免れることができない。ただし、当該青少年の年齢を知らないことに過失がないときは、この限りでない。

何条何項というのが多すぎてよく分からない……と思っていると、中年が補足説明した。

「この中の第十九条第一項っていうのが青少年淫行の禁止だ。それに違反した者はどうだと書いてある」

年齢を知らないことを理由として、処罰を免れることができない――。

「いや、ちょっと待ってください。最後に『年齢を知らないことに過失がないときは、この限りでない』って書いてあるじゃないですか。『この限りでない』ってことは、『処罰を免れることができない』とは限らないって意味でしょう。これはどうなんですか」

すると中年はニンマリと笑った。

「残念だったな。『過失がない』っていうのは、お前が彼女の年齢を知るために最善を尽くしたが、それでもなお十八歳以上だと誤解するような要因があった時の話だ。どういうケースがそれに当たるかは議論の余地があるが、彼女に歳を聞くことすらしてないお前がそれに当てはまらないのは明白だ。だから若い女とヤる時は必ず身分証で生年月日を確認しないといけないんだ」

「そんなこと知らなかった」

皆、異口同音に言うではないか。女性に年齢を聞いてはいけないと。あれは何だったのだ。

そう思っていると、中年が吐き捨てるように言った。

「二大常套句だな。『みんなやってるのに何で自分だけ』、そしてもう一つはそれだ。『知らなかった』。ノンアルコールビールを四缶飲むだけで飲酒運転になるとは知らなかった、標識があるとは知らなかった、こんなことで死ぬとは知らなかった……。自分は難しいことは何も知らない、ただ人の道理だけを守って生きてきた、か弱い善良な市民だ。それなのに虐《いじ》めるのか。悪いのは自分ではない、それを教えてくれなかった学校だ、政府だ……。反吐《へど》が出るぜ。無知自慢は大概にしろ」

違和感と怒りが僕の中を渦巻いて上ってきた。無知自慢とは何だ。僕は何も自慢などしていない。

だが――。

中年の発言意図からは少し外れるかもしれないが、無知自慢という言葉にはどこかハッとさせられる響きがあった。政治問題について談義している熊谷たちを見て、僕は内心「知ったかぶりだ」と嘲った。だが本当は「無知の知」などと言って、そういうことから距離を置く自分にアウトローめいた格好良さを感じているだけではなかったか。付け焼き刃の知識であっても、少しでも知ろうとしている彼らの方が、何も知らない僕よりずっと偉いのではないか。

僕は何も知らない。知ろうともしてこなかった。進路のことも、政治問題のことも、淫行条例のことも。

その結果、ここにいる。

それは直接的な因果関係ではないが、根底で繋がっているのだ。

それを理解した時初めて、自分が逮捕されたことに対する真の実感が湧いてきたのだった。

零《こぼ》れ落ちた涙がズボンに染みを作った。

その間に、青年は何かを印刷していた。プリンターから排出された紙を、中年が僕の前に置いた。

「供述調書だ。読んで間違いがなければ、ここに住所と名前を書いて、拇印《ぼいん》を押せ。まあお前がしゃべったことをまとめただけだから、間違いがあるはずないんだがな」

僕はどこかに罠《わな》がないか目を皿にして読んだが、すべて事実通りだった。僕は渋々署名と押印をした。

それが済むと、中年が言った。

「さて、今から親に電話するから自宅の電話番号を教えろ」

それは良くない。友達の家で勉強会をすると嘘をついて出てきてしまった。特に父親は勉強会の嘘を喜んでいた。それが実際はデートしていた挙句、淫行で逮捕されたなどと知れば、どれほど失望することだろうか。

「いや、それはちょっと勘弁してください」

「は？　そんなこと言える立場だと思ってんの？　本来学校にも電話していいところを、親だけで勘弁してやろうとしてるんだぜ」

学校に電話されたら最悪だ。逮捕されたなどということが知れたら退学になるかもしれない。そうなれば大学受験どころの話ではない。

しかし親もマズい。

ジレンマに陥った僕に、さらなる追い打ちがかけられた。

「当分は家に帰れないんだから、どの道連絡しとかないといけないしな」

「家に帰れない……ってどういう意味ですか」

「ん？　文字通りの意味だよ。こっちがいいって言うまで檻《おり》の中での生活だ。どうだ、これが犯罪を犯すってことなんだよ」

中年は勝ち誇ったように言い放った。

檻の中——それじゃまるで犯罪者みたいだ——いや、そろそろ認めなければならない。

どうやら僕は本当に犯罪者になってしまったようだ。

その事実に打ちのめされていると、中年は声をトーンダウンさせた。

「まあ、一つ気に入らない点があるんだがな」

僕は顔を上げた。

「気に入らない点？」

「お前は十八歳だから、条例上の青少年——十八歳未満には当たらないが、法律上の未成年——二十歳未満には当たるということだ。未成年には少年法が適用される。ほら、よく聞くだろ、少年法に守られてるから人を殺してもセーフとかいう胸糞悪い話」

確かによく知らない僕でも、少年法という言葉にはマイナスイメージを持っている。しかし今回はその少年法が僕を守ってくれる？

「成年の場合、検察官がみっちり取調べた後、起訴するかどうかを決める。だがお前の場合、検察官がちょっと調べた後、家庭裁判所に送致される。お子ちゃまだから優しく丁重に扱われるってわけだ。良かったな、きっとすぐ出てこれるぜ」

中年は嘲るように言った。今までの挑発的な態度もそれが気に入らなかったからなのかもしれない。

検察と家庭裁判所の取調べがどう違うのかは分からないが、どうやら後者の方が緩いようなのでホッとした。

その一方で、どこか釈然としない思いもあった。僕が十八歳だったから少年法が適用され、埼が十七歳だったから僕は逮捕された。一、二歳年齢が違うだけで、どうして何かが変わるのだろうか。やったことは同じなのに。

浦和《うらわ》という例の生活安全課の中年刑事は取調べが終わると、僕を四階に連れていった。一フロアが丸々留置場とその関連施設となっていた。そこで浦和は僕を制服警官に引き渡した。

檻に入る前に諸々の作業があった。写真撮影、身体測定、指紋採取の他、綿棒で口内のDNAを取られたり、パンツ一丁で身体検査をされたりした。

その後、警官は留置場のルールを淡々と説明した。留置場内には必要最低限のものしか持ち込めない。したがって僕のリュックと、中の私物はすべて一時預かりとなった。(唯一、携帯だけは取調べの時に浦和に押収されていた。埼とのメールの内容で関係性を判断するのだろう)

衣類は囚人服のようなものに着替えたりせず、そのままの服装で檻の中に入るのだが、ベルトと靴は回収された。前者は首吊り自殺を、後者は逃走をさせないためだという。代わりにサンダルが支給された。

それから本棚の前に案内され、留置場内で読むための本を三冊選んでいいと言われた。こんなサービスをやっているのかと驚いた。本棚には文庫本や漫画の他、複数の六法全書が置かれていた。六法全書が一番傷んでいた。やはり自分が逮捕された根拠を知りたがる人が多いのだろうか。僕は漫画二冊と六法全書一冊を選んだ。

本がいいならひょっとして音楽もいいのではないかと思い、ダメ元で音楽プレイヤーを持ち込んでいいか聞いてみたが、やはり許可が下りなかった。

一切合切が済むと、警官は僕を檻の前に連れていった。立った時の目線の高さに不透明な板が張ってあり、中が丸見えにならないように配慮されている扉。しかし板の上下は縦格子となっており、その気になればいくらでも覗けるようになっていた。

中に二人いるのが分かった。僕は何となく個室を想像していたので、相部屋というのはショックだった。他の被疑者と上手くやって行ける自信がなかった。

警官は扉の南京錠を外した。薄汚れた部屋で、窓はなく、畳が六枚敷かれていた。

畳の上に座っていた二人が同時にこちらを向いた。二人とも少年だった。少年専用の房なのかもしれない。

ヤクザなどがいたらどうしようと冷や冷やしていたのだが、少年だけなら安心か――いや、片方の少年はニワトリのトサカのように赤毛を逆立てていた。絶対相容れない人種だ。どうせロクでもない理由で捕まったのだろう。

もう片方は眼鏡をかけた大人しそうな少年で、僕の側の人間に見えた。彼はどんな罪を犯したのだろう。

「新入りだ、よろしく頼むな」

警官が言うのに合わせて、僕は頭を下げた。

「あ、よろしくお願いします」

眼鏡が無言で会釈を返してきた。ニワトリの方はこちらを一瞥しただけで、それ以外の反応はなかった。

「あの仕切りの向こうがトイレになってるから」

警官は部屋の奥の仕切りを指差した。

仕切りといっても、あの程度じゃ、音も臭いも全部同居人に伝わるじゃないか……。

逮捕されても裁判で有罪になるまでは犯人ではないとはよく言われることだが、実際には逮捕された時点で人権の大部分が剥奪されるらしい。

警官は外からドアを施錠した。僕は二人から見て等間隔になるような壁際に腰を下ろした。

僕はニワトリがいつ因縁を付けてくるかと気が気でなかった。

しかし接触してきたのは、意外にも眼鏡の方だった。

「あの、何して捕まったんですか」

と小声で話しかけてきた。その口調は興味本位な感じではなく、どこか切実な響きを伴っていた。ニワトリと違って話ができそうな人が入ってきたと思っているのかもしれない。なお留置場内の私語はよほどうるさくない限り禁止されていない。

しかし逮捕理由は言いたくなかったし、言う必要はないと先程の警官も言っていた。僕はなるべくキツい口調にならないように心がけながら答えた。

「すみません、言いたくないんです」

眼鏡はハッとした表情になった。

「あ、そうか、そうですよね。すみません、気が付かなくて」

「いえ」

しばらく沈黙が続いた。僕がフォローの言葉を口にしようとした時、眼鏡が被《かぶ》せるように言った。

「でも僕が逮捕された理由を話す分には問題ないでしょう」

僕の返事を待たずに彼は話し始めた。よほど聞いてほしかったのだろう。

「僕は美大生なんですが、課題制作で昨夜は帰るのが遅くなったんです。それで夜道を歩いていたら、突然警官に職務質問されて。警官って何であんな偉そうなんですかね。それでムカついたから、『職務質問？　任意ですよね？』って言って立ち去ろうとしたんです。そしたら警官が無線で仲間を呼んで、たちまち五人に囲まれて、半強制的に荷物検査されて、マイナスドライバーが出てきたんです。それで逮捕ですよ」

二つの疑問があった。

「どうしてマイナスドライバーで逮捕されるんですか」

「ね、やっぱりそう思うでしょ！　何でも空き巣が窓を割るのに使うらしいですよ。最近近所で空き巣が相次いでいるらしく、それで疑われたんだと思います」

「なるほど、空き巣ですか。でもどうしてあなたはマイナスドライバーなんか持っていたんですか」

「新しい絵を描く時、画布《キャンバス》と木枠を留めるキャンバス釘を抜く必要があるんですが、それに使うんです。当然美大には釘抜きが置いてあるんですが、最近誰かが持っていってしまったのか見当たらないんですね。それで自宅からマイナスドライバーを持っていったんですが、それが法律違反だとは知らなかった。いや、知らなくて当然です。こんな大事なこと、国がもっと周知してくれないと。これじゃ騙し打ちですよ」

浦和刑事が言っていた無知自慢という言葉が頭をよぎった。もし彼が知っていたなら、自分で釘抜きを買ったかもしれないし、職務質問の時にもう少し上手く立ち回ったかもしれない。

「ああ、この後どうなるんだろう」

眼鏡は頭を抱えて嘆いた。それは僕の台詞でもあった。

じきに看守がやってきて、扉に付いた小窓から朝食を差し入れた。そういえばそんな時間だ。

白米にほんのわずかなおかず、そして味噌汁だった。刑務所の飯は「臭い飯」という表現がよくされるが、留置場の飯は味も臭いも普通だった。しかしおかずが少ないのでご飯が余ってしまった。そこで味噌汁に入れて食べた。

その後は部屋の掃除をさせられた。看守が見ていない隙にニワトリがサボるのではないかと思ったが、意外と真面目にやっていたので驚いた。

何の救いも訪れないまま午前が終わった。

昼食後の十三時、僕は取調室に呼ばれた。今朝と同じ、浦和と、顔のパーツが小さな青年のコンビが待ち受けていた。

浦和は開口一番、嫌味たらしい口調で言った。

「お前も厄介《やっかい》な女に手を出しちまったなあ。逆井っていやあ地元、いや日本の名士だからな。その逆井氏がお前を厳重処分にさせるべく、関係各所に圧力をかけたらしいぜ」

「ちょっと浦和さん、マズいですよ」

青年刑事が言ったが、浦和は耳を貸さずに続けた。

「その結果、お前は一旦検察から家庭裁判所に送致される――それはさっきの説明通りだが、その後、凶悪少年にだけ適用される『逆送』という措置により検察に突き返されることになる。そして成年と同じキツい取調べを受けるって寸法だ」

「権力者の娘が被害者なら厳しく捜査するということですか」

「は？　誰が被害者だろうと厳しく捜査するんだが？」

と浦和はうそぶいた。

埼の父親は、埼を精神的な檻に閉じ込めているのと同じように、僕をも物理的な檻にぶち込むつもりか。抗《あらが》いようのない大きな力がじわじわと僕を包囲しつつあるのを感じた。

僕が絶望感に駆られていると、それをぶった切るように浦和が言った。

「いや、こんな与太話をするために呼んだんじゃねえ。警視庁捜査一課のエリート様方がお前に話を聞きたいらしい」

「警視庁？　って東京都の警察ですよね。それに捜査一課って確か殺人とか扱う……。それが何で僕に」

「俺は管轄外だ。本人どもに聞け」

浦和は吐き捨てるように言うと、青年刑事と出ていった。入れ替わる形で、セールスマンのような笑顔を浮かべた三十代後半くらいの男性と、ぽわわんとした若い女性が入ってきた。前者は花田、後者は小松凪と名乗った。彼らは浦和よりずっと礼儀正しく、スーツの着こなしも良かった。埼玉の田舎刑事とは違うな、と僕は思った。

花田は逆井三世という高校生が殺された話をし、東京都内で起きた事件なので自分たちが来たと説明した。僕はひどく驚いた。自分が逮捕されただけでも大事件なのに、その上さらに殺人事件の事情聴取を受けることになるなんて。

「それで話を聞かせてほしいんだ。君が被害者とほとんど無関係なのは分かっているが、確認できることはすべて確認するのが仕事でね」

「わ、分かりました」

「それじゃ、いきなり失礼な質問をするけど」

という前置きから始まった第一問は、今朝未明僕と埼は本当にずっと同衾《どうきん》していたのか、特に二時から四時の間（死亡推定時刻だろう）もそうだったかというものだった。若い女性刑事の前で認めるのは恥ずかしかったが、僕はそうだと答えた。花田は僕に気を遣ったのか、事務的にそうですかと言うと、手早く次の質問に移った。

質問は埼のことが中心だった。彼女は三世について何か話していなかったか、昨夜彼女におかしな素振りはなかったか……。埼が疑われているんですかと聞くと、ただの確認ですというお決まりの台詞。僕は何も知らないと答えた。彼らも特別埼を疑っているのではなく、本当にただの確認という感じだった。

「質問は以上です。ご協力ありがとうございました。まあ君も大変だろうけど頑張って」

花田は僕を励ますと、席を立った。二人の刑事は退室した。

殺人事件――。

確かに恐ろしい出来事だ。だがいくら殺されたのが逆井一族の一員だからといって、僕と埼には無関係なことだろう。今は自分の頭の蠅《はえ》を追うことだけを考えよう。

浦和の話によると、埼の父親の圧力によって僕の取調べが厳しくなるということだったが……。

当の浦和が不機嫌そうに呟きながら戻ってきた。

「なーにが捜査一課だ。あんな優男とお嬢ちゃんに殺人事件の捜査なんかできるのかね」

彼は捜査一課に何かコンプレックスがあるようだ。もしかして自分も埼玉県警本部の捜査一課を希望しているが、なかなか配属されないというような背景でもあるのだろうか。だとしたら、ざまあみろだ。

そんな内心を見透かすように浦和が睨んできたので、僕は慌てて目を逸らした。彼は言った。

「そういや決まり文句を言い忘れていたな。『お前には弁護士を呼ぶ権利がある』。勾留決定が出るまでは家族とも面会できないが、唯一弁護士とは面会できるんだ」

「弁護士の知り合いなんかいませんよ」

「弁護士の知り合いがいる高校生なんか逆に気持ち悪いね。知り合いじゃなくても当番弁護士というのを呼べる。クソの役にも立たない連中だがな」

「当番弁護士……。でもお金がかかるんでしょう」

「一度だけ無料で呼べる制度だ。呼びたきゃ看守に頼め」

逆井氏の権力に対抗するためには弁護士の力が必要かもしれない。無料なら呼んでみる価値はあると思った。

檻の中に戻ると、僕は眼鏡の美大生に当番弁護士の話をした。すると彼はとても驚いたようだった。

「それ、本当ですか」

「ええ。担当の刑事が言ってました」

「マジかよー。こっちは『君には弁護士を呼ぶ権利がある』って早口で流されただけで、詳しい説明なんか全然ありませんでしたよ。君の担当刑事は親切なんですね」

親切？　それは絶対あり得ない。

眼鏡が言った。

「ねえ、一緒にその当番弁護士を呼びませんか」

「僕もそう思っていたところなんです」

二人の間で話がまとまったところで、檻の中にはもう一人いることを思い出した。

僕たちはニワトリの方を見た。だが彼は両手を頭の後ろで組んだまま、興味なさそうに言うだけだった。

「ケンカにベンゴシの出る幕はねーよ」

そこで僕と眼鏡だけが看守に当番弁護士の手配を頼むことになった。

午後三時頃、看守がやってきた。

「当番弁護士が来たぞ。どっちが先に面会するんだ」

眼鏡が僕の方を振り向いた。

「どうしましょう。君がくれた情報なので君が先でも……」

「いえ、お先にどうぞ」

僕は譲った。毒見というか斥候《せっこう》というか、先に様子を見てきてもらいたいと思ったからだ。

「分かりました、じゃあ僕が先で」

眼鏡は檻を出て、看守に付いていった。

眼鏡が戻ってきたのは約三十分後だった。

「どうでしたか」

僕が聞くと、彼は釈然としない顔で言った。

「ほぼ誤認逮捕のようなものだから一緒に闘おうとは言ってくれたんですけど……何

か微妙な感じの人だったんで、ちょっと考えさせてくださいって答えました」

「微妙？　どういう風にですか」

「うーん、一口では説明できません。自分の目で確かめてください」

地獄に垂らされた一本の蜘蛛《くも》の糸を拒絶するなんて、よほどなのだろうか。僕は不安になった。

眼鏡と入れ替わりで檻を出て、看守に付いていった。面会室は同じフロアにあった。声を通す蜂の巣状の穴が付いた分厚いアクリル板の向こうに、もじゃもじゃ髪の初老の小男が立っていた。浦和のようにくたびれたスーツの肩口にはフケが溜まっており、弁護士を示すひまわりのバッジは一部金メッキが剝がれていた。

眼鏡が微妙と言った意味が分かった。弁護士といえば、高級なスーツをパリッと着こなしているというイメージだったが、目の前の男はそれとは正反対だった。

しかし、こういう人物こそ腕は確かということがあるかもしれない。僕は一縷《いちる》の希望を残して、彼の前に座った。

僕を弁護士に引き合わせると、看守は出ていった。何を話すか聞かなくてもいいのだろうか。これは後で分かったことだが、弁護士との面会には警察官は立ち会ってはいけないことになっているらしい。それだけ弁護士という肩書きが信頼されているということだろう。中には悪徳弁護士もいると思うが。

看守がいなくなると、弁護士は早速話し始めた。

「弁護士の与野《よの》と言います。よろしくお願いします。これ、私の名刺です。あ、アクリル板のせいで手渡しできないので一旦はここに立てかけときますけど、後で留置係を通じてお渡ししますので、ご安心を」

彼は妙に高い声で、こせこせと言った。アクリル板に立てかけられた名刺は、間違って洗濯したかのように、よれよれだった。

僕はますます不安になりながら自己紹介した。

「戸田公平さんですか。うふふ、何だか戸田公園みたいな名前ですね」

与野はどうでもいいことを言った。僕も一応調子を合わせようとした。

「よく言われ……」

しかし与野は僕の言葉を塗り潰して本題に入った。

「それでは戸田さん、早速あなたの話をしてください、何がどうなりましたか」

僕は深呼吸をしてから、事件の経緯と逆井氏の圧力について話した。

与野はしきりに頷いてから言った。

「なるほど、なるほど、戸田さん、これはあなたババを引きましたね」

「ババ、ですか」

「ええ、ババです。ジョーカーです。青少年淫行って難しいんですよ。すごく難しい。だって考えてごらんなさい。十八歳未満とえっちしたらダメだって言いますが、女性の結婚は十六歳からOKなんですよ。十六歳の奥さんとえっちしたら犯罪になるんですかね」

「あっ、確かに。そこのところ、どうなんですか」

「これはですね、もちろんなりません。なってしまえば条例が民法を揺るがすことになってしまうので大変ですね。結婚やそれを前提とした真剣な交際なら、淫行にはならないんです」

「僕だって真剣でしたよ。さすがに結婚までは考えてませんでしたけど」

「もちろんあなたはそう言います。でもそれを裁判所が認めるか、っていうのが難しい問題なんですね。一般的に言われているのは、青少年の親が公認している関係なら大丈夫というものですね。そうでない場合はもう灰色、グレーゾーンです。二〇〇七年、名古屋簡裁（簡易裁判所）では、三十二歳の男性、しかも既婚男性ですよ、それが奥さんじゃない十七歳女子高生とえっちしちゃった。それでも『純愛』と認定されて、無罪になってるんですね」

「えっ、そんなのが通るなら、僕なんか余裕でセーフじゃないですか」

「しかしですね、二〇一五年、大津簡裁では、同じ三十二歳と十七歳の組み合わせに罰金五十万円の略式命令が出ているんですね。要するに、逮捕も有罪も司法の匙加減《さじ》一つってことです」

「ひどい、国がそんないい加減でいいんですか」

「法というものは得てしてそういうものですよ。だから私らのような者が、おまんまを食えているわけです」

僕はやるせない気持ちになる——暇もなく、与野は早口で続けた。

「それでおまんまの話ですけど、どうしましょう、そういう匙加減一つの問題なわけですから、早い段階から私を付けて戦えば有利になるのは確かです。でも私、一つ心配事があります。それはですね、裁判になると——裁判の前段階で無罪放免にできればー番いいんですが、私も安請け合いはできませんから——その場合、お金はもちろんのこと、時間もかかってしまうということです。あなたは何日も学校を休まなければいけなくなり、結果として学校にこの件がバレてしまうかもしれない」

「それは困ります」

「でしょう。それよりは検察の略式手続を呑んだ方がいいんじゃないかという気もするんです。あ、略式手続というのはですね、『あなたが良ければ裁判なしで罰金だけで終わらせますよ』というものです。私の経験上、検察は十中八九、これを提案してきますよ。金額は断定はできませんけど、十万から二十万ってところじゃないでしょうか。私が言うのも何ですが、弁護士を雇うにはもっとお金がかかりますからね。だからあなたが被害を最小限に留めたいと思うなら、プライドを捨てて罰金を払って終わり。そういう考え方もあるんじゃないかと思います。あ、もちろん決めるのはあなたですけどね」

「その罰金というのは、いわゆる前科になるんですか」

「なりますね。でもあなたが他言しない限り、まず周りにはバレません」

この歳で前科者か……。

そういう躊躇《ちゅうちょ》も当然あったが、それ以上に観念の問題があった。

その略式手続とやらに同意するということは、自分の行為が間違っていたと自分で認めるということだ。埼への想いを自己否定するということだ。それは絶対したくなかった。

だが与野が挙げたリスクも当然考慮しなければならない。裁判の拘束時間。学校にバレる危険。そして金銭的負担。罰金の十万から二十万でも高いと感じるのに、それを上回る弁護士費用。自分では払えないので、親に立て替えてもらうしかないが、果たして認めてくれるだろうか。両親は「お上が言うことには従わなければ」というタイプの人々だし、勉強会の嘘のことで怒っているかもしれない。逮捕されてから一度も話していないので、両親が何を考えているのか分からないのが不安だった。

そして、そもそも弁護士を雇うとしても、与野を雇うのかという問題。何が何でも契約させるのではなく、契約した場合としなかった場合のメリットデメリットを説明する姿勢は誠実だと思うが、如何《いかん》せんあまりにもバタバタした人物なので……。

考えることが山積みで、頭の中が真っ白になってしまった。

それを見て取ったか、与野は立てかけた名刺を回収して言った。

「まあ、ゆっくりお考えください。考える時間はたっぷりあるでしょうから。この名刺は留置係を通じてお渡ししますので、私を雇ってくださるのであればまたお電話ください」

「え、ええ」

「あ、そうそう、参考までに担当の刑事さんのお名前を教えていただけますか」

「浦和です」

「ふほっ！」

与野が突然奇声を上げるものだから、僕は肝を潰してしまった。

「ど、どうしたんですか」

「いえね、あの浦和さんじゃ大変だろうと思って」

「あの人は悪名高いんですか」

さもありなん。

「まあ、愉快な人間じゃないことは確かですね。でもフェアな男ですよ」

意外なプラス評価に戸惑った。

「フェア？」

「ええ、普通の警察官はあまり法律のことには触れたがらない。突っ込まれてボロが出るのを恐れてるんです。でもあの男は違う。根拠条文や判例といった手札をずらりと並べて、さあどうだと来る。自分、そして法の正しさを確信しているからできる芸当です。よく勉強していると思います。あなたも上から目線でいろいろ教えてもらったでしょう。彼は犯罪者を啓蒙《けいもう》しているつもりなんですよ」

やんちゃな教え子のことを話すかのような楽しげな口調に違和感と、若干の不快感を覚えた。スーツがくたびれた者同士、親近感を覚えているだけではないのか。僕は反論してみた。

「確かに自分の正しさを確信しているという感じでしたね。でも、法の正しさを確信しているというのはどうでしょう。例えば、十八歳未満に判断力はあるかどうかという問題で、浦和刑事自身は『ある』と思っているくせに、条例では『ない』とされているから、それを大義名分に僕を嬲《なぶ》っているように感じました。これは法を道具として使っているだけで、ちっとも正しいとなんか思っていないということじゃないですか」

「ああ、いえ、あなたは勘違いしておられる。それがまさに法の正しさを確信していると私が言った意味なのです」

「どういう意味ですか」

与野弁護士が次に発した言葉は今でも鮮明に覚えている。

「内容如何ではなく、それが法であるという事実が何よりもその正しさを証明しているという意味です」

当時の僕はこう答えた。

「意味が分かりません……」

「そうですか？　そうでしょうね。でもあなたも法の世界に身を置けば、きっと同じように考えるはずです。それは傲慢かもしれませんが、動かしがたい現実なんです」

「僕に分かるのは、浦和が傲慢だということだけですね」

「ええ、ええ、あなたが彼を嫌うのは当然でしょう。でも一方でこういう統計もあります。私が当番弁護士でこの署に来ると、ほとんどの人が浦和さんの愚痴《ぐち》を言うんです。これが何を意味しているか分かりますか」

「浦和が嫌な奴ってことでしょう」

「それが一つですね。それからもう一つは、多くの刑事が弁護士の介入を嫌う中、彼だけがちゃんと当番弁護士の制度を説明しているということです」

「あっ――」

「それでは、これにて失礼します。また会えることを願っておりますよ」

与野は慌ただしく退室した。

僕は彼の言葉の意味を考えながら、檻に戻った。

「どうです、微妙だったでしょう」

眼鏡が聞いてきた。僕は違うニュアンスで答えた。

「そうですね、微妙でした」

留置場の空き時間は長い。幸いにして考える時間はたくさんあった。いろいろな人が言った言葉を思い出した。

そして午後九時、あまりにも早い消灯を迎える頃には、気持ちは決まっていた。

消灯直前、眼鏡は眼鏡を没収され眼鏡ではなくなった。レンズの破片で自殺する恐れがあるため、本来なら最初から没収しておきたいところだが、眼鏡なしでは不便だろうから、日中だけはかけるのを許可しているとのこと。

暗闇の中、寝言だろうか、ニワトリが呟いた。

「タマコ……」

古風な名前だが、彼女の名前だろうか。

僕も心の中で呟いた。

埼さん……。

埼さん。

僕、あなたが好きです。好きだから抱きました。その行為が間違っていたとはどうしても思えません。

だから闘います。

闘って、勝ちます。

そして今度は誰にも憚ることなく堂々とあなたに会いに行きます。

だから応援してください。
間違ったことをしていない人間を誰が裁けるでしょうか。
いや――誰も僕を裁けない。

10　上木らいち

五月三日。

朝食を作らなくてよくなったので、私は七時半に起きた。

「うーん、よく寝た。いい女はいい睡眠からよね」

厨房に下りると、渋谷さんが朝食を作っていた。

それを食堂に並べていると、次々と逆井家の住人が下りてきた。

しかし——二胡がなかなか現れない。

不穏な空気が流れた。

「様子を見てきます」

「いや、私も行こう」

「私も！」

結局みんなで行くと、二胡の部屋にロックはかかっていなかった。

「昨夜はちゃんとコックされていたんですよね」

と私は渋谷さんに聞いた。

「ええ、ちゃんと確認しました」

「ということは起きているんでしょうか」

しかし全員で部屋に入って、違うと分かった。

二胡は眠っていた。

永遠に。

彼は部屋に入ってすぐの床で、うつ伏せに倒れていた。後頭部がぐずぐずになっており、側に血がべっとり付いた金槌《かなづち》が落ちていた。深夜の訪問者を迎え入れたところで、後ろからガツンとやられたか。一応脈を取ったが、見ての通り死んでいた。

火風水さんの金切り声を背中に浴びながら、私は後悔の念に駆られた。

私のせいだ。私がくだらないプライドにこだわっていたから二人目の犠牲者が出てしまった。今日こそは、今日こそは色仕掛けを成功させる！

ターゲットは東蔵氏か渋谷さん。どちらか一人を選ぶなら、やはり本丸の東蔵氏を狙うべきだろう。

それ以前に、もちろん現場検証も怠ってはいけない。

私は気持ちを切り替え、観察を再開した。

死体を引っくり返したところ、額に赤い腫れがあった。虫刺されにも、ヒンドゥー教徒の額印《ビンディー》にも見えるが、私には別の心当たりがあった。

私もよく使うから分かるが、これはスタンガンの痕《あと》ではないか。

犯人はスタンガンで二胡を麻痺させてから撲殺《ぼくさつ》した？

だが、もしそうであれば、別の問題が生じる。

それは、どうして額などという狙いにくい部分に当てたのかということだ。スタンガンは服の上からでも通用するし、体のどこに当てても一撃で全身麻痺させられる。だから胴体を狙うのが普通だ。

私は実際の状況を想像する。二胡がドアを開ける。犯人は隠し持っていたスタンガンで奇襲――うん、やっぱり額はない。

ではどういう状況で、額にスタンガンの痕が付くことになったのだろう。

少し考えたが、すぐには結論が出なかった。

私は死体から離れ、広い部屋をざっと調べてまわった。

三世の時と同様、何ヵ所か窓が開いている。

ベッド脇に、何かが入ったビニル袋が置かれていた。中身は、小学生が作りかけた図画工作の作品にも見えるものだった。二リットルの空のペットボトルが二本。いずれも上のすぼまっている部分が切り捨てられ、切り口にビニルテープが貼られている。

「加工したペットボトル？」側に来ていた一心が呟いた。「どうしてそんなものが」

こちらも心当たりはあったが、まだ仮説の域を出ないし、容疑者が勢揃いしているところで手の内を明かしたくもない。私は黙って首を横に振った。


警察を待つ間、私は一心と彼の部屋で話した。

当然だが、彼は昨日よりさらに憔悴《しょうすい》していた。キノコ頭をバリバリと掻《か》き毟《むし》りながら、まるで自分の行いを悔いるように吐き出す。

「あいつ、何で犯人を部屋に入れてしまったんだ」

「それが私も不思議なんです。昨日、二胡さんは昼間からロックをかけて部屋に閉じこもるほど警戒していました。それなのに深夜の訪問者を迎え入れてしまうなんて」

「上木さんの言う通り、昨日のあいつは明らかに怯えていた。次のターゲットは自分だと分かっているかのように。やっぱり親父が隠している秘密が……」

一心は少し黙っていたが、やがて決意したように言った。

「俺、やっぱり黙ってられませんよ。親父が口封じしようとするのもおかしいと思うし、手紙のこととか、厨房で三世と二胡が上木さんに絡んだこととか、全部警察に話そうと思うんです。上木さんも付いてきてくれませんか」

私はお金のことを考えた。まあ、もう潮時だろう。上乗せの二十万円は諦めよう。

「じゃあ、警察が来たら一緒に行きましょう」

そのまま警察に任せてもいいけど、私は私で東蔵氏から情報を絞り取ろう。それがせめてものけじめだ。

「秘密の件はそれで攻めるとして、もっと一般的な動機についてはどうですか。後継者争いとか、遺産問題とか」

と私は聞いた。

「うーん、後継ぎにしても、相続にしても、まだまだ先の話ですからね。ちょっと気が早すぎるんじゃないですか」

「確かにそうですね」

私は表面上同意しておいたが、内心そうでもないと考えていた。

というのも、次に東蔵氏が殺されたら？

その場合、特に遺言がなければ、遺産の半分は火風水さんに行き、もう半分は子供たちで等分することになる。四人の子供が二人に減れば、もらえる金額は二倍だ。二度あることは三度ある。殺人がこれで終わりとは限らない。

東蔵氏が捜査一課の直通ダイヤルを教えてもらっていたのだろう、警察は昨日より迅速に到着した。

チャイムに出た私が、彼らを邸内に招き入れた。玄関のところで、東蔵氏が出迎えた。

気難しそうなおじさんと、穏やかそうなおじさん。昨日ずっと現場指揮を取っていた正反対の二人が、東蔵氏に悔《くや》みの言葉をかける。前者は魚戸《うおど》、後者は田手《たで》という名前のようだったが、この二人の名前は藍川さんから聞いたことがあった。二人とも藍川さんの上司であり、魚戸さんは管理官で警視、田手さんは係長で警部。藍川さん曰く、魚戸は厳しいから嫌い、田手さんは優しいから好きとのこと。子供か。

それはともかく、管理官や係長レベルの人々が捜査本部ではなく現場に常駐するのは珍しい。大企業の社長宅での殺人事件なので気を遣っているのかもしれない。現にニュースでも大々的に取り上げられている。

それなのに二人目が殺されてしまった。彼らはさぞかし胃が痛いだろう。

東蔵氏は魚戸さんと田手さんを応接間に案内した。

私は散在する刑事の中から花田さんと小松凪さんを見つけ出し、小声で話しかけた。

「あの、私と一心さんで内密に情報提供したいことがあるんです」

彼らは顔を見合わせた。花田さんが小声で返してきた。

「じゃあ十分くらいしたら上木さんの部屋に行くから、一心さんと待っていて」

「分かりました」

彼らは約束通り十分後、私の部屋を訪れた。私と一心は洗いざらいぶちまけた。

花田さんは鹿爪らしい顔で黙っていた。何で昨日言わなかったのだと怒られるかと思っていると、彼は営業スマイルに戻った。

「よく話してくれました。この後また昨日のように一人一人お話を伺う予定なので、お二人の名前は出さずに東蔵さんに聞いてみますよ。お二人もまた個別にお話を聞かせていただきますので、その時はよろしくお願いします」

二人の刑事が部屋を出ると、一心は溜め息とともに言った。

「これで良かったんでしょうか」

「ええ、後は警察に任せましょう」

もちろんそんな気はさらさらなかった。

二人死んだことで警察も本気を出したようで、事情聴取の待ち時間の間、全員の所持品検査が行われた。

小松凪さんと制服の婦警が、私の荷物と部屋を調べた。まあ、私はやましいものなど何一つ持っていないので恐れることはない。そう高を括《くく》っていると、

「何ですかこれはっ」

私のボストンバッグを調べていた小松凪さんが、すごい血相で振り返った。その手には探偵七つ道具セットが握られていた。そういえば透明手袋どころか、十徳《じっとく》ナイフまで入っているそれは、どこからどう見てもやましいものだ。

「あ、それは探偵七つ道具っていって、私、探偵が趣味で……」

私はしどろもどろになって弁明したが、小松凪さんはちっとも納得していないようだった。

「とにかくこれは預からせてもらいます」

「絶対後で返してくださいよ。一九八〇〇円もしたんですから」

私が小松凪さんにすがり付いていると、男の制服警官が部屋に入ってきて、私の事情聴取の順番が回ってきたことを告げた。

応接間に行くと、相手は田手さんと花田さんの二人だった。二人はそれぞれ別種の笑みを浮かべていた。花田さんがセールスマンの営業スマイルなら、田手さんは仏のアルカイックスマイルだ。藍川さんによると、田手さんは親身に接することで自白を

引き出すのが得意なことから「仏の田手」と呼ばれているらしい。

私がソファに座ると、花田さんが言った。

「先程は貴重な証言をありがとうございました。早速東蔵さんに聞いてみたんですが、こういう風に言うんですよ。

『確かに私はメイドを募集するつもりなどなかったので、手紙も出していない。上木さんが持ってきた手紙に私の印鑑が押されていたので、家族の誰かが何らかの目的で印鑑を無断使用して、彼女をこの家に手引きしようとしているのではないかと考えた。私はそれが誰か突き止めるために、彼女を泳がせておいた。警察に黙っていたのは申し訳ないが、万が一印鑑を無断使用されていたという話が広まって、私個人や会社の信用が落ちたら困ると思ったからだ』

とね。上木さんはこの話をどう思いますか」

「うーん、三世さんや二胡さんの不審な動きについては言及なしですか」

「そうなんですよ。その点になると急に言葉を濁して、『私は何も知らない。三世と二胡は人違いでもしたか、さもなくば上木さんの思い過ごしだろう』なんて言うんです」

一部否認というわけか。やはり私が暗躍する必要があるようだ。

「思い過ごしなんかじゃありません。三世さんと二胡さんは本当に何か知っている様子でした」

「そうでしょう。私もそう思いますよ」花田さんは調子を合わせてから、「ところで上木さんは本当に手紙の差出人に心当たりはないんですか」

今度はこちらに矛先《ほこさき》を向けてきた。

「ありません」

「三世さんや二胡さんとも元々の知り合いではなかった？」

「もちろんです」

「私からもいいですか」

と今まで黙っていた田手さんが言った。彼は仏の微笑みを浮かべたまま言った。

「上木さん、あなたは失礼ながら売春をしていますね」

意表を突かれた。藍川さんが漏らしたのか？　だがそうではなかった。

「L商事の村崎社長から聞きました」

ああ、そうか。よく考えたら、そのルートで簡単に分かるんだ。

田手さんは続ける。

「売春自体については今回は不問とします」

反感を買うので言わなかったが、今回に限らず、いつだって不問である。個人売春は違法だが、公衆の面前で客引きをしない限り罰則はない。その裏には、貧困女性の救済という暗黙の了解がある。

「その上でお尋ねします。今回この家に来たのは、逆井家の誰かに売春を持ちかけられたから――そうではありませんか」

「いえ、違います。私も最初は売春というか、東蔵さんが私を愛人にするために呼んだのかと思っていましたが、違いました。東蔵さんからも、他の誰からも、そういう話をされたことはありません」

「一心さんからもですか」

私は思わず笑ってしまった。

「彼は推理小説にしか興味がありませんよ」

「なるほど。いろいろと無礼を申し上げました。私からは以上です」

どうやら警察は私のことも結構疑っているらしい。まあ、自分の目から見ても怪しいくらいだから仕方ないね。

その後、花田さんが昨日と同様、凶器やアリバイに関する定型的な質問をしてきたが、役に立つような回答はできなかった。

なお、彼の聞き方から推測するに、二胡の死亡推定時刻も三世と同じく午前二時から四時の間と思われる。

応接間を出る時、私は昨日と同じ欠落感に襲われた。一体何なのだ、これは。何が足りないというのだ。

その答えは今回も摑めなかった。

自室に戻ると所持品検査は終わっていた。小松凪の奴、探偵七つ道具を丁重に扱ってくれればよいが……。

さて、今から東蔵氏をこましに行こう。

だがホールに出ると、一心、京、渋谷さんの三人が話していた。東蔵氏の部屋を訪れるなら、ホールに人目があってはならない。私は作戦を中止した。しかし彼らを見てすぐに引っ込むのは変なので、トイレにでも行くとするか。

その途中、どこかでドアが開く音がした。気にも留めずホールを歩いていると、背後から急速に接近してくる気配。振り向くと、火風水さんだった。鬼のような形相で、いきなり摑みかかってきた。

「あんたでしょ！　あんたが殺したんでしょ！」

「えー、違います」

「嘘つけ！　あんたが来てからすぐに二人死んだ。あんた以外の誰が犯人だって言うの！　二胡と三世を返せ！」

火風水さんはグーで殴ってきた。ところが仕事柄、修羅場に巻き込まれることが多い私は、女性の攻撃を避けるのも得意である。ひらりひらりと身をかわしているうちに、一心たちも駆け寄ってきた。

京が火風水さんの腕を押さえて言った。

「やめなさいよ」

「うるさい、邪魔するな！」

私はあっと思った。火風水さんが京を突き飛ばしたのだ。京は尻餅をついた。

「それともお前が犯人か！　私の息子たちを返せ！」

火風水さんは今度は京に摑みかかっていく。

「母さん、落ち着いて」

一心が火風水さんを羽交い締めにした。

「京さん、大丈夫ですか」

渋谷さんは京に手を差し伸べた。だが彼女は彼の手を借りずに立ち上がると、唇を噛み締めて立ち去った。彼女は自室に消えた。

「上木さん、ここは我々に任せて」

渋谷さんがそう言ってくれた。私は頷くと、逃げ場のないトイレではなく一階に避難するべく、階段柱に飛び込んだ。後ろから火風水さんの罵声だけが追いかけてくる。

これだから嫌なのよね、殺人事件って。


昼食後、皿洗いを終えて食堂を出たところで、チャイムが鳴った。玄関へと続くドアの側のインターホンに向かったところ、階段柱から一心が出てきた。

「従姉妹です。俺が出ます」

彼がそう言うので、一旦は任せて自室に戻ろうとした。

しかし例のミサキも従姉妹である以上、事件の関係者ではある。三世と二胡とも不仲だったようだし。どんな人物か見ておこうと、無意味にホールをうろうろして彼らが来るのを待った。

玄関へと続くドアが開き、一心と若い女性が入ってきた。喪服のつもりか黒いワンピースを着ている。華やかな顔立ちだが、二人も従兄弟が殺された今はさすがに陰りが見える。

「迷惑になるから行くなってパパには言われたんですけど、私、どうしても一心さんのことが心配で……」

彼女は一心に向かって話していたが、その途中で私に気付くと、会話を中断して頭を下げてきた。ふむ、まずは好印象。私も頭を下げる。

二人は階段柱に入った。私もその後からゆっくり螺旋階段を上っていく。上から二人の会話が聞こえてくる。

「そういえば何か悩み事があるって電話で」

「え？　ああ、実は彼氏が逮捕されちゃって」

「逮捕？　どうして？」

一心が驚く声。私もびっくりした。何か事件と関係があるのだろうか。

ミサキは慌てたように取り繕った。

「いや、この事件とは関係ないので安心してください。それより今は一心さんのことです。大丈夫ですか」

「大丈夫かって聞かれたら『大丈夫じゃない』かな……」

「そうですよね、ごめんなさい」

「いや、心配してくれてありがとう」

私が二階のホールに出ると、二人は一心の部屋に入っていくところだった。さすがにこれ以上付いていくわけにはいかない。

「お仲のよろしいことで」

と私は呟いた。まあ一心が誰と仲が良かろうと私には関係のないことだ。

私は別の人と仲良くする必要がある。今、ホールには誰もいない。色仕掛けのチャンスだ。

私は東蔵氏の部屋を訪れた。幸いロックはかかっていない。私は前室に滑り込み、ホール側のドアをロックした。室内側のドアをノックすると、東蔵氏が警戒した顔で現れた。

「何か用かね」

「警察に聞きました。逆井さん、やっぱりお手紙出してなかったんですってね」

東蔵氏は渋い顔になった。

「警察に話したのはやはり君だったか」

「二人も亡くなったんだから仕方ないでしょう」一心のことは黙っておく。「もちろん口止め料分の二十万円は辞退しますよ」

「当然だ。話はそれだけかね」

「いえいえ、ここからが本題です」

私はしなを作って言った。

「逆井さん、まだ何か隠していらっしゃるでしょ。それを教えてくださらないかしら。二人だけの秘密にしますから」

私は東蔵氏にしなだれかかった。

ところが、またしても——。

「やめたまえ」

私は東蔵氏に押し退けられた。押し退けられてしまったのだ。

私はいよいよ混乱してしまった。

「何で、どうしてですか、私の何が不満なんですか」

「不満というか……こんな時にそんな気分になれんよ」

正論ではある。だが、いつもの私にはそんな正論をぶち破るパワーがあったはずだ。よほど深刻な隠し事なのか。墓場まで持っていく秘密は、ベッドには持っていかないということか。それでも私の肉体を前にすれば葛藤くらい生じるはずだ。それすらないのはさすがにおかしい。

「あ、そうか、私が殺人犯だと思ってるんですね。私は清廉潔白です。服の下に凶器なんか隠し持ってません」

私はメイド服を脱ぎかけたが、押し留められた。

「君が犯人でないことは知っている。いや、少なくとも三世を殺した犯人ではない、と言うべきか」

「どういう意味ですか」

「初日、君が手紙を偽造した人物と合流するのではないかと思い、二胡に見張らせていたんだ。皆が寝静まってからも、二胡は一晩中君のベッドの下に身を潜めていた。しかし君は一度も部屋を出なかった。だから三世を殺した犯人ではあり得ない。そのアリバイがなかったら、とっくに追い出してるよ」

それで初日はやたら二胡に遭遇したのか。食材を探しに厨房に行く前もそうだし、三世に絡まれている時にタイミング良く現れたのも、監視中だったからかもしれない。

そして深夜。この館のベッドはすべてシーツが床まで届いており、下に隠れられるようになっているが、そこに二胡が潜んでいたとは。

だから二胡は昨日、目の下の隈が濃くなっていたり、眠そうだったりしたのか。昨夜も本当は犯人の襲撃に備えてずっと起きていたかったのかもしれないけど、一昨夜の不寝番《ふしんばん》が仇《あだ》となって眠ってしまったのかもしれない。

しかしそんな重労働をどうして使用人ではなく息子にさせたのだろう——と考えて気付いた。きっと私と内通者が話す内容を、渋谷さんに聞かれたくなかったのだ。渋谷さんは立場的に「手紙を偽造した人物を突き止めるために私を泳がせる」程度のことは知っていただろうが、それ以上のことは知らなかったのではないか。

そして三世はそんな重大な任務を頼めるような人間じゃない（むしろ暴走して私に接触してしまったくらいだ）。だから二胡に頼むしかなかった。まあ、その二胡も三世が殺されたことですっかり怯えてしまって、二日目は監視どころではなかったのだろうが。

つまり核心を知っているのは東蔵氏、二胡、三世の三人。うち二人は死んだ。だからあとは東蔵氏に色仕掛けを成功させるしかないのだ。

なのに——。

「趣味は探偵とか言ってたな。あまりちょろちょろ嗅《か》ぎ回らない方がいい。世の中には知らない方がいいこともあるんだ」

「知らせない方がいいこと、の間違いでしょう」

「いずれにしても私は何も知らない。さあ、それが分かったら早く出ていってくれ」

私は摘まみ出されてしまった。

……。

……。

……どうやら。

私にはまったく性的魅力がなくなってしまったらしい。性的魅力のない上木らいちに何の価値があるだろうか。こんなんじゃお話にならない。終わりだ。らいちシリーズ、これにて打ち切り。今までご愛読ありがとうございました。

新連載『誰も私を見てくれない』第一話
ここはさる大邸宅の美しい庭。小川の畔《ほとり》。一組の男女が話している。男はこの館の当主に長年仕える使用人。女は憂いを帯びた瞳のうら若い令嬢。

男が口を開いた。

「先程は災難でしたね」

「あの人とは致命的に反《そ》りが合わないわ。やっぱり血の繋がっていない女が一つ屋根の下に二人いるのはダメね。特に最近は全然ダメ。どうも私が死んだ母に似てきたのが気に入らないみたい。母に似てきたというのは父も思っているみたいで、最近妙な目で見てくるのよ。妙な目って分かる？　女として見てくるってこと」

「お嬢様、さすがにそれは……」

「いいえ、間違いないわ。あなたは男だから分からないでしょうけど、女には分かるのよ、そういう目で見られると。まったく、私はこの一家に取り憑《つ》いた亡霊だわ」

「お嬢様……」

「そうだ、あなたは母の顔を知っているでしょ。私が母に似てきたと思う？」

「ええ、大変お美しく成長されました」

女は男の目をじっと見た。それから言った。

「あなたも同じね。私ではなく母を見ている」

「いえ、そんなことは」

「誰も私を見てくれない」

女――京は走り去った。男――渋谷さんはポケットからロケットを出して握り締めた。

その一部始終を私は木陰から盗み見ていた。

いやいやいや、こんな脇役どもに主役の座を奪われてたまるものですか！

変化球《色仕掛け》がダメなら直球《捜査と推理》で勝負だ。

しかしいくら私が優れた探偵でも、警察の捜査情報が入ってこないと、どうしようもない。こんな時に藍川さんがいてくれたらと思うが、ないものねだりをしても仕方がない。花田さんに当たってみよう。

夕方、警察が引き上げの気配を見せ始めた頃、私は一階のホールで花田さんを捕まえて捜査情報を聞き出そうとした。しかし彼はフランクな態度とは裏腹に口が堅く、何も教えてくれない。普段ならここで物陰に連れ込み体に尋ねるところだが、今の私ではダメだろう。

困っていると、応接間のドアが開き、まず東蔵氏が、それから魚戸さんと田手さんが出てきた。

魚戸さんが東蔵氏の背中に声をかけた。

「どうして深夜、館内に警官を置いてはいけないんです。そうされたらマズい理由でもあるんですか」

東蔵氏は振り返って答えた。

「それだよ。その疑う態度が気に入らないのだ。あなた方は最初から内部犯だと決めてかかっている。外部犯の可能性は検討してみたのかね」

東蔵氏は発言内容こそ喧嘩腰だったが、逆上している風ではなく、あくまで冷静だった。

「外部犯がどうやって痕跡も残さずに、二度も館内に侵入して殺人を成し遂げたというのです」

「それを考えるのはあなた方の仕事だ」

「犯罪を未然に防ぐのも我々の仕事です」

「内部犯が第三の殺人を犯すと？　ふん、馬鹿馬鹿しい。警備は塀の外に置いてください。ただでさえ疲れているのに、警官が家の中にいたら余計心が休まりませんからな」

と言って東蔵氏は立ち去ろうとする。

その時、

「待ってください！」

小松凪さんだった。ホールにいた彼女は東蔵氏の元に駆け寄り、深々と頭を下げた。

「お願いします。おうちの中に警備を置かせてください。人命に関わることなんです。人は、人は一度死んだら還ってきません。ですから……」

「凪ちゃん！」

と花田さんも慌てて駆け寄る。

「小松凪！」

と魚戸さんが叱責するような声を飛ばした。しかしその後に続く言葉を聞けば、彼が本当に糾弾したのは東蔵氏だと分かった。

「お前が頭を下げる必要はない。我々には職権がある。逆井さん、あなたが館内の警備に同意しないのなら、あなたを公務執行妨害で逮捕することだってできるんですよ」

東蔵氏はしばらく無表情で黙っていたが、やがて言った。

「勝手にするといい」

そして階段柱の中に消えた。


刑事たちが引き上げた後、二人の制服警官が二階のホールに残った。彼らは食料を持ち込んでおり、一晩中ホールを見張るようだった。

なので、二胡の部屋を調べることができないのが困りものだった。

夕食後、私は一心の部屋に行った。東蔵氏が館内の警備を拒否していたことを教えると、一心は当惑した表情を浮かべた。

「親父は一体何を考えているんだろう。これじゃまるで親父が――」

彼はそこで言葉を切った。後に続く言葉は「犯人みたいじゃないか」といったところだろう。

確かに東蔵氏は怪しい。しかし別の考えもある。

「東蔵さんは犯人の正体や動機に目星が付いているのかもしれませんね。それは私たちに口止めさせた、警察に黙っておきたい秘密に関連している。だから自分の手で犯人を捕まえようとしているのかも」

さっきの東蔵氏は、残り少ない手札でどこまで無理筋を通せるかギリギリまで粘っているギャンブラーのようにも見えた。

「なるほど——いや、しかし、それは危険ですよ」

「そう、極めて危険です」

「止めないと」

「止めて聞くような人物ですか」

一心は頭をバリバリと掻いた。

「ああ見えて親父、頑固だからなあ。しかし止めないわけにはいかないか。今から親父に言ってきます。上木さんも一緒に——いや、来ない方がいいか」

「ええ、私もそう思います」

三世殺しのアリバイがあるとはいえ、疑惑の人物である私が一緒に行けば、私が一心に何か吹き込んだのではないかと警戒した東蔵氏が、素直に話を聞いてくれない恐れがある。

私たちはホールに出た。一心が東蔵氏の部屋を訪れるのを横目に、私は自室に戻った。

その後一心と話す機会がなかったので、説得の成否は分からなかった。しかし昨日と同様就寝前に居間に全員集合した際、一心が浮かない顔をしていたのを見ると、上手く行かなかったのだろう。

その場で東蔵氏はめげずに全室施錠を訴え、今回は渋谷さんではなく警官がロックを確認してまわった。今夜は警官がいるから、さすがに何も起こらないだろう——そう思いたかったが、どうしても不安が拭い去れなかった。

11　戸田公平

五月三日。

この日は事前に聞いていた通り、送検——つまりさいたま地検（地方検察庁）に護送され、検事の取調べを受けることとなった。

僕と眼鏡、ニワトリの三人は朝食後すぐに手錠をかけられた。それから他の房の数人と併せて、腰縄で一匹のムカデのように連結させられた。ムカデは警察署の裏口から連れ出され、護送バスに乗せられた。

護送バスは埼玉県内の警察署を巡回し、被送検者を拾っていった。つまり時間とともに車内の人口密度が増加し、物理的にも精神的にも嫌な空気を醸成していった。留置場での入浴は週二回程度なので、周囲の体臭もひどかった。僕も昨日は入浴日ではなかったので臭うかもしれない。検事の心象が悪くなるだろうか。送検の前日が入浴日じゃないと不利だな、と考えた。

僕の頭の中では先程から「ドナドナ」が流れていた。といっても本家ではなく、遺伝ティティの「ドナドナ」だ（カバーではなくオリジナル曲）。

それが三ループしたところで、ようやく地検に到着した。

それから丸一日かけて、僕はまるで何かの書類のように、隣接する地検と家庭裁判所の間を往復させられた。浦和が（与野の言うフェアネスを発揮して？）教えてくれた「逆送」だろう。逆送は本来もっと慎重に検討されるべきもののはずだが、逆井氏の圧力ゆえの流れ作業だった。

待ち時間はすべて地検の待合室で過ごした。狭い部屋に十名の被送検者が押し込まれ、ひたすら自分の番を待つのだ。僕のような例外を除き、朝から夕までの間で自分が取調べに呼ばれるのはただの一度。それ以外の時間はひたすら硬いベンチに座って待つだけ。留置場と違って、手錠はかけたまま、私語は禁止、本もなし。トイレは同じ室内、腰の高さしかない衝立の向こう。

家畜のような扱いだと思った。やはり逮捕された時点で人は人でなくなるのだ。

昼食もここで食べた。その時だけ利き手の手錠が外された。

逆送後、二度目の地検の取調べはこんな具合だった。

午後三時過ぎ、警官が僕の名前を呼んだのだ。

「戸田公平」

「はい」

た。

「付いてこい」

僕はブラインドが閉め切られた部屋に連行された。正面の机に、老いたフクロウのような初老の男性検事が、それとL字形になるよう置かれている机に、化粧で頬を赤くした四十がらみの女性事務官が座っていた。一度目の取調べと同じ組み合わせだっ

僕は検事の正面に座り、その側に警官が立った。

検事はすでに幾度となく繰り返された質問を、浦和より上品な口調で尋ねてきた。僕の回答を、事務官がノートパソコンに打ち込んでいく。問答は淀みなく進んだ。

最後に、検事が言った。

「まあ戸田くんも今回は結果的に悪いことをしてしまったわけだけど、まだ高校生だし、充分反省しているようだから、今回は略式手続を行おうと思います。略式手続というのは……」

「待ってください」

と僕は手を上げた。

誰にも僕の行為を否定させない。想いを否定させない。

「僕は全然反省していないし、略式手続に同意するつもりもありません。正式裁判を

してください」

略式手続は被疑者の同意がなければ成立しない。

老フクロウは目をパチクリさせた。事務官がキーボードを叩く音が止まった。

斜め上から警官の怒号が降ってきた。

「貴様っ、言葉を慎まんか！」

それを検事が宥めた。

「ままま、君、ありのまま。被疑者のありのままの言葉を聞かんと」

「は、失礼しました」

警官はかしこまった。検事は僕に向き直った。

「それで戸田くん、今の言葉は本気なのかね。略式手続ではなく、裁判をしてくれというのは」

「もちろん本気です」

「なぁんでだね！　そもそも君、略式手続の意味知ってるの」

僕が与野の受け売りをすると、検事は溜め息をついた。

「弁護士に変なこと吹き込まれたね。戸田くん、騙されちゃいけないよ。彼らだって仕事でやってるんだ。略式手続じゃなく裁判を勧めるのは、その方が儲かるからさ」

「いえ、弁護士さんはむしろ略式手続を勧めてました。裁判を選んだのは僕の意志です」

「へえ、それはそれは……。じゃあ尚更だね！　検事と弁護士、相反する立場のプロが二人とも略式手続を勧めてるんだ。罰金三十万払ってここで終わらせた方がいいに決まっている」

三十万。与野の見立てよりさらに高い。

「三十万は高すぎます。ゼロ円が適正です、僕は悪くないのだから」

「だが裁判になって弁護士を雇えばもっと高く付く。そのお金は誰が払うんだい？　高校生の君が払えるの？　ご両親に払ってもらうんでしょう」

「将来働いて返しますよ」

「でも今は君のお金じゃないというわけだ」

検事はねちねちと同じところを突いてきた。まだ親に立て替えのお願いすらできていない僕にとって、そこが最大のネックであるということは自覚していた。だからせめて堂々と振舞うことにした。

「そうです」

「ふうん」

一瞬の黙考の後、検事は論点を変えてきた。

「でも君、無罪なんて言っているけど、これはいわゆる、え、冤罪《えんざい》なんかとは全然違うのだよ。君は確かに十七歳の少女と関係を持った。そしてそれは条例で禁止されている。君が無罪になる見込みはどこにもない」

「そうでしょうか。三十二歳の既婚男性と十七歳の女子高生でも無罪になった判例があると聞きますが。三十二歳既婚が無罪で、十八歳独身の僕がどうして有罪なんですか」

検事は苦い顔をした。

「それはだね、諸々の要素を総合的に判断して……」

「例えば？」

「……君の場合、少女以外の家人に無断で深夜、家に上がり込んだことも問題視されている。それもあって、少女の保護者はひどくご立腹だ」

「それで逆井氏は『僕に厳罰を』とあちこちに圧力をかけているんですね」

「な、何を……」

浦和の情報が役立ち、検事は明らかに狼狽した。今がチャンスだ。一気に畳みかける。

「そうか、何でさっきからしきりに略式手続を勧めるのか分かりましたよ。略式手続なら絶対有罪にできるし、有力者とはいえただの民間人が口出ししてきている煩《わずら》わしいこの事件を迅速に処理できる。でも裁判なら当分この件にかかずらわないといけないし、その末の無罪もあり得る。あなたはそれを恐れているんだ」

検事は片手で机を叩いた。

「無罪はあり得ん！ これはえ、冤罪じゃないんだからな」

検事にとって冤罪という言葉はよほど忌まわしいものであるらしく、彼はそれを口にする時必ずどもるようだった。

彼は勢い込んで言った。

「いいだろう。そこまで言うなら裁判をしてやろうじゃないか。そこで社会の厳しさを教えてやる」

よし、乗ってきた！ これで闘える。

後は鬼が出るか蛇が出るか——。

賽《さい》は投げられた。もう引き返せない。

夕方、僕たち被送検者は朝と同様、護送バスで各警察署に戻された。

僕は留置場に戻るとすぐ、留置係に頼んで与野弁護士に電話した。僕は顚末《てんまつ》を報告し、弁護を依頼した。彼は元々略式手続を勧めていたので、どういう反応をするか正直なところ不安があった。

彼は例の早口でこう言った。

「なるほど、そうですか、闘うことにしましたか。それが一番です」

「え、でも昨日は略式手続の方がいいって……」

「ええ、ええ、私がそう言ったにもかかわらず、あなたは裁判を選択した。つまりそれがあなたの意志です。人間はやりたいことをやるのが一番です」

「与野さん……」

その言葉が何より身に染みた。

「さあ、そうと決まれば忙しくなってまいりました。今からそちらに向かいますのでね」

与野はすぐに来た。

僕は彼に言われ、与野を弁護人に選ぶという弁護人選任届と、家族への手紙を書いた。僕は手紙の中で、まず勉強会の嘘を謝罪し、嘘をついてでも会いたいほど大事な人だった、彼女への想いを守るため裁判で闘いたい、と訴えた。

「それでは今からご家族に話してまいります」

与野はバタバタと出ていった。

ゴールデンウィーク中なので両親は家にいるはずだ。僕と与野と両親で四者面談できれば一番いいのだが、明日勾留決定が出されるまで家族の面会は禁止されているので、仕方ない。僕は両親が与野を第一印象だけで判断しないことを祈った。

檻に戻ると、眼鏡が話しかけてきた。

「結局あの弁護士を雇うんですか。大丈夫ですか」

「ちゃんと話せばいい人ですよ。あなたはどうするんですか」

「今日検事に略式手続っていう罰金払ったら終わりって奴を提案されたんで、面倒なんでもうそれで終わりにすることにしました。いや、何もしてないのに何で罰金払わないといけないいんだって思いはありますよ。でも所詮国民はお上には逆らえないんですよ」

眼鏡はニヒルに笑った。

僕は同志を失ったようで寂しくなった。やはり僕の選択は間違っていたのだろうか。

いや、今更後ろを振り返るわけにはいかない。

周囲がどうだろうと、僕は自分の道を進むだけだ。

12　上木らいち

私は夢の中で推理をしていた。

スタンガンの痕が額に付いていた理由——やっと分かった。二胡は部屋を入ってすぐの床に倒れていた。だが実際は、おそらくベッドに潜り込んでいる時にスタンガンを浴びせられたのだ。ベッドから頭部だけが覗いている状態なら、そこを狙うのが自然だ。狙いにくい額をわざわざ狙ったことを合理的に説明できる状況はそれしかない。

この発見によって、今まで思い描いていた事件の様相が一変する。

すなわち、二胡は深夜の訪問者を迎え入れたのではない。訪問者を迎え入れた後、その人の前でベッドに潜り込むとは思えない。

厳密に言えば、訪問者がセックスの相手（私くらいしか候補がいないが）だった場合はそういうこともあるかもしれない。まあ、その場合でも、自分だけすっぽりベッドに潜り込むかと言われれば疑問だが。

では、犯人はどうやって二胡の部屋に侵入したのか。

普通に考えれば、二胡がトイレなどで部屋から出た隙に侵入。室内のどこかに身を潜め、戻ってきた彼が寝付くのを待ってから殺害したというところだろう。

しかし、それは考えづらいのだ。

ベッド脇に置かれていた、加工されたペットボトル。あれは多分、尿瓶《しびん》だ。上のすぼまっている部分を切り捨てるのはもちろん口を広くするためで、切り口にビニルテープを貼るのは鋭利な切断面で性器を傷付けないため。災害時の他、ネトゲやＲＴＡ《リアルタイムアタック》など長時間画面の前に居続けなければならないゲーマーにも重宝されている。ペットボトルに小便をすることから、ペトションという愛称（蔑称）もある。

昨日、二胡は昼間から自室をロックして閉じこもるほど怯えていた。三世の次に狙われるのは自分だと予感していたのだろう。そこで夜中トイレに立たなくていいように尿瓶を用意した。

だから二胡が夜中に部屋を出たとは思えないのだ。もちろん大便はさすがにペットボトルの中にはできないと判断した可能性もあるが……。

しかし、ペットボトルは二リットルのものが二本あった。一日の尿量は一から一・五リットルくらいなのだから、尿のことだけを考えるなら一本で充分だろう。二本あったということは、小便用と大便用を用意したという気がしてならないのだ。

この仮説が正しいとすると、そこまで警戒している人間がトイレ以外の用事で部屋の外に出るなど尚更あり得ない。

部屋の外に出ないなら、ロックが解除されることもない。

つまり、部屋は密室だった。

犯人はどうやって侵入したのだろうか。

まさか秘密の抜け穴？

いや、それよりも——。

この館は○るんじゃないか。当初からずっと思っていることだが、あくまで冗談半分だった。だがまさかのまさかで本当に「○る」＝「回る」としたら？

二階のホールと各部屋の間は、二重扉と前室が隔てている。これはホールか各部屋のどちらかが回転することの傍証だ。もし一重扉と一重壁なら、一方が回転すれば他方の扉と壁も回転し、他方から一方が回転していることが分かってしまう。回転に気付かせないための、二重扉と前室なのだろう。二重扉にノブが付いていないのは、回転時に引っかからせないため。

それでは、どちらが回転するのだろう。窓がないホールが回転しても建築的に面白味がなさそうだから、やはり部屋の方だろうか。

もしそうなら、犯人がロックされた部屋に侵入することが可能となるのだ。

ロックは二重扉のうちホール側の方にのみかかるようになっている。犯人は皆が寝静まってから、自分の前室に出る。そこでリモコンか何かで各部屋を回転させ、今いる前室と二胡の部屋が繋がるようにする。すると室内側のドアにロックはかからないので、何の障害もなく二胡の部屋に侵入できるのだ。

犯人は、初日の徹夜が祟《たた》って熟睡している二胡に忍び寄り、額にスタンガンを当てる。二胡は電撃で目覚めるが、代わりに全身が麻痺してしまう。その隙に犯人は二胡を撲殺――。

だが、死体や血痕があったのはベッドの上ではなく、入口の床だ。犯人は麻痺した二胡をベッドから戸口に運んだ後、撲殺した。

犯人はなぜ二胡を移動させたのか。

二胡をベッドの上で殺せば、まるで寝ている間に忍び込んだかのような状況から、回転を使ったことがバレると思ったのかもしれない。だから深夜の訪問者に不意打ちされたように見せかけるため、戸口に運んだ。ペットボトルを持ち去らなかったのは、そこから推理が発展することに思い至らなかったのかもしれないし、単にそれが何であるかを認識できなかっただけかもしれない。

以上の推理が正しければ、犯人は館が回転することを知っている人物、そしてそれを他の人に知られたくない人物だ。この館を建てたのは先代の当主だそうだ。その秘密を受け継ぐ人物として最もふさわしいのは、一心も言っていたように、やはり現当主の東蔵氏だろう。

東蔵氏が二人の息子を殺害したのか？

それとも他に、回転のことを知っている家人がいるのだろうか？

東蔵氏、火風水さん、一心、京、渋谷さん。残り五人の容疑者の顔が脳裏に浮かぶ。それらはルーレットのように、ぐるぐると回り始める。ぐるぐる。ぐるぐる。ぐるぐるぐるぐるぐるぐるぐるぐるぐるぐるぐるぐる……。


そこで目が覚めた。

枕元の携帯を見ると、まだ午前六時五十分だった。随分早く起きてしまい、損した気分になる。早起きは三文の損。

部屋はもう白んでいる。私は窓辺に立ち、カーテンを開けた。

見慣れた庭が見え――なかった。

いや、庭は見えるのだ。見たことのある東蔵邸の庭だ。でも私の部屋からその区画は見えないはずなのだ。

考えられることはただ一つ。
館は本当に回転したのだ。そして普段とは違う位置で止まったのだ。
当然、ただ回転しただけではないだろう。
何か良くないことが同時に起こっているに決まっている。
私はこのことを見張りの警官に知らせるため、ホールに飛び出した。

——五月四日。

13　戸田公平

五月四日。

僕は前日と同様、朝から満員の護送バスに揺られてさいたま地検に行った。もっとも今日は検事の取調べではなく、裁判所による勾留質問だ。僕は一度地検に連れていかれ、そこから隣のさいたま地裁（地方裁判所）に行った。

昨日の取調べの結果、検事が僕をさらに勾留すべきだと判断した場合、裁判所に勾留請求をする。裁判所は勾留が妥当かどうか確かめるため、僕から直接事情聴取する。それが勾留質問だ。つまり僕にとっては弁明の機会となるのだが……。

実際には、勾留請求却下率は三パーセント程度しかない。僕の場合もそうで、裁判官は形式的な質問しかしてこず、僕の訴えはあまり熱心に聞いていないようだった。

かくして、僕はさらに十日間勾留されることとなった。

夕方、僕は護送バスで留置場に送還された。

勾留中の被疑者は拘置所という別の施設に移されるのが本来だが、拘置所の収容状況などの問題で、留置場に送り返されることがしばしばある。すると被疑者は引き続き警察の圧力に晒されるわけで、これが自白強要の冤罪に繋がっているとの批判もある。一方、拘置所は各都道府県内に一、二個しかないが、留置場は警察署ごとにあるので、面会者にとってはアクセスしやすいという利点もある。

夜、与野が僕の両親を連れて面会に来た。両親の顔には、アクリル板越しに息子を見たショックがまざまざと浮かんでいた。

与野が言った。

「ご両親には大体説明しました。ですが、あなた自身の口でもう一度、ご自分の意志をお伝えください」

僕は両親に自分の想いを伝えた。自分が間違ったことをしたとは思っていないということ、正しさを証明するために闘いたいということ。

父は困ったような顔をして黙っていた。

母がおずおずと言った。

「あの、弁護士の先生の前でこういうことも言いづらいんだけど」

「いいんですよ、どんどん言ってください」

と与野が素早く口を挟んだ。

「すみません」母は与野の方に頭を下げてから、僕に向き直った。「罰金三十万円も高いけど、裁判になればもっとかかるって言うじゃない。それなら略式手続で我慢した方が、結果的に得なんじゃないかしら。まあ気持ちの問題はあるんだろうけど」

「もちろん気持ちの問題があるし、それに略式手続だと前科が付く。でも裁判に勝てば前科は付かない」

「ああ、前科ね。確かにそれは大変ね。じゃ、やっぱり裁判しかないか……」

前科という脅迫的な単語が、小市民の母の説得に功を奏したらしい。僕はもう一押しした。

「裁判費用は将来働いて返すよ」

「お金のことはいい」それまで黙っていた父が口を開いた。「それよりも問題なのは時間だ。今、大事な時期じゃないか。裁判が長引いて受験に差し障りが出たらどうするんだ」

「今まで以上に勉強するよ。約束する」

「そうは言っても、学校の授業には出られないし、こんなところじゃ勉強にも集中できないだろう」

「それはですね、お父さん、早期保釈となるよう私が裁判官に働きかけますのでご安心ください」

与野が助け船を出してくれた。僕は両親に頭を下げた。

「お願いします」

父はしばらく黙っていたが、やがて言った。

「分かった。お前のやりたいようにしたらいい」

それから与野に頭を下げた。

「息子をよろしくお願いします」

僕は肩の荷が下りた気分だった。だが本当に説得しなければならないのは両親ではなく裁判官なのだ。僕は再び気を引き締めた。

与野が言った。

「ところで私、公平くんに確認しておきたいことがあるのです。事件の性質上、彼もご両親の前では話しづらいかとも思いますので……」

「ああ、それでは席を外します」

「ありがとうございます。下の待合室で待っててください」

両親が出ていくと、与野は言った。

「実は戸田さん、大変申し上げにくいことなんですがね、どういう風に彼女としたのか、つまりえっちしたのかということですね、それをできるだけ具体的にお話し願いたいんです」

「ええ」と思わず不満の声が出た。「それが重要なんですか」

「はい、極めて重要です」

どこからが淫行で、どこまでは淫行ではないとか、そういう話だろうか。

僕は渋々話し始めた。

途中で与野が突っ込んできた。

「うーん、いまいち情景が浮かびませんねえ。その時、彼女が上に乗っていたんですか、それともあなたが上だったんですか」

呆れた。

「そんなことまで聞くんですか」

「ええ、ぜひ教えてください」

僕は俯いて答えた。

「……彼女が上でした」

「え、よく聞こえませんでした」

「彼女が上でした！」

「ふほっ、最近の女性は実にアグレッシブですねえ！　それでは先を続けてください。もちろん具体的にですよ」

彼の目は爛々《らんらん》と輝いていた。正直なところ、単なる助平じじいにも見えた。まさか興味本位で聞いているのではあるまいな。

疑惑に駆られながら話を進めると、また与野が食い付いてきた。

「ちょ、ちょっと待ってください。しっくすないん、というのは何ですか」

「いや、それは……」

僕はうんざりしながらシックスナインの説明をした。男女が頭と足を逆にして重なり、互いの性器を舐め合う。その姿が数字の69に見えるためシックスナインと呼ばれる。……話しながら、どうしてこんなことまで言わされなければならないのだろうと惨めな気持ちになった。

僕が説明を終えると、与野はこう言った。

「ああ、何だ、四十八手の二つ巴《どもえ》ですね。今はシックスナインなんて言い方をするんですね。それにしても48が69とは面白いですね、うふふ」

彼は一人で笑い、僕は白けていた。

そんな調子で何とか最後まで話し終えた。

「いや、戸田さん、本当にありがとうございました。これで捗《はかど》ります。それでは、また来ます」

与野は大急ぎで出ていった。

一体何が捗るというのか。

これは眼鏡の言う通り、弁護士の選択を誤っただろうか。しかし今から新しい弁護士を探すというのは現実的ではなかった。

僕は大きく溜め息をついた。


その後、僕は浦和の取調べを受けた。

彼はテーブルを叩いて言った。

「裁判になったら資料を精査しないといけないから仕事が増えるんだよなあ。おとなしく略式手続受けとけよクソボケ」

「それがあなた方の仕事でしょう」

「ああ?」

浦和は睨み付けてきた。僕は唇の端を吊り上げてみせた。浦和は気勢をそがれたように言った。

「……ふん、ふてぶてしい顔するようになったじゃねえか。いいだろう、俺たちの仕事をしてやるよ」

僕は埼と出会ってから逮捕に至るまでの経緯を、もう一度冒頭から供述させられた。その後、最初に作った供述調書との、どうでもいい矛盾点をねちねちと突っ込まれた。僕が訂正すると、また一から供述させられた。

それを三セットやった後、僕はようやく解放された。

その後、また与野が面会に来た。

「今度は何の用ですか」

僕はついつっけんどんな口を利いてしまった。与野はそれに気付いた様子もなく言った。

「もう一つ教えてほしいことがあるんです」

与野はアクリル板越しにA４の紙を二枚提示した。両方とも白い平面を写した写真が印刷されていたが、片方には茶色い汚れが多かった。壁か何かだろうか。不思議なことに、どこかで見たことがあるような気がした。

与野は続けた。

「この二枚の写真ですがね、どちらに見覚えがありますか」

14　小松凪南《みなみ》

五月四日、早朝。

私は逆井東蔵邸連続殺人事件の捜査本部が置かれている所轄署に出勤した。

新人だから早く来なくちゃと思っているので、大抵私が一番乗りとなる。

でも今日は会議室に先客がいた。

左手でテーブルの上の資料をめくりながら、右手で携帯を操作しているその人は
――。

「藍川さん！」

私は駆け寄った。藍川さんはハッとしたように顔を上げた。

「あ、ああ、小松凪か。おはよう」

「おはようございます！　元気になったんですね！」

「何とかね」藍川さんはぎこちなく笑うと携帯をしまった。「迷惑かけたな」

「いえ、お体の方が大切ですから。あ、そうだ。コーヒー淹《い》れますね」

「え？　いや、今日は迷惑かけたお詫びに俺が淹れるよ」

「いいから座っててください。資料をチェックしないといけないんでしょう」

「あ、ああ。じゃあよろしく頼む」

私は給湯室に行き、コーヒーを淹れる。といってもインスタントだけど、心を込めて淹れる。

藍川さんが復帰すれば百人力だ。藍川さんには不思議な推理力がある。それに引っぱられて私のコンディションも上がる。事件の解決は近い――といいな。

ところが、そうは問屋が卸《おろ》さなかった。

藍川さんにコーヒーを渡し、私も座って自分の分を飲もうとした時、会議室のドアが勢い良く開き、所轄の刑事が飛び込んできた。

「大変です、逆井邸でまた――！」

第三の被害者は東蔵さん。彼は自室で刺殺されていた。

死体が発見された経緯は次のようなものだったそうだ。

六時五十分、家人の誰よりも早く起きた上木さんは、館が回転して普段とは違う位置で止まっていることに気付いた。彼女はそれをホールの警官に伝えた。異常事態だと判断した警官は、全員を起こしてまわった。

でも東蔵さんだけが起きてこない。ホール側のドアにはロックがかかっているので、窓から入るしかない。でもこの館の外壁はすべて、二階の窓の下にわずかなせり出しがあるくらいで、鉤縄を引っかけられるベランダや、よじ登れる雨樋などもない。だから階段下の物置にしまわれていた梯子《はしご》を使った。

窓はすべてクレセント錠がかかっていた。警官が室内を覗くと、東蔵さんがドア付近の床に倒れていた。警棒で窓を割り、中に入った。東蔵さんの死亡を確認し、所轄署に連絡した。それを聞いた火風水さんは卒倒して階段を転げ落ち、病院に運ばれた——という流れだった。

それにしても、展望レストランとかならともかく、普通の家が回転するなんて。私も初めて聞いた時は信じられなかったけど、現着してみると実際に部屋の位置が変わっていたから信じるしかなかった。

具体的には、二階の各部屋（前室除く）だけが反時計回りにちょうど二部屋ずつ回転していた。したがって、死体が発見された東蔵さんの部屋は、元々渋谷さんの部屋があった位置まで移動していた。

これだけでも驚きだったんだけど、もっとびっくりしたことがあった。

それは館が回転するということを、上木さんが事前に予測していたということだ。

第二の事件の時、犯人は普通に部屋を訪問したのではなく、館の回転を利用して二胡の部屋に忍び込んだのではないか――彼女はそう話した。当てずっぽうじゃなく、スタンガンの痕やペットボトルといった具体的な証拠から展開される推理に、私はすっかり納得させられてしまった。

話してみたら分かるけど、彼女はすごく頭がいい。

そんな彼女が売春をしているというのは未だに信じられない。別に売春が頭の悪い行為だって言いたいわけじゃない。でも私にとって売春とは今まで、何というか、グチャグチャっとした――上手く言葉が出てこない――そう、無秩序なイメージがあった。それを秩序だった彼女がするということに強烈な違和感があるのだ。

なぜ彼女は売春をしているんだろう。

売春といえば、L商事事件の直後にこんな夢を見た。何と藍川さんが上木さんの常連客であり、そのことについて私が上木さんを糾弾するという夢だった。あまりに馬鹿馬鹿しい内容だったけど、なぜか笑い飛ばせない生々しさがあった。

そして一昨日上木さんと再会し、彼女の声を聞いた時……。

先日、職場に電話をかけてきて、藍川さんの病欠を告げた「友達」の声にそっくりだと。

そう思ってしまった。

気のせいかもしれない。でも、どうにも気のせいだとは思えない。

まさか本当に二人は関係があるんだろうか。

藍川さんは買春なんかしてないって信じたいけど……。

でもよく考えたら、藍川さんが買春をしていたとしても、それを咎める権利なんて私にはないんだ。

その無関係さが何より辛かった。


いけない、仕事に集中しないと。

私は藍川さんや他の捜査員と一緒に、東蔵さんの部屋にいた。死体発見後に警官が前室のロックを解除したため、今は普通にドアから出入りできるようになっていた。

東蔵さんは二胡さん同様、ドアを入ってすぐの床に倒れていた。その体には布団が一枚かかっており、バタフライナイフが画鋲《がびょう》のように布団を胸板に留めていた。布団と胸板には、他にもたくさんの創傷があった。要するに、布団の上から胸部をめった刺しにされていたということだ。布団の下は血まみれだけど、上はシーツに染み出している程度で飛沫《しぶき》はほとんど散っていない。

「絞殺、撲殺と来て、今度は刺殺か。多芸な犯人だな」

と藍川さんが言った。私は意見を述べた。

「犯人は返り血を防ぐため、ベッドから布団を持ってきたんでしょうか」

「ああ、なかなかの知能犯だな。もっとも、ガイ者も大人しく布団をかけさせてくれるわけじゃない。第二の事件と同じように、こいつを使ったんだろう」

藍川さんは死体の側に落ちているスタンガンを指差した。

「前回は持ち去ったスタンガンを放置していることから、これが最後だと思いたいですが……」

「だといいがな。それにしてもナイフといいスタンガンといい、犯人はどこに隠していたんだ。昨日、所持品検査と館内捜索はしたんだろ」

「はい、その時は何も出てきませんでした」

「この館は回転するだけじゃなく、隠し部屋なんかもあるのかもしれないな。館の設計者に話を聞く必要がある」

「そうですね。ところで回転といえば、上木さんが言ってた方法は、なるほどなって思いました」

「一旦前室に出て、各部屋を回転させることで、ターゲットの部屋と自室を行き来するって奴な」

「そうです。今回もその方法が使われたことは間違いありません。ホールには見張りの警官がいたんですから」

　警官は何も聞かなかったという。館の回転は無音なんだろう。多少の格闘音があったとしても、しっかりした防音設備で掻き消されたのかもしれない。

「でも一つ分からないことがあります。犯人が犯行を終えて自室に戻った時、館も初期状態に戻ってるはずです。なのに何でまた二部屋分だけ回転させたんでしょう」

「そうだ、それがまったく意味不明だ。上木の仮説によると、犯人は館が回転することを隠したがっている。だが今回は逆で、まるで館の回転を誇示しているみたいだ」

「謎は他にもあります。犯人がもし最初から三世さん、二胡さん、東蔵さんを殺したかったとすれば、どうして一晩目に全員殺さず、一晩一殺なんて回りくどい方法を取ったんでしょう」

「根本的な問いだな。推理小説はよく演出のために一人ずつ殺すが、現実的に考えたら一人目を殺した時点で警戒されるんだから、一遍に全員殺した方がいいに決まってるもんな」

「考えられるのは、三世さんを殺すところを二胡さんに目撃されて口封じ、それを東蔵さんに目撃されてまた口封じ、という突発的なものですけど、どうも今回の犯人の手際を見ていると、最初から全部計画されていたことのように思えて仕方ありません」

「俺も同感だ」

「それから、第一の事件も第二の事件も何ヵ所か窓が開いていたのに、今回はどうして全部閉まっているのかという疑問もあります。まあ、これは大した意味はないのかもしれませんが」

どの謎も、現段階では答えが出ないみたいだった。

私たちは部屋を調べ始めた。

東蔵さんは釣りが趣味らしく、高そうな釣り竿や見事な魚拓、その他釣り道具が室内にあった。ドアがある壁際の長机には小型の水槽が置かれており、釣ったものだろうか、フナが一匹呑気に泳いでいた。

室内には二つの時計があった。壁に直接針と文字盤が取り付けられた時計と、枕元のデジタル置時計だ。前者は私の電波腕時計と同じ七時半を指しているのに、後者はAM4：25というまるっきりでたらめの時刻を表示していた。なぜだろう——と訝しんでいると、今それがAM4：26に変わった。とりあえず止まっているわけではなさそうだ。

それから、机の上に館の図面が置かれていた。図面なんかがいつも机の上に出ているとは思えないから、最近誰かが使ったことになる。第二の事件に回転が使われていることに気付いた東蔵さんが見返したんだろうか。

でも図面には回転機構も隠し部屋も書き込まれていなかった。

その代わりと言ったら何だけど、右下に設計者のサインがされていた。

伊山久郎《いやまくろう》。

「この男に話を聞いてみるしかないな」

と藍川さんが言った。

伊山さんは設計事務所を開いており、ネット検索すれば簡単に連絡先が出てきた。私は彼に電話してアポを取った。ゴールデンウィーク中につき事務所は休みだから自宅に来てくれとのこと。私と藍川さんは覆面パトカーで、東京郊外の伊山邸に向かった。

私が運転している間、藍川さんは助手席で熱心に携帯を操作していた。

「もしかして伊山さんについて調べてるんですか。私、一応ちょっとは調べましたよ」

私が言うと、藍川さんは慌てたように顔を上げた。

「い、いや、そういうわけじゃないんだ」

じゃあ何をしていたんだろうと不思議に思っていると、藍川さんは携帯をしまって言った。

「話してくれよ、その調べたこと」

「え、ええ。伊山久郎、五十五歳、国内でも指折りの建築家だそうです。特に推理小説に出てくるような、仕掛けのある建物の設計を得意としているようです」

「なるほど、それで回転か」

やがてカーナビが目的地への到着を告げた。でも、その前から何となく分かっていた。見るからに怪しい建物が視界に入ってきていたからだ。

逆井邸と違って、塀も草木もなかった。どうしてもその建物を見せたいらしい。

私は路肩に駐車し、車から下りた。そして二人で館を見上げた。

「はああ」

「こりゃあ」

一辺四メートルくらいのブロックが3×3×3で組み合わさり、一つの大きな立方体を形成している。ブロックの表面にはすべて、下端に接するように縦長のガラス窓が付いている。言うまでもなく変な家だ。でもどこかで見たことある形……。

私がぽけーっと見上げていると、

「ほら行くぞ」

と藍川さんが館に向かって歩き始めた。私は慌ててその後を追いかけた。

追い付いて藍川さんの右後ろを歩きながら、私は思う。

うん、やっぱり歩きやすい。

比べてしまって申し訳ないけど、花田さんは私を気遣ってか、隣に並んで歩いてくれる。でもそれだと、こっちも歩調を合わせなきゃならず、かえって歩きづらかったりする。誰かの背中を追いかける方が私の性に合っている。

藍川さんの右後ろが私の定位置だ――って、それはさすがに思い上がりかな。

館から少し離れたところに、郵便受けとポールが立っていた。ポールの上端にはボタンとスピーカーが付いており、「ご用の方はチャイムを鳴らしてください」と書かれている。

「ん？　こんなところにチャイムがあるのか」

藍川さんは首を傾げながらボタンを押した。

「はい」

と男の声が応答した。

「約束していた警察の者です」

「あ、今下ります」

数秒後、ぶうううーんという機械音とともに、正面の中央縦列に異変が起こった。「下段のブロックが奥に引っ込んでいく」「中段のブロックが下段に移動する」「上段のブロックが中段に移動する」「上段の奥からブロックがせり出してくる」、これらのことが同時に起こった。それが何回か繰り返された後、ブロックの動きが止まった。

正面中央下段ブロックの窓ガラスがスライドし、中から口ひげを生やした男が出てきた。ネットに顔写真が出ている伊山久郎だった。

どんな怪人物かとこっちが構えていると、彼は豪快に笑った。

「わはは、刑事さん。驚かれたようですな。さあさあ、お入りください」

私たちは窓というかガラス戸から、恐る恐るブロックの中に入った。

室内は当然ながら立方体で、応接間みたいな内装がされていた。正面左右の壁には入ってきたのと同じガラス戸が付いており、隣接するブロック内が見えている。そうか、これら縦長のガラスはブロックの配置状況によって、ドアにも窓にもなるんだ。天井と床にはハッチが付いている。上下のブロックに移動したい時には、あそこから梯子が出る仕組みにでもなっているのかもしれない。

「どうぞおかけください」

私たちは向かい合うソファに座った。テーブルの上には数枚の紙が重ねられており、一番上の紙は逆井邸の図面だった。東蔵さんの机の上にあったものよりも、複雑な機構が書き込まれているみたいだった。

伊山さんは言った。

「今のようにブロックを回転させることで、客人に家の中を歩かせることなく、入ってほしい部屋にすぐ案内できるから便利です。でもこういう仕掛けにした一番の動機はやはり面白いからですね。この館が何を模しているか分かりますか」

「ルービックキューブですね」と私は答えた。

「エクセレント！　ルービックキューブ形の館、面白いでしょう」

「でも回転の際、天地が逆転しないから、厳密にはルービックキューブじゃないような……」

私がうっかり口を滑らせると、伊山さんはブスッと押し黙ってしまった。

「おい、どうするんだよ。怒っちゃったぞ」

と藍川さんが囁いてくる。

「す、すみません」

私が必死でフォローの言葉を探していると、

「なーんてね」と伊山さんは突然笑顔に戻った。「嘘です、嘘。全然怒ってませんよ。刑事さんが演技を見抜けないとはいけませんね」

私は呆れてしまった。この人はどこまでも人を驚かせたいんだ。

「確かに貴女の仰る通り、天地が逆転しないのが最大の課題です。もし逆転したら、家具が全部天井に向かって『落ちて』いってしまいますからね。それを克服するのは現在の技術では難しいのですが、いつか必ず実現してみせますよ。その時初めて各面を塗り分けることができます」

藍川さんが咳払いをして言った。

「それで、逆井邸の件なのですが」

「ニュースで見ました。大変なことになっていますね」

「それで先生のご助言をいただきたいのです」

「何なりと。あれも面白い建物だったのでよく覚えています」

「建築を依頼したのは、先代当主の逆井大空《たいくう》氏ですね。大空氏はどうして館を回転させたかったのでしょう」

「彼の経歴がそうさせたのです。逆井重工が元々何を作っていた会社かご存知ですか」

「いえ、そこまでは……」

「飛行機ですよ。特に戦闘機ですね」

「戦闘機！」

「あの家は板橋区成増《なります》にありますね。あの辺りには第二次世界大戦中、成増飛行場という、帝都を空襲から守るための陸軍の飛行場があったのです。戦闘機や高射砲が配備され、滑走路は空から見て分からないように道路や家の模様が描かれていました」

平和な住宅地にそんな過去があったとは知らなかった。

「大空氏は当時三十歳、逆井飛行機の跡取りにして技術主任でした。彼は成増飛行場に付設する工場で、新型の戦闘機を開発していました。当時の飛行機はレシプロエンジンとプロペラの組み合わせが一般的で、プロペラの方に二重反転プロペラという新技術がありました。一本の軸の上に存在する二枚のプロペラをそれぞれ反対方向に回転させるんです」

「えー、そんなことしたら逆効果な気がしますけど」

私は口を挟んだが、

「ところが、これが理に適《かな》っているんです。普通のプロペラが回転すると、反作用で機体を逆向きに回転させる力――カウンタートルク――が発生してバランスが崩れるので、それを打ち消す設計が必要です。でも二重反転プロペラなら、お互いのプロペラが発するカウンタートルクが打ち消し合ってくれるので、それ用の設計が要らないんです。それに、単純にプロペラの数を増やすより、二段構えにした方が推進力が増すということもあります。

もっとも欠点もあって、それは作るのが単純に難しいということです。日本軍はいくつかの二重反転プロペラ機を作りましたが、いずれも上手く機能せず、試作段階に終わりました。その中で、逆井飛行機が手がける機体だけは良好なテスト結果を出していました。

しかし、ついにB-29の魔の手が成増に迫ります。大空氏は近所に住んでいた妻子を失い、完成間際の二重反転プロペラ機は破壊されました。

そして終戦――。

逆井飛行機はGHQによって複数社に解体され、航空機産業に携わることを半永久的に禁止されます。逆井重工を割り与えられた大空氏は、不屈の精神で自動車産業のトップにまで登り詰めます。再婚もして、二人の子を儲けました。東蔵氏と玉之助氏ですね。

しかし大空氏は、戦争が自分から奪ったものを忘れていませんでした。だから彼は、かつて成増飛行場があった地に、二重反転プロペラを模した館を建てることにしたのです。どうせ建てるなら世界一のものをということで、『ウクライナのAn‐70が擁する世界最多の前八枚、後六枚翅《ばね》』を超す九枚翅。あの館は彼にとっての慰霊碑だったのです」

九つの扇形にそんな想いが込められていたなんて。私はしんみりした。

「それが十年前のことです。その後しばらくして、大空氏は病気で寝たきりになり、東蔵氏一家が彼の看病をするために移り住んできたそうです。大空氏の死後、あの館は東蔵氏に相続されたと聞いています」

「具体的にどのように回転するのですか」と藍川さんが尋ねた。

「あの館は中央の円柱から九枚の翅が放射状に突き出している形ですね。『翅の二階部分に当たる上プロペラ』と、『翅の一階部分と円柱を一体化させた下プロペラ』の二つが、独立して回転します。回転しない部分は二階の前室だけです」

私は咄嗟にビジュアルを思い描けなかった。藍川さんも同じだったみたいで「ええと」なんて言ってる。

伊山さんは分かりやすい説明を模索するように虚空を見た。

2F(現在の位置)　　1F

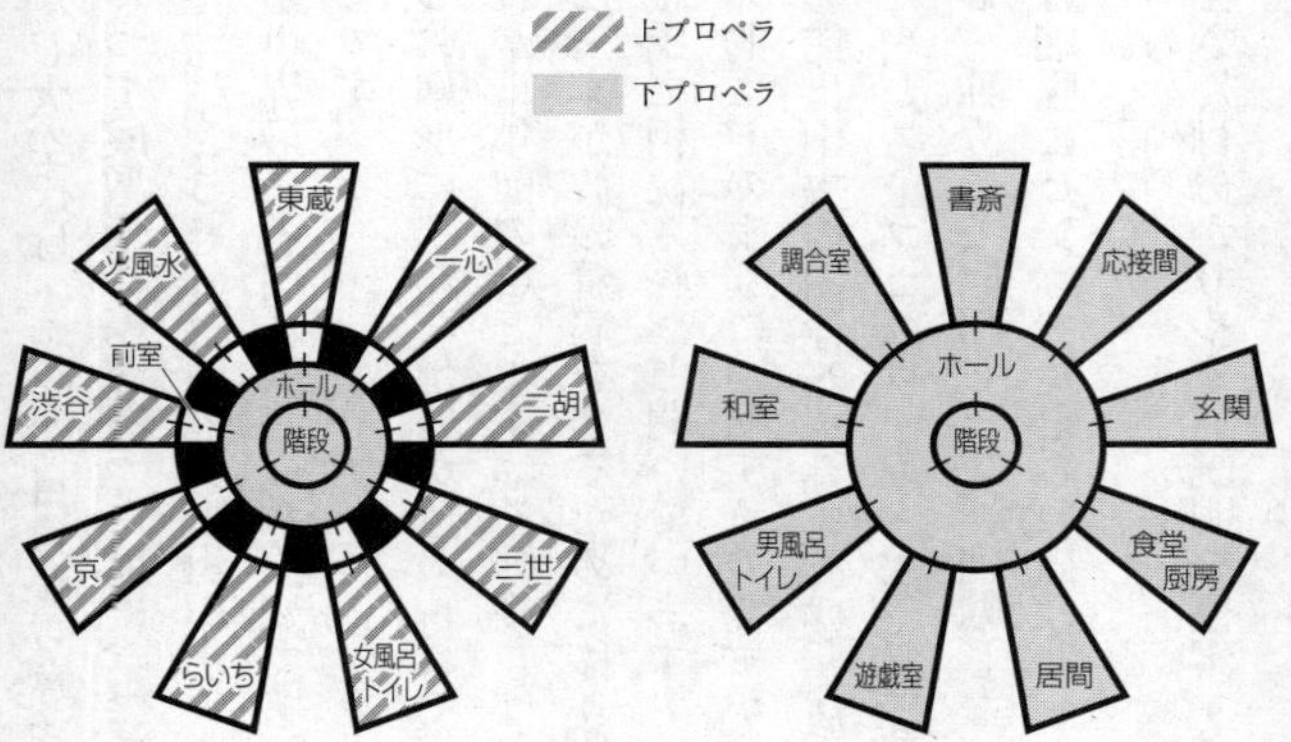

「そうですね……。上プロペラを輪投げの輪っか、下プロペラを凸字形の的だと思ってください。凸の突起が二階のホールと階段、土台が一階全体に当たります。輪っかを凸に投げ入れたのが館の形です。輪っかと凸は別々に回転します」

「ああ、それで分かりました」

私は納得したが、藍川さんは病み上がりだからか理解が追いついていないようだ。

「お前、本当に分かったのかよ。俺はまださっぱりだ」

「後で教えてあげますから」

私はそう言ってから、伊山さん

に向き直った。

「でもそうなると、下プロペラの方が随分大きいんですね」

「二重反転プロペラの『一方の軸が他方の中空を貫通している』という構造を、できるだけ忠実に再現しようと思った結果、このような変わった回転機構となりました。もっとも実物とは違って、片方だけ回転させちゃったり、両方同じ向きに回転させちゃったりもできるんですが。ここら辺は技術的制約もありまして」

「どうやって回転させるんですか」

「リモコンですよ。大空氏には一つだけリモコンを渡しました。大空氏が亡くなった今では、他の家族の手に渡っているんじゃないでしょうか」

犯人の手に渡っているのだ。

「どんなリモコンですか」

「これは我ながら素晴らしい思い付きなんですが、操縦桿《そうじゅうかん》の形をしていましてね。といってもミニチュアで、ポケットに入るくらいのサイズです。仕様書を用意したのでお持ちください」

伊山さんはテーブルの上の紙をめくり、リモコンの図面を一番上に持ってきた。操縦桿形のリモコンに八つのボタン。上／下プロペラを、時計／反時計回りに、押している間ずっと／一回押すごとに一部屋、回転させる。電波は敷地内ならどこからでも届く。安全のため二重扉のいずれかが開いている場合は回転できず、回転中すべての二重扉はロックされる。

「回転速度や音はどうです。館の中にいる人は気付かないものですか」

「速度はゆっくりですし、音はしないので、まず気付きません」

「犯人は上プロペラを初期位置から反時計回りに二部屋分だけ回転させた状態で止めていました。このようなことをする意味がありますか」

「いや、さっぱり分かりませんね。特定の位置で回転を止めたら隠し部屋が現れるとか、そういうのはありませんから」

「あの館に隠し部屋はないんですか」

私はがっかりしながら尋ねた。すると伊山さんはこう言った。

「あ、いえいえ、館を回転させても隠し部屋は現れないという意味であって、隠し部屋自体はあります」

「えっ、どこにですか」

私と藍川さんは思わず身を乗り出した。

「まあ、そんな大層なものじゃありません。隠し部屋というより隠し金庫ですね。二階の各居室に、壁に直接針と文字盤が取り付けられているタイプの時計がありますね。あれの真ん中、針を留めている部分を押すと、針が止まって時刻を設定し直せるようになります。その後、二重反転プロペラさながら、短針と長針をそれぞれ逆向きに三回転させてください。すると時計の下の壁が開き、隠し金庫が現れます」

私と藍川さんは顔を見合わせた。犯人はそこにナイフやスタンガン、そしてリモコンを隠していたに違いない。

私たちは伊山さんに礼を言って、ルービックキューブ館を出た。

車に向かう途中、私は言った。

「でも何か皮肉ですよね。大空さんが戦争を忘れないために建てた館が、殺人という新たな争いの道具に使われたなんて」

「それは違うぞ」

藍川さんは前を向いたまま答えた。いつになく強い口調だったので、私はドキッとした。

「大空氏はモニュメントを作っただけだ。犯人がそれを利用したのは、ひとえに犯人一人の責任だ。両者の間に因果関係はない」

その言葉には何かハッとさせられるものがあった。

「……そうか。そうですよね」

私は藍川さんの右後ろに付いて歩く。

館に戻った私たちは田手係長に、伊山さんから聞いたことを話した。

係長からも二つ報告があった。

一つ目は、正門と裏口の監視カメラには昨夜誰も映っておらず、塀をよじ登った痕跡もなく、敷地内に潜んでいる部外者もいなかったということだ。やっぱり内部犯ということになる。

二つ目は、館を囲むように庭を流れる小川から、リモコンと、ゴム手袋が結び付けられたペンライトが発見されたということだ。リモコンは水に浸かったせいで壊れていたけど、仕様書の絵と一致したので、館を回転させるリモコンに間違いない。ゴム手袋に指紋は残っていなかった。犯人はその下に、さらに自分の手袋をしていたのかもしれない。

犯人は自室に戻ってから、何らかの理由で上プロペラを二部屋分回転させた。その後、リモコンと手袋、ペンライトを所持したままだと疑われると思ったんだろう。単独では飛ばない手袋をペンライトに結び付けて、リモコンと一緒に、自室の窓から小川に投げ込んだ。

小川を選んだのが犯人の賢い点だ。小川は深夜は騒音防止と電気代節約のため止まっているけど、午前七時になるとタイマー付きの装置によって流れ出す。だから今となってはどの部屋から投げ込んだか特定できないのだ。

私たちは各居室の隠し金庫を調べることにした。壁時計の針をぐるぐる回すと、時計の下の壁が開いた。

でも、どの金庫の中も空っぽだった。密閉空間なので埃も溜まっておらず、最近使われたかどうかも分からない。

金庫以外の館内も改めて捜索したけど、目ぼしいものは何も発見されなかった。

やっぱり警戒を掻い潜って三人も殺した犯人だけあって、そう簡単には尻尾《しっぽ》を摑ませてくれないみたいだ。

日が暮れてから、所轄署で捜査会議が行われた。

三人が殺された。うち二人は警察が介入してからの殺人だ。しかも被害者は大企業の社長とその家族。

当然、空気は昨日にも増してピリピリしていた。普段はどっしり構えている捜査本部のトップ一課長が怒鳴りまくり、日頃は憎まれ役を演じる魚戸管理官が小さくなっているという逆転現象が、何より異常さを表していた。

そんな状況下でも、ポーカーフェイスに定評のある鑑識の紺野《こんの》警部補は、淡々と鑑識結果を述べた。死亡推定時刻は前二つの事件と同じ、午前二時から四時。バタフライナイフとスタンガンには指紋なし。室内には東蔵氏の指紋が最も多く、他の家族の指紋も微量ながらあり。

「室内からは一本の毛髪も採取されず」という報告を聞いた時には思わず「ああ、やっぱり」と妙な感心をしてしまった。

それ以外に二つ、気になる報告があった。

一つ目は、現場のエアコンの送風口や真下の絨毯に、埃やカビが飛び散っているということだった。エアコンを久しぶりに点けると起こる現象だ。

第一の事件が起きる前日の五月一日の昼、渋谷さんが全室の絨毯に掃除機をかけている。エアコンが点けられたのはそれ以降だということになる。

でもその間、エアコンが必要になるような気候の時はなかった。そこで、昨夜犯人が点けた可能性が浮上するわけだ。だがなぜ？

点けられたのが暖房か冷房かは分からない。書き物机の引き出しにしまわれていたリモコンは暖房に設定されていたそうだけど、だからといって点けられたのが暖房とは限らない。犯人が冷房を使った後、越冬後だから暖房になってないと不自然だと思って、設定を戻しただけかもしれないからだ。

二つ目は、現場の窓のクレセント錠、そのうちの一つから検出された指紋に、おかしな点があるということだった。指紋の主は東蔵さんであり、それ自体は何もおかしくない。問題は、何筋もの線のような跡が指紋を横断しているということだ。

「まるで釣り糸か何かをクレセント錠に巻き付けたかのような跡でした」

と紺野さんは言った。

「まるで密室トリックのように？」

と花田さんが質問した。

「そのようにも見えます」

紺野さんは慎重な言い方をした。

密室トリックという単語が出ても、誰も笑ったりしない。推理小説やドラマが普及している今、「針と糸の密室」程度であれば実際の事件でも割とお目にかかるのだ。以前岐阜県警が密室トリックを解いたとしてニュースになったけど、そういうことは割と日常茶飯事なのである。

例えば今回の事件であれば、被害者は釣りが趣味だったらしく、部屋には釣り糸があった。充分な長さの糸を持って、一旦窓の外のせり出しに立ち、窓を閉める。引き窓というものは二枚のガラスが互い違いになっているから、室内側のガラスを強く押すことで、二枚のガラスの間にわずかな隙間ができる。その隙間から、二つ折りにした糸のU字部分を押し込む。窓を開けて室内に戻り、押し込んだU字部分を引っぱってある程度の長さを確保し、クレセント錠のつまみ（これが下向きになると施錠）にぐるぐる巻きにする。再び窓の外のせり出しに立って、窓を閉める。二枚のガラスの隙間から出ている糸の両端をゆっくり真下に引くと、クレセント錠が回転して施錠される。最後に糸の一端だけを引くと、つまみに巻き付いている糸がほどけて回収できる（この時指紋に跡が残る）。これで施錠完了だ。

でも今回はそんな単純な話じゃない。

藍川さんが反論した。

「何で犯人が密室トリックみたいな真似をする必要があるんだ？　普通に室内からクレセント錠をかけた後、ドアから出ていけばいいだけだろ。その後、館の上プロペラを回転させれば、ホールの警官に気付かれることなく自室に戻れる」

この疑問には誰も答えられなかった。

エアコンと糸の跡、この二つの謎については「事件の当夜に付いた痕跡だとは限らない」ということで、一旦棚上げとなった。

でも私はそこに真実が隠されている気がしてならなかった。


捜査会議が終わり、今日は解散となった。

捜査員たちがぞろぞろと会議室を出ていく。

彼らの多くは所轄署の柔道場なんかに泊まり込むけど、近くの実家から通っている私は帰る。要は招集がかかった時にすぐに駆け付けられる場所にいればいいのだ。

私は藍川さんに一言挨拶してから帰ろうと、先に会議室を出た藍川さんを追いかけた。藍川さんは人の流れとは反対方向に歩いていき、人気《ひとけ》のない踊り場で携帯を出した。

朝から携帯ばかり、いじっている。何しているんだろう——と思ったところでハッと気付いた。

誰かにメールをしているんじゃないか。それも人目を憚る様子からして、女性へのメール。

まさか上木さん？

私の中で何かが急速に膨らんだかと思うと、抜けていった。

藍川さんが上木さんとメールしているから何だというのだ。やめてくださいとでも言うのか。私には何も言えない。

声をかけずに立ち去った。

会議室の方に戻ると、花田さんに声をかけられた。

「凪ちゃん、探したよ」

そう言って隣に並んできた。

「どう、これからこないだの店で一杯やらない？」

私はちょっと悩んでから、承諾した。

花田さんとの飲みは有意義な時間ではある。花田さんの話は面白いし、現在担当の事件について検討し合ったり、捜査のコツを教えてもらったりして、勉強にもなるからだ。

だけど一方で、これは男女二人きりでの会合でもある。私はもちろん花田さんの気持ちに気付いている。実際それらしいことを言われたこともある。その時は、はぐらかしてしまったけど。

その気がないなら断るべきなんだろうか。

例えば「藍川さんと三人なら行きます」とか。

ああ、何と残酷で傲慢な言葉だろう！「あなたが私を好きなのは分かっているけど、私の方は好きでも何でもないから、二度と誘わないでください」と言っているようなものじゃないか。それを言えば、私たちの人間関係は終わりだろう。ただ職場が同じ、挨拶と事務的な言葉を交わすだけの人になるだろう。それが嫌だった。

「だからあなたは勘違いされるのよ」

頭の中で、高校時代のクラスメートが言う。彼女は特に親しくもないのに、したり顔でいろいろとアドバイスしてきたものだ。その印象がよほど強かったのか、今でもよく私の脳内にしゃしゃり出てくる。

「あなたはずるい」「相手を傷付けたくないんじゃなくて、自分が傷付きたくないだけ」「藍川さんに脈がないからって、花田さんをキープしようとしてる」

面倒だな、と思った。起こっていることだけを見れば、二人で楽しく飲んでいるだけなのに、恋愛という概念が入ってくると、途端に面倒臭い考えとそれに対する言い訳が生まれる。

この世に恋愛がなければ、みんな楽しくニコニコと暮らせるのに……。

ふと上木さんのことを思い出した。一晩五万円と割り切っている彼女に、こういう悩みはなさそうだ。ちょっと羨ましい。

——羨ましい？

朝には理解できないと言っていた相手に対して、夜には共感している自分に気付いて愕然とした。

「……どうしたの？　大丈夫？」

花田さんの声で我に返った。雰囲気のいいバーの光景が視界に戻ってくる。自分の考えに没頭しすぎていたみたいだ。

「ちょっと酔っちゃったみたいです」

「連日の重労働で疲れているんだろう。今日はもうお開きにしようか。会計済ませてくるから待ってて」

「あ、私も払います」

この申し出はいつも断られてしまう。

「いいって、いいって、僕の方がたくさん給料もらってるんだからさ。大人しく奢《おご》られときなよ」

「いつもすみません」

店を出ると、花田さんが言った。

「家まで送るよ」

「お気遣いなく。花田さんもお疲れでしょう」

花田さんはこれから所轄署で雑魚寝《ざこね》だ。

「僕は大丈夫さ。それより、若くて美しい女性が夜道を一人歩きするのは危ないよ」

「美しくないです。それに、一応合気道やってるんで大丈夫です」

「本当かな」

花田さんは酔った勢いか、いきなり手首を摑んできた。

「えい」

私も酔った勢いで、その手首を返した。

「痛い痛い痛いギブギブ」

花田さんは悲鳴を上げる。私は手首を放して言った。

「ね、大丈夫でしょう」

「た、確かにそうだね……。じゃあ僕はここで退散するけど、くれぐれも気を付けて」

「はい、また明日」

私は花田さんと別れて、夜道を歩き始めた。

恋愛のことを考えなければ、とても楽しいのだ。

二十分ほど歩いて自宅に着いた。家族はまだ起きているらしく、カーテンから電気が漏れている。

私は鞄から鍵を探すけど、なかなか見つからない。

面倒になってチャイムを鳴らした。

でも一向に誰も出てこない。

あれー、どうしたんだろう。

あ、そうか。チャイムは昨日から故障しているんだった。

やっぱり鍵を探すしかないみたいだ。私は再び鞄に手を突っ込み——そこで気付いた。

「ああっ、犯人が分かった——かも」

私は所轄署に引き返しながら、藍川さんに電話をかけた。かけてから、誰か女性——事件の渦中にいる上木さんに会うのは難しいだろうけど——と一緒にいるのなら迷惑なんじゃないかと思ったけど、もう遅い。

やっぱり迷惑だったのか、電話に出た藍川さんは少し不機嫌な声だった。

「はい、何？」

「犯人が分かったかもしれないんです」

「ええっ」

「私の推理が合っているかどうか検討していただきたいんです」

藍川さんも真剣な声になって言った。

「わ、分かった。話してみろ」

「藍川さんが捜査会議で言った言葉がずっと気になっていました。普通にドアから出られたんだから密室トリックを使う必要はなかったって。確かにその通りです。でも一つだけあったんです。犯人が密室トリックを使わざるを得ない状況が」

「密室トリックを使わざるを得ない状況？」

「はい、昨日、東蔵さんは夜間見張りの警官を置くことに異常に反対していました。本人は外部犯を主張していましたけど、むしろ内部犯だと確信しているからこそ、内々で事を済ませるために、警察の介入を嫌っているように見えました。東蔵さんは次に自分が狙われると分かっていたのかもしれません。自分の手で犯人を捕まえ、懐柔するか、あるいはいっそ返り討ちにして正当防衛を主張。世間に知られると都合が悪い犯人の動機とかを闇に葬ろうとした。

すみません、前置きが長くなりました。つまり何が言いたいかと言うと、東蔵さんは寝ているところを不意打ちされたんじゃなく、万全の状態で犯人を待ち受けていたんじゃないかということです。ドアの陰か何かに潜んで、深夜忍び込んできた犯人に襲いかかる。揉み合いになります。

その時、犯人の持っているリモコンにどちらかの体が当たって、上プロペラが勝手に回り始めてしまったんです。揉み合いは続き、回転も続きます。そのうち回転は現在の位置で止まります。並行して、犯人はリモコンを取り落としてしまいますが、落ちた先が問題でした。フナの水槽だったんです。リモコンは浸水したことで故障してしまいました」

さっきチャイムが故障しているのを見て、この可能性に思い至ったのだ。

「そうか、逆だったんだ！　俺たちはずっと、何で犯人が二部屋分館を回転させたのか考えていた。でも実際は不慮の回転であり、リモコンが故障したせいで初期位置に戻せなかっただけなのか！」

「そうです。そしてこのアクシデントって、すっごい致命的なんです」

「ああ、館を回転させずに自室に戻ることは不可能だからな。ホールには警官がいる」

「はい、犯人は焦りました。まず、ダメになったのは電池だという可能性に一縷の望みを託して、枕元のデジタル時計とリモコンの電池を入れ替えてみました。でも直りませんでした。

犯人がこういうことをした証拠として、デジタル時計がでたらめの時刻を表示していました。一旦電池を抜いたことで時刻がリセットされたからです。犯人は時刻を設定し直すべきでしたが、焦っていて見落としたんでしょう。外からバレないように電気を点けずペンライトで作業していたと思いますから、室内は暗かったはずですしね。

次に犯人はエアコンを点けました。暖房をドライヤー代わりに、リモコンの内部を乾かそうとしたんです」

電話の向こうで藍川さんが噴き出した。

「どうしたんですか」

「いや、犯人が送風口にリモコンを近付けているところを想像すると何か面白くて」

「犯人は必死なんですよ！　でも熱風作戦も効果はありませんでした。

絶望の中、犯人は自室の窓に鍵をかけていないことを思い出します。ということは、あるルートを通れば自室に戻れる。でもそのルートは自分にしか使えないものでした。何の工夫もなくそこを通って自室に戻っても、自分が犯人だとバレてしまう。

そこで犯人は考えました。『現場に閉じ込められた後、問題のルートで脱出した』のではなく、『普通に館の回転を利用して自室に戻った後、なぜかまた館を二部屋分回転させた』――そう見せかけようとしたのです。

脱出ルートの第一歩は窓から外に出ることです。でも窓の鍵を開けたままだと、そこから出たと疑われるかもしれません。だから犯人は窓から出た後、釣り糸で外からクレセント錠を閉めたんです」

「それで指紋に糸の跡が付いていたのか」

「はい、犯人もまさか指紋に跡が残るなんて予想していなかったんでしょう。施錠を終えた犯人は、庭に飛び下ります。リモコンと、ゴム手袋を結び付けたペンライトを小川に捨てます。これは、リモコンが水槽に落ちて壊れたことを隠すためと、窓から投げ込んだように見せかけるためという二つの理由がありました」

「釣り糸は？」

「それもどこかに――そういえば上木さんが変な歌を歌いながらホースで花壇に水をやっているのを見ました。ということは花壇の側に水道があるはずです。釣り糸はこの排水口に捨てたんでしょう。

その後、犯人は問題のルートで自室に戻ります。それはどんなルートでしょうか。例えば一階の窓から入っても、どの道ホールを通らなければいけないから無理です。

外壁にはベランダや雨樋などの手がかりもありません。梯子は物置にしまわれていました。となれば、方法は一つしかありません。犯人は木登りをして、窓から自室に入ったんです」

「館の周りに登れそうな木なんてあったっけ」

「はい、一本だけ。覚えていませんか」

「観察力がなくて悪うござんしたね」

藍川さんが拗《す》ねたので、私は慌てて言い繕った。

「いえ、そういう意味では。藍川さんは今日から捜査復帰されたので、私より現場の印象が薄いのは仕方ないと思います。でもこの事件には一本、印象的な木が登場しているじゃないですか」

「登場してたっけえ？」

藍川さんの声が依然不機嫌なので、私は勿体《もったい》ぶらずに答えを言うことにした。

「ほら、例の戸田公平くんが登った木ですよ」

「あー、戸田」藍川さんも思い出したようだ。「あれ、ややこしいよな。今朝報告書読んだ時、『淫行条例違反で埼玉県警に逮捕』って書いてあったから、埼玉県北部にある玉之助邸での出来事かと一瞬思ったよ。でも違うんだよな」

「はい、東蔵邸は東京都と埼玉県の県境に立っているんです」

三世さん、二胡さん、そして今館が止まっている位置での東蔵さんの部屋は東京都にあるので、私たちの管轄。

一方、戸田くんが淫行を犯した部屋は埼玉県にあるので、埼玉県警の管轄。

でも玄関は東京都にあるので、住所は東京都。

東蔵邸の住所が東京都なら、その敷地内で起きた事件はすべて警視庁の管轄ではないのかというと、事はそう単純ではない。思考実験として、本州を東西に貫く長い館を建てたとして、その敷地内で起きた事件の管轄がすべて玄関の都道府県で決まるとすれば、一私人が司法の適用範囲を恣意的に操作できることになってしまう。それは良くないということで、今回の事件では現場がどちらの県なのか厳密に判定されることになった。

そういう複雑なケースだから、警察にとってはいろいろ面倒なことがあった。

例えば埼玉県警は、戸田くんの件で通報された当初、本当に自分たちの仕事なのか疑問に思ったそうだ。でも館に出向いた警官が東蔵さんに、県境が書き込まれた館の図面を見せられて納得したんだとか。よく考えたら、机の上に図面が出しっぱなしになっていたのは、この時使ったからだろう。

また三世殺しの時は、殺人という重大事件だから間違いがあってはいけないと、警視庁・埼玉県警双方から初動捜査員が派遣された。そのため最初、館には普段の倍の初動捜査員がいたそうだ。しかしすぐに現場が特定され、埼玉県警の人々は帰っていったらしい。随分無駄に感じるけど、初動捜査員を出さないと、万が一現場が埼玉県だった時に責任問題になるから仕方ない。

「そういえば板橋区成増って県境のすぐ側だもんな。県境を越えた先は埼玉県……何市だっけ」

「和光《わこう》市です」

私は裏木戸の外にあった電柱の街区表示板を思い出して言った。

そしていよいよ核心に迫った。

「この木によって犯人を限定することができます。戸田くんが木を登った先にはトイレの窓がありました。これが木と館の普段の位置関係です」

「戸田が木を登った時、館が回転して別の位置で止まっていた可能性は考えなくてもいいのか？」

「え？　それはありません。だってもしそうなら、戸田くんの証言を聞いた時点で、私と花田さんが館の回転に気付くはずじゃないですか。警察は普段の位置関係を当然

2F(現在の位置)

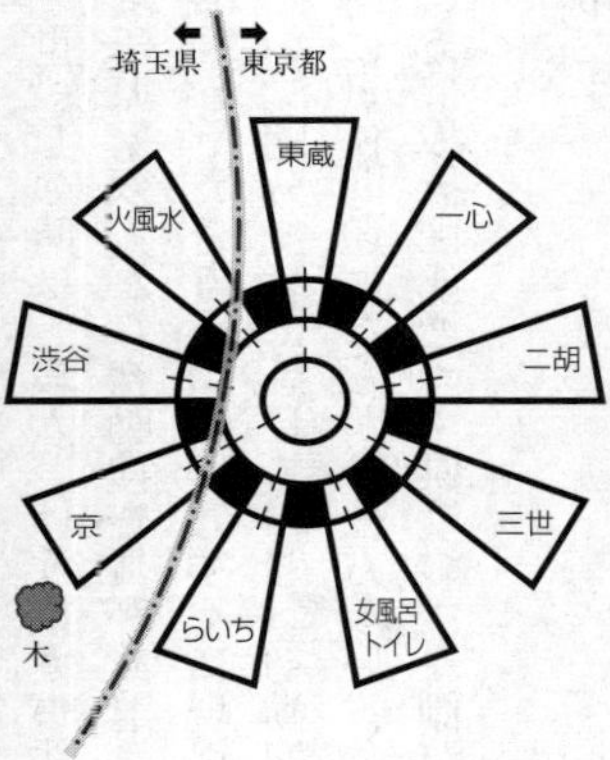

2F(普段の位置)

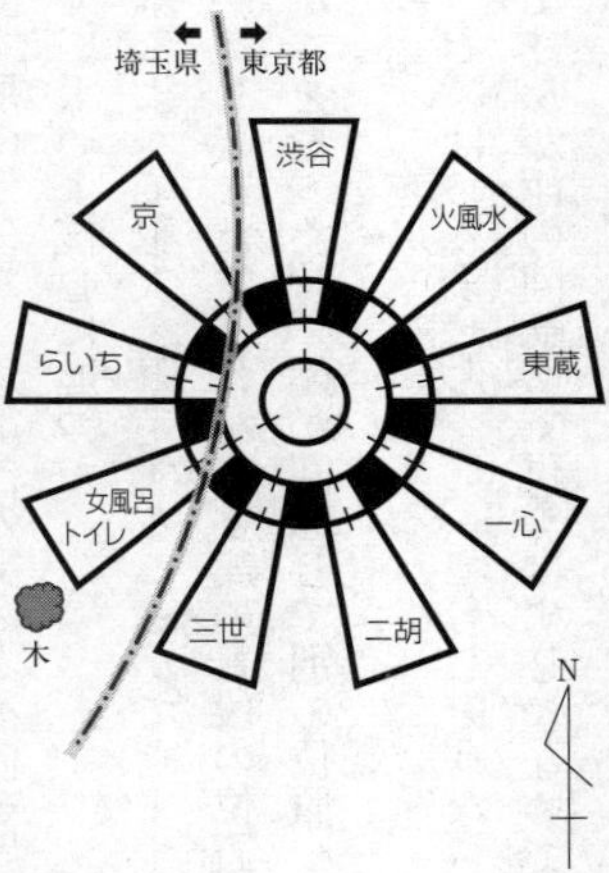

知っているんですから」
「あ、そうか。すまん、馬鹿な質問をしてしまった。続けてくれ」
「はい。したがって考えるべきは、現在館が止まっている位置で、木を登った先がどの部屋に繋がっているのかということです。それは普段のトイレの位置にまで移動してきている京さんの部屋です。自室に戻れたのは彼女だけ。つまり彼女が犯人です」
「京は東蔵の実子じゃなくて愛人の子なんだってな。認知はされているけど養子縁組はされてない非嫡出子で、フルネームは京《みやこ》埼《みさき》。逆井家の住人がみんなして苗字で呼ぶのは、いじめか？」

「一心さんがいろいろ教えてくれました。京さんの母――東蔵さんの愛人はスナックのママだったそうです。その人が病気で亡くなった時、東蔵さんは当時二歳だった京さんを引き取ろうとしたんですが、正妻の火風水さんが猛反対しました。結局火風水さんが折れたんですけど、『決して家族とは認めない』という意味を込めて苗字で呼ぶようにし、家族にもそれを徹底させたようです。東蔵さんも不倫の負い目があるから逆らえなかったんだとか。一心さん自身は京さんと結構仲が良くて、自室で二人で話すこともあるそうです。そういう時は下の名前で呼ぶようにしているらしいですよ」

「スナックのママを妾《めかけ》にするどころか、妊娠までさせるとは。禿はエロいって本当だったんだな」

今藍川さんが「禿」呼ばわりしたのは文脈的に当然、東蔵さんのことである。

東蔵さんは総白髪、玉之助さんは禿頭――それが世間一般の認識だ。ところが東蔵さんの死体を見て驚いた。髪の毛がなかったからだ。まさかあの総白髪がカツラだったとは。

逆井家の住人に聞いたところ、火風水さん、一心さん、京さん、渋谷さんは知っていた。人前ではいつも付けるようにしていたらしい。

最近雇われたばかりの上木さんは「人前」に分類されたらしく、彼女だけカツラのことを知らされていなかった。でも持ち前の観察眼で、初日から「もしかして」と思っていたそうだ。風呂上がりに髪の毛が乾き切っていたことが、疑うきっかけとなったらしい。

私は捜査会議で鑑識結果を聞きながら、「ああ、やっぱり禿の人の部屋からは毛髪が一本も採取されないんだ」と妙な感心をした。禿でなければ、どれだけ掃除をしたところで、一本も採取されないということはあり得ないだろう。

とどのつまり東蔵さんは禿だった。戸田くんは逆井家を出ようとした時、禿頭の逆井氏に見咎められたと言っていた。それはもちろん玉之助さんではなく東蔵さんのことを指している。

私が禿について思いめぐらせていると、藍川さんが続けた。

「しかし火風水という女もいろいろ強烈だな。一番驚いたのは、あれで四十五歳かつ、一心・二胡・三世の三人を産んでいるということだ。どう見ても二十代前半にしか見えないだろ」

「化粧の技術がすごいんですよ。自分で化粧品のブランドを持っているだけあります。同じ女として羨ましいです」

「大丈夫、お前も童顔だから四十五になっても二十五に見られるって」

「ひどい、何てこと言うんですか」

「冗談だって冗談。しかし、そういう家族ぐるみのいじめがあったんだとしたら、その辺りが動機になったのかな」

「いえ、だとしたら肝心の火風水さんが殺されていないのは変です」

「ああ、そうか。殺されたのは三世、二胡、東蔵――ん、ちょっと待て。京には三世殺しのアリバイがあるじゃないか。戸田と『淫行』してたんだからさ」

痛いところを突かれた。

「実はそこがまだ分かってないんですよね」

「戸田が共犯者なのかもしれない」

私は五月二日、戸田くんが留置されている警察署に行った時のことを思い出した。別の都道府県とはいえ、県境を挟んで隣同士の地区なので近かった。だから十三時に戸田くんと話し始めた後、十三時二十分には館に戻ってこれたのだ。戸田くんが淫行を犯したのが埼玉県北部の玉之助邸だったとしたら、その所轄署から戻ってくるのはもっと時間がかかったはずだ。

「うーん、実際に彼と話してみましたが、そんな感じはありませんでした。それに、自分だけ逮捕されるっていうのはさすがに貧乏くじじゃないですか。ただの高校生がそこまで恋人のために尽くせるとは思えません」

「確かにそうだな」

「三世さんを殺したのは京さんじゃないのかも。でも少なくとも東蔵さんを殺したのは彼女で間違いないと思います」

「よし、とにかく逆井邸に行って、彼女に任意同行をかけよう」

15　上木らいち

「いえ、三世さんを殺したのもあなたです」

と私は京に言った。

今日になってようやく藍川さんという味方が復帰した。私は今日一日を通して断続的に、彼から携帯メールで情報をもらっていた。

京が妾の子で、フルネームが京埼。火風水さんが四十五歳で、一心・二胡・三世の実母だというのには驚いた。一時雇いの私に言うようなことじゃないから、誰も教えてくれなかったのだろう。

人名について、いくつか思い当たることがある。

一心・二胡・三世・京の中で、京だけが名前の付け方が違うのはなぜだろうと思ったことがあるが、これは彼女が実子じゃないからだったのだ。

そして一心・二胡・三世も、ただ生まれた順に漢数字を割り振っただけじゃない。一二三と書いて、火風水さんと同じ「ひふみ」という読ませ方をする人名がある。一心・二胡・三世は実母の名前を間接的に受け継いでいたのだ。

ミサキというのは、私はてっきり従姉妹の名前かと思っていた。初日の夜、厨房で翌朝のシミュレーションをしている時、一心が「ミサキ」と呼ぶ声が聞こえてきた。初出の名前を聞いて、私は電話だと勘違いした。私が電話だと言ったので、二胡はいつもの従姉妹の電話だと勘違いした。実際一心は二日目の午前中、従姉妹に電話している。でも初日の夜は、自室で京埼と直接話していただけだったのだ。

そうそう、従姉妹で思い出した。その父親である玉之助氏のことだ。最初にウィキペディアを見た時、弟の玉之助氏が兄の東蔵氏より偉い会長であることに驚いたものだ。東蔵氏は社長だが「ナンバーツー」ということになる。

そういえば一心がこんなことを言っていた。

——親父は長男の俺に会社を継がせたがっているようですが、二胡の方が適任かと。何が何でも年功序列にしなきゃいけないわけでもないですし。親父だって。

彼特有の語尾を省略するしゃべり方のせいで、一瞬「親父だって内心は二胡の方が適任だと思っているはずだ」と言いたいのかと思ったが、よく考えたら「親父だって弟の下の地位に甘んじている」と言いたかったのだろう。

ともかくにも、私はもう一人のお客様にも協力してもらい、京が犯人だと確信した。私は警官の目を盗んで彼女を和室の裏手に呼び出した。夜だったが、庭のライトのおかげで最低限の視界はあった。

和室は縁側から庭に下りられる都合上、外観も土壁になっているなど和風である。埼玉（西）側の裏口から入ると、真っ先に目に入るのがこれだ。だから戸田は一瞬、玉之助邸のような和風建築だと勘違いしたかもしれない。もちろん他の部分を見て、すぐ洋館だと気付いただろうが。

私は京に「東蔵氏を殺害できたのは木を登って自室に戻れたあなただけ」という推理をぶつけた。後で聞いたところによると、小松凪さんも前後して同じ推理をしていたらしいが、私は藍川さん経由でそれをパクったわけではない。私は私で独自にその結論に辿り着いたのだ。

それに、小松凪さんは三世殺しのアリバイを崩せなかったらしい。あのウブな顔を見れば無理もないかなと思う。もちろん私はウブではないので、アリバイも崩せている。だから自信満々で冒頭の指摘ができたってわけ。

「いえ、三世さんを殺したのもあなたです」

「それは不可能です。あの夜はずっと戸田くんと一緒だったんですもの」

京はそう言って嫣然《えんぜん》と笑った。今まで地味な印象しかなかったけど、こうして見ると意外な色気がある。化粧をしたら化けるかもしれない。

「それとも、戸田くんが共犯者だとでも？」

「いえ、あなた単独でも犯行は可能です」

「どうやって」

「簡単なアリバイトリックですよ。あなたはセックスの最中、戸田さんに気付かれず三世さんを殺害した。それだけのことです」

「セックスの最中に気付かれずだなんて、そんな馬鹿なこと」

彼女は高笑いをした。私は構わず続けた。

「トリックの根幹は館の回転を利用して、三世さんの部屋をあなたの部屋だと戸田さんに誤認させることです。これによって死体の移動を最小限に留めることができます。あなたはあらかじめ三世さんの部屋を訪れ、睡眠薬入りの飲み物を彼に勧めます。彼が眠りに落ちた後、二つの部屋のベッドのシーツを入れ替えます。絞殺時の失禁に備え、股間の周りをビニルで覆います。痕が付かないよう布団でくるんでから簀巻《すま》きにし、彼の部屋のベッドの下に隠します。この家のベッドはシーツが床まで届いているので、横から見ても彼がベッドの下で寝ていることは分かりません」

そのシーツのせいで、私も第一夜の二胡の潜伏に気付かなかったのだ。

「ロープを引けば絞まる結び方で彼の首にかけ、両端をベッドの上に出し、掛け布団で隠しておきます。その後、不良漫画やバイク雑誌、エレキギターといった三世さんの部屋の固有物をクローゼットかどこかにしまいます。これで準備完了。

あなたは木を登ってきた戸田さんを何食わぬ顔で迎え入れます。あなたは『足音を立てないようにゆっくりね。それから靴も脱いで』と言ったそうですね。防音性の高い館とはいえ念には念を入れたのかもしれませんし、これから向かう部屋で寝ている三世さんを起こさないように配慮したのかもしれません。靴を脱がせたのは靴音を消すためだったんでしょうが、戸田さんは最初、土足禁止なんだと勘違いしたそうです」

実際は東蔵邸は洋館だから土足ＯＫである。

「また、ゆっくり歩かせたのは回転を間に合わせる意味もありました。あなたたちはトイレを出て、ホールを歩き、時計回りに二つ隣の部屋に入りました。本来そこはあなたの部屋ですが、あの夜あなたはホールを歩きながら隠し持ったリモコンで館を回転させ、三世さんの部屋に案内したのです。

もし警察が『本当は三世さんの部屋に案内したのではないか』と疑ったとしても、館が回転するということを知らない限り、戸田さんに聞くのはホールに出た後の経路です。いくら館内が暗かったとはいえ、戸田さんも『ホールに出た後、左に少し歩いた』ということくらいは覚えているはずです。三世さんの部屋に行くには右に歩く必要がありますし、もちろん一周するほどの距離は歩いていません。それで警察の疑いも晴れます。

警察が戸田さんに内装まで聞く確率は低そうですが、あなたは念のため前々から少しずつ自室の固有物を減らしていき、空っぽにした三世さんの部屋との齟齬《そご》が出ないようにしておいたかもしれません。

部屋に入ったあなたは、三世さんを起こさないよう小声で話します。そして、いよいよ事が始まります。童貞の戸田さんがあなたの体に夢中になっている隙に、あなたは掛け布団の下に隠しておいたロープの両端を引き、三世さんを絞殺します」

「バレないわけないでしょ」

「それがそうでもないんですね。いろいろタイミングはありますが、シックスナインの時がベストでしょう。臀部で相手の視界を塞ぎ、両手を相手から遠い位置に持っていくことで、相手に気付かれることなく絞殺を遂行することができます。三世さんが呻き声を上げても、自分の喘ぎ声とベッドの軋みで掻き消せます。三世さんが失禁しても、自分たちの臭いで掻き消せます。プロの私に言わせれば、一緒にいる相手に気付かれずに殺人を犯すならシックスナインが一番ですね！」

「……見てきたように話すのね」

「聞いてきたんです、戸田さん本人に。ちょっとした伝手《つて》がありまして」

　もう一人のお客様とは与野弁護士のことだった。偶然にも戸田を担当することになった与野さんは、私が巻き込まれている事件の関係者だということに気付き、私に連絡をくれたのだ。その時はそれだけで終わったが、今日になって東蔵氏を殺せたのは京しかいないと気付いた時に、三世殺しのアリバイを検証する必要が出てきた。そこで与野さんにはいろいろ動いてもらったのだ。

「殺人を終えたあなたは気が緩んだのか、尿意を催しました。しかし死体がある部屋に戸田さんを残してトイレに行くのは危険だし、アリバイに空白ができてしまう。かといって、家人の目から隠すべき彼を連れていくのも不自然です。したがって彼に飲ませるしかなかった——いや、むしろノリノリで飲ませたのかもしれませんが。

　逆に戸田さんが尿意を催した場合も、再び館を回転させてトイレに連れていくのはリスキーですから、あなたが飲むと宣言しました。

　これらの対処法は事前に考えていたのでしょう。大便の場合はさすがにトイレに行くつもりだったと思いますが」

「さっきから下劣な妄想ばかりでウンザリしてきたんだけど、証拠は？　私がそんなことをしたって証拠はあるのかしら」

「ありますよ」

即答すると、京の表情が一変した。私は証拠となる事実を説明し始めた。

「戸田さんはなかなか古風な人らしく、あなたに騎乗位でヤられている時、天井のシミを数えていたそうです。そこで私はあなたの部屋と三世さんの部屋の天井を撮影しました。

一心さんから聞きましたが、三世さんはたまに自室で煙草を吸っていたそうですね。だから彼の部屋の天井には、あなたの部屋にはないヤニのシミがあった。煙草の臭いが部屋全体に染み付いているというほどではありませんでしたが。

その二枚の写真を戸田さんに見せ、どちらの天井に見覚えがあるか聞きました。彼は迷わず三世さんの部屋の天井を選びましたよ」

「……あのクソ童貞がッ！」

と京は毒づいた。おお、怖い怖い。

「事が終わった後、あなたは戸田さんとホールを歩きながら、リモコンで館の位置を戻します。あなた方は東蔵さんに見つかり、戸田さんは逮捕されます。戸田さんが逮捕されるところまであなたの計画だったのかどうかは、ちょっと分かりませんが。

あなたは東蔵さんの叱責をやり過ごした後、みんなが起き出してくる前に後始末をします。具体的には、死体の簀巻きをほどき、ベッドの下から室内中央に引きずり出します。この時、死斑に影響が出ないよう、体位を変えないことに留意する必要があります。

あなたの予想通り、死体は失禁していました。パンツとズボンは汚れていますが、死体を配置する場所の絨毯は汚れていないので、このままだとおかしなことになります。そこで、股間の周りを覆っていたビニルに付いた糞尿を絨毯に垂らします。すでに乾いてしまっているようなら、スポイトで水を垂らして溶かしたかもしれません。

その後、死体の首に巻き付いているロープを短く切り、二つのベッドのシーツを入れ替え、あなたと戸田さんが触ったところの指紋を拭き取ります。最後に、現場に籠っている臭いを換気するため窓を開け放って完了です。鑑識も三世さんの失禁の臭いなのか、あなたと戸田さんの臭いなのかということまでは分からないかもしれませんが、単純に自分の情事の残り香が恥ずかしかったんでしょうか。まさか火風水さんの嗅覚を恐れたわけじゃないでしょうが」

いや、あの嗅覚鋭敏ゴスロリおばさんなら分かる可能性もあるのか？

京は答えない。私は続けた。

「あなたは多分最初から三人殺すつもりだった。でも何の工夫もなく殺せば、家族の自分に嫌疑がかかるのは避けられない。妾の子で疎外されていたという経緯があれば尚更です。だからあなたはアリバイトリックを使うことで、警察の容疑から外れようとした。

なぜ三人一遍に殺さなかったんだろう――それがずっと疑問でした。その答えはこのアリバイトリックにありました。このトリックを使う夜は一人しか殺せません。ほとんど一晩中、戸田さんと過ごさないといけないし、その前後のわずかな空き時間も事前準備や後始末にかかりきり。もちろん二人以上を眠らせてベッドの下に隠すなんて危険すぎて論外です。

じゃあ二日目の夜に二人殺すか？　それだと、初日の夜はどうして一人しか殺さなかったんだろうという疑問が浮上し、そこに何か作為があったのではないかと注意を引いてしまいます。だから一晩に一人ずつ殺すしかなかった。

他にもいろいろな工夫をしてましたね。絞殺という手段に注意が向かないよう、撲殺・刺殺と一人ずつ殺し方を変えてみたり。第一の現場の窓が開いていたことを重視されないよう、第二の現場の窓も開けてみたり。もっともこのせいでかえって、第三の現場の窓が閉まっているという事実が際立ってしまったのですが。

リモコンが壊れてしまったのは不運でしたね。第一の事件でも第二の事件でもあたたを助けてくれた館の回転が、第三の事件では牙を剥いた。トリックは悪魔のようなものです。一度は上手く行っても、二度三度と頼ろうとすると必ず報いを受ける。個人的見解では、さくっと殺して、そろっと現場を離れて、しれっとしていた方がバレません」

「……しかないでしょ」

京が何か呟いた。

彼女は全身を大きくわななかせると、言葉を吐き出した。

「悪魔の力を借りるしかないでしょ！　あの悪魔のような連中を殺すためには！」

そして彼女は過去を語り始めた——。

16　京埼

♪死んだら負けだ
♪死ぬ勇気があったら闘えばいい
♪大切な人の顔思い出せ
そんな言葉は強者の理屈だ。生きることができる人の余裕だ。人間には死ぬしかない時もある。
ほら、遺伝ティティだって応援してくれている。
♪そんな世界に今さよならを告げるよ
私は次の曲が始まる前に音楽プレイヤーを切った。決心を鈍らせたくなかったからだ。
夜、私は橋の上に立ち、荒川を見下ろしていた。近くの明かりといえば橋の上の電灯くらいで、水面はまるで深淵のように真っ黒だった。今からそこに飛び込むつもりだった。
去年の一月、中学三年生の私は何もかもが嫌になったのだ。東蔵が死んだ母を見るような性的な目を向けてくることも、火風水が小学生のような嫌がらせをしてくることも、二胡と三世がそれに便乗してくることも。一心と渋谷は同情的だが、一心はおとなしいし渋谷は使用人だからあまり助けにはならない。他に身寄りがない私には逃げ場所がなかった。だから死ぬことにした。

私は欄干《らんかん》に足をかけた。

その時だった。

「待ってください！」

振り返ると、橋の上、少し離れたところに、三つ編みおさげに眼鏡の女の子が立っていた。

外野の連中が現れた、と私は思った。「自殺反対」の歌詞のような空虚な言葉を並べ立てるに違いない。

彼女は言った。

「あの、違ってたら本当に申し訳ないんですけど、もしかして自殺しようとしてませんか」

回りくどい言い方をする。

「違うわけないでしょ。そうよ、自殺しようとしてるの。だったら何」

「や、やめましょう。きっと苦しいですし、水だって冷たいですよ」

彼女の口からは白い息が弾むように吐き出されていた。

「あなたには関係ないでしょ」

私はそう言うと、再び欄干に足をかけた。

「か、関係あります！」

背後から彼女の言葉が飛び付いてきた。私は再び振り返り、彼女を睨み付けてやった。

「何が関係あるっていうの」

「私が——目の前で飛び込まれた私が嫌な思いをします。トラウマになったらどうするんですか。私のことも考えてください」

私は呆れてしまった。何てわがままな言い分なのだ——いや、わがままなのは私も一緒か。しかし死ぬ時くらい、わがままになってもいいだろう。

「そんなこと私の知ったことじゃないわ。どうぞトラウマにしてちょうだい」

「私だけじゃありません。あなたの家族も悲しむはずです」

「悲しむ家族なんかいないわ」

「えっ、どういうことですか」

この時の彼女の表情は見物で、本当に不意を突かれたというような、キョトンとした顔をしていた。誰もが自分のように幸せな家庭を持っていると信じ切っているのだろう。世の中にはそうじゃない人間もいるということを分からせてやろうと思った。

「私は妾の子なのよ――」

私は自分の境遇を語り始めた。

しかし途中でハッと我に返った。

何でこんな話を見ず知らずの人間にしているのだろう。どうもこの少女と話しているとペースを乱される。決心が鈍らないうちに早く飛び込んでしまおう。

私は欄干にかけた手足に力を込め、体を引き上げようとした。

「待って！」

待たない。

しかし彼女が次に口にした言葉は、私の動きを止めるのに充分な破壊力を持っていた。

「あなたが飛び込むのをやめないなら、代わりに私が飛び込みます」

何だって――？

私は思わず彼女の顔を見た。これで計三度振り返らされたことになる。彼女には不思議な引力があった。

「あなたが飛び込むって？　何を馬鹿な――。そんなことして何になるっていうの」

「私が落ちるのを見たら、あなたは怖くなって飛び込むのをやめるかもしれない」

「あなた、おかしいわ」

「本気です」

眼鏡の奥の瞳は揺るがなかった。私は目を逸らした。

できるわけない。

私は震える手足で欄干に登ろうとした。

次の瞬間、彼女は驚くほどの俊敏さで欄干に取り付くと、それを飛び越えていった。迷いのない動作だった。彼女が闇に消えて一瞬後に、落水音が聞こえてきた。

本当に飛んだ――と私が立ち尽くしていると、バシャバシャと水をかく音が聞こえてきた。彼女がもがいているのだ。

助けなければ――。

私は橋のたもとにある階段を駆け下り、河原に下りた。そして川に飛び込んだ。

キンキンと冷たい水が全身の感覚を奪う。こんなところに私は飛び込もうとしていたのか。そして彼女は飛び込んだのか。

私は彼女の方に泳いでいった。彼女も私の方に泳いできた。私たちは中間地点で合流し、一緒に河原に上がった。

「馬鹿、死んだらどうするつもりだったのよ！」

「死ぬつもりじゃなくて生きるつもりで飛んだら絶対助かると信じていました」

彼女は歯をカチカチ鳴らしながらも、笑顔を作ってみせた。私は涙が溢れて止まらなかった。私は彼女に抱き付き、泣きじゃくった。

真っ暗な河原で私たちはガタガタ震えながら抱き合った。

それが春日部さんとの出会いだった。


彼女は私より一学年上の高校一年生だったけど、そんなこと関係なく私たちは親友になった。親友というより命の恩人かもしれないが、親友という言い方を私も彼女も望んだ。

「……できた！」

と彼女が言った。姿見《すがたみ》には、私とは思えない女性が映っていた。

彼女の自宅に遊びに行った時のことだった。二歳の時に母を亡くし、誰からもヘアセットの方法を教えてもらえなかった私は、春日部さんの三つ編みおさげに憧れ、やり方を教えてくれと言ったのだった。

「おさげもいいけど、三つ編み系ならもっと別のが似合うかな。埼ちゃん美人さんだから」

「えー、美人なんかじゃないって。春日部さんの方がずっと美人だと思う」

「そんなことないよー。もっと自信持って」

そう言いながら春日部さんがセットしてくれたのが、編み込んだ髪を立体的に巻き付けた髪型だった。ボサボサに伸び放題だった髪が美しくまとめられ、どこかしらエレガントに見えた。

おお、私結構イケるじゃん！

自分の容姿を誇らしく思ったのは生まれて初めてのことだった。

その髪型のまま上機嫌で帰宅した。

自室に戻ろうと二階のホールを歩いていると、急に後ろから髪を摑まれた。ギョッとして振り返ると、火風水だった。

「何、この髪」

迂闊だった。以前私が化粧をしただけで怒った彼女が、この髪型を許すはずがない。見つからないよう行動するべきだった。

火風水は私の後ろ髪を二、三度引っぱってから言った。

「ガキが色気付いてんじゃないわよ」

普段はじっと堪える局面だったが、その日は違った。春日部さんにセットしてもらった髪なのだ。

「――汚い手で触るなクソババア！」

「何！　居《い》候《そうろう》がどの口利きやがる！」

摑み合いの喧嘩になった。そこに二胡が現れた。彼は当然実母の味方をした。

「おい、京。お母さんに乱暴するな！」

二胡は私を火風水から引き離すと、地面に突き倒した。私がキッと見上げると、二対の目がまるで虫けらでも見るかのように見下ろしてきた。

多勢に無勢。逆らっても傷付くだけだ。

私は化粧と同様、家族の前ではこの髪型を封印することにした。

相変わらず辛い日々が続いたが、春日部さんがいてくれたから乗り切れた。

だがその年の七月に入って、彼女の元気がなくなった。メールの返事が遅く、会っても精彩がない。そしてついに連絡が途絶えた。

嫌われたのかもしれないと最初は落ち込んだ。嫌われるような真似をした覚えはないが、元々私は自殺未遂者。そんなメンヘラの相手をするのが面倒臭くなったのかも。でも彼女は連絡もなしに関係を絶つような人間じゃないと思い直した。嫌われて元々。私は覚悟を決めて、彼女に会いに行くことにした。

夏休み直前の金曜日の夜、私は初めて会った橋の上で彼女を待った。

彼女は母子家庭で経済的に苦しいらしく、学校に許可を取った上で毎晩スーパーのレジ打ちのバイトをしている。それで夜遅く、家に帰るためにこの橋を通るのだ。私が飛び込もうとした時に彼女が通りかかったのも、そういう理由だった。

彼女の父親はパワハラで鬱《うつ》になり自殺したそうだ。彼女が必死に私を止めようとしたのは、そういう過去があるからなのかもしれなかった。あの時私は彼女を「誰もが自分のように幸せな家庭を持っていると信じ切っている」と蔑《さげす》んだが、彼女もまた事情を抱えていた。それを表に出していないだけ。私は自分だけが不幸だと思ったことを恥じた。

待ち始めてしばらく経った頃、夜道を少女が歩いてきた。彼女だ。

私は声をかけた。

「春日部さん」

彼女はびくっと体を震わせた。私だと分かると少し頬を緩めたが、それでも笑顔にはまだ全然程遠かった。

「埼ちゃん、どうして」

やはり嫌われたのかもしれないという不安と闘いながら、私は言った。

「いや、最近アレじゃない。だから話したくって」

どういう表現をしても咎めるような言い方になる気がしてならなかったので、アレと言うしかなかった。

彼女はじっと私を見つめた。その瞳が揺らいだかと思うと、一筋の涙が彼女の頬を伝った。

「埼ちゃん、私、私……」

「どうしたの」

彼女は泣きながら私の胸に飛び込んできた。初めて会った時とは正反対だな——ふとそう思った。

彼女が咽《むせ》びながら吐露《とろ》したのは、思い出しただけでも吐き気がするくらいおぞましい話だった。

彼女はレイプされたのだ。

二週間前、バイト帰りの夜道、二人組の男に襲われた。抵抗しようとするとスタンガンを当てられた。やられながらビデオを撮られた。終わった後、二人組は言った。

「お前はもう俺たちの性奴隷だ。誰かにしゃべったり、俺たちの言うことを聞かなかったりしたら、この映像をネットにばらまく。それから、お前と仲のいい女の子がいるだろ。あいつを犯す」

春日部さんは私のことではないかと思ったという。ハッタリだ、と私は言った。だが本当にそう言い切れるだろうか。強姦魔に目を付けられていたらと思うとゾッとした。

その場合、私は春日部さんに守られていたことになる。二人組はその後も何度も彼女を呼び出した。彼女は私のことを思って、それに応じ続けてきたのだ。

その中でも今日は最悪だった。廃工場でやられているところを、戸田というクラスメートに見られた。ところが戸田は助けてくれるどころか、彼女が犯されているのを見てオナニーをしていたのだ。しかも彼女に見つかると、そそくさと逃げ出してしまったという。

「……最低」

私は強姦魔も憎かったが、戸田という男も許せなかった。

「お母さんにこのことは言ったの」

「ううん、心配させたくないから。同じ理由で埼ちゃんにも言えなかったんだけど、さっき顔を見たら我慢できなくなって」

彼女は私の胸の中でまた泣いた。私は彼女の頭を撫でながら、激しい怒りに燃えていた。

しかしそれを上手く言葉にできなかった。結果、「自殺反対」で揶揄されているような陳腐な励まししか口にできなかった。

それを今でも後悔している。


「春日部さんが亡くなりました」

翌々日の日曜日に刑事が来てそう言った時、私は一瞬言葉の意味が理解できなかった。

彼女は今朝、バイトの帰り道にある古い雑居ビルの側で発見された。全身を強く打って死んでいた。死亡推定時刻は昨夜。雑居ビルの入口には鍵のかかったドアも監視カメラもなく、誰でも出入りできるようになっていた。最上階の七階には、靴が揃えた状態で置かれていた。要するに、バイトから帰る途中、発作的に飛び降り自殺をしたのではないかと刑事は考えていた。

「彼女とは仲が良かったそうですね。何か話を聞いてませんか」

私は答えようとしたが、口がパクパク動くだけで言葉が出てこなかった。

ようやくしゃべれるようになると、私はレイプのことを話し、捜査を求めた。

しかし刑事は明らかに面倒臭そうな態度だった。自殺の後処理に来たのに、どうして強姦の捜査をやらされなければならないのかという内心が見え見えだった。一応調べるとは言っていたが、望み薄だろう。

むしろ私がレイプの話をしたことで、刑事は自殺という結論に確信を持ったようだった。

刑事が帰った後、私はしばらく動けなかった。

――死ぬつもりじゃなくて生きるつもりで飛んだら絶対助かると信じていました。

という彼女の言葉を思い出す。今回は死ぬつもりで飛んでしまったのだろうか。やはりレイプに耐えられなくなったのか。

一度は自殺を考えた身だから、死にたくなる気持ちはよく分かった。でも私は春日部さんに救われた。だから今度は私が彼女を救わなきゃいけなかったんだ。でも私はおざなりの言葉しか口にできなかった。きっと彼女の耳には空虚に響いたことだろう。

私のせいだ。

私が彼女を殺したんだ。

だから罰を受けなければならない……。

私は隠し持っていた化粧品でメイクをし、春日部さんに教えてもらった髪型をした。そして誕生日に東蔵に買ってもらった服とバッグを身に着け、夜の繁華街に出た。さまようように歩いていると、男に誘われた。なかなか好みのタイプだった。だから私は断った。

その後も、いろんな男にナンパされた。どれもこれもいい男だった。春日部さんが私を美人だと言ったのも、あながち間違ってなかったのかもしれない。

自嘲気味にそう思っていると、また声をかけられた。今度の男は猿のような顔で、まったくタイプではなかった。タイプではないことに意味がある。私は男に付いていった。

カラオケで遺伝ティティを歌った後、ホテルに行った。

「私を犯して。レイプして」

そう言うと、男は興奮して激しく私を突いた。痛くて、屈辱的。それが私の初めてだった。でもまだ足りない。春日部さんはこの何十倍も辛かったはずだ。もっと罰を受けないと……。


週末の夜になると繁華街に出て、嫌悪感を催す男に犯されるのが私の習慣となった。

私はいつも春日部さんに教えてもらった髪型をした。しかしこれには問題もあった。編み込むことによって髪がダメージを受け、ほどいた時にボサボサになるのだ。春日部さんはそんなことになっていなかったので、上手いヘアトリートメントのやり方を知っていたのだろう。それも教えてもらっておけば良かった。こういうことは火風水が専門だが、あいつが教えてくれるわけない。

もっとも、一たび例の髪型にしてしまえばボサボサも目立たない。

今日も繁華街を練り歩き、男を物色した。

その最中、赤毛の少女とすれ違った。

私は思わず振り返った。

その少女は春日部さんと瓜二つだったのだ。

もちろん真っ赤なウェーブロングという時点で違うし、眼鏡もかけていないし、メイクも濃い。

だが顔のパーツは本当にそっくりだった。他人の空似だろうか。この世には自分にそっくりな人が三人いるという。

私は何かに導かれるように、彼女の後をつけていった。

彼女は中年の男と合流した。親子には見えなかった。

男との会話を盗み聞いた結果、少女がカミキライチという名前であること、高校生であること、一晩五万円で援助交際していることなどが分かった。

二人はレインボーツリーという高級マンションに入っていった。私も何食わぬ顔で後に続くと、少女は七〇七号室の郵便受けをチェックしていた。どうやらここに住んでいるらしい。

二人はオートロックのドアの向こうに消えた。

私はしばらくエントランスに立ち尽くしていたが、これ以上ここにいても何もないと気付いてマンションを出た。

嫌なものを見てしまった。春日部さんに酷似した少女が援助交際をしているなんて。当の春日部さんはレイプされて死んだというのに。赤毛の少女は自分の体を何だと思っているのだろう。

憎い。春日部さんの顔で性を弄《もてあそ》ぶあの少女が憎い。セックスに関わるすべてのことが憎かった。

そしてその憎いセックスで自分を罰し続けた。

そんな、裸で茨《いばら》の中に飛び込んでいくような日々に、ようやく終わりが訪れた。

その日もラブホテルで男に組み敷かれていると、突然ドアが開いた。何事かと思ってドアの外を見ると、おろおろしたようなおばさん従業員の後ろに、東蔵と渋谷が立っていた。

「どうしてここが——」

と言いかけて、私は途中で言葉を飲み込んだ。威圧されたからだ。東蔵の、怒りの形相にではない。渋谷の、睨んだだけで人を殺せそうな眼光にだ。そんな彼は初めて見た。

東蔵が足音荒く近付いてきた。

「お前が家を抜け出していることに気付き、携帯のGPS機能で居場所を調べたのだ」と私に説明してから、相手の男を怒鳴り付けた。「貴様、私の娘にまだ十八歳になってないんだぞ。十八歳未満との淫行が条例で禁止されているのを知らんのか！」

キョトンとしていた男がヘラヘラと笑い始めた。

「俺、馬鹿だからジョーレイとか分かんねーし」

「ならば分かるように説明してやる。貴様は、私が今から呼ぶ警察に逮捕されるということだ」

東蔵は怒りに震える指で携帯のボタンを押し、耳に当てた。警察に繋がったらしく、東蔵は居丈高にまくし立て始めた。

その隙に男は素早く服を着ると、ドアの方に突進した。

その前に渋谷が立ちはだかった。

「どけえええええええ――え？」

男の体が一回転したかと思うと、床に叩き付けられた。渋谷は冷たい目で男の体を床に抑え付けた。彼がこんなに強いということも初めて知った。

しばらくして駆け付けた警官によって、男は逮捕された。そういう条例があるということは何となく知っていたが、まさか本当に逮捕されるとは。男には少し同情したが、かといって弁護する気もなかった。後で男が罰金刑になったと聞いた。

帰宅してから、私は散々東蔵に雷を落とされた。

彼がこんなに怒るのは、父親として心配しているからではない。死んだ愛人にそっくりな私が他の男と交わるのが許せないだけなのだ。それが分かるから嫌悪感しかなかった。

この日以降、私には二つの制約が課せられた。平日は学校が終わるとすぐ帰宅しなければならないこと。休日の外出時には渋谷を同伴しなければならないこと。

私は鳥籠《かご》の鳥になった。


そして運命の日がやってきた。

私の血塗られた人生が決定した日。

殺人者になることを決意した日だ。

私が一階のホールを歩いていると、どこからともなく「春日部」という名前が聞こえてきた。しかしこの館で彼女の名前が出るはずがない。いよいよ幻聴が聞こえるようになったか。

とはいえ、確かに誰かの話し声はしている。

私はホールを見回した。書斎のドアがわずかに開いていた。声はそこから漏れてくるようだ。私はドアに忍び寄り、隙間から中を覗いた。

室内には二人の人間がいるようだ。書き物机に着いている東蔵と、その前に立たされている三世。話しているのは東蔵の方だった。

「……お前もそろそろ落ち着いたらどうだ。私もいつもお前を庇《かば》えるわけじゃない」

この日、三世は他校の不良との喧嘩で警察から厳重注意を受けていた。東蔵のコネがなければ、とっくに少年院送りになっていてもおかしくない。そのことについて東蔵は言っているようだった。

やはり幻聴だったか、と私は立ち去ろうとした。だがその時、次の言葉が耳に飛び込んできた。

「さっき言った春日部という女の時も危なかった」

え？

私は振り返った。

春日部。東蔵は今はっきりその名前を口にした。

春日部という女の時も危なかった？　どういう意味だ？

私は全神経を耳に集中させた。

東蔵は続けた。

「お前が兄と二人で『レイプ現場を目撃された』と泣き付いてきた時は、今度こそ警察に突き出してやろうかと思ったよ。だが会社のことを考えるとできなかった。この歳になってようやく気付いたが、子供など作るものではないな。自分のあずかり知らぬところで何かしでかした挙句、その責任がすべて自分に降りかかってくる。

あれはやむを得なかったのだ。お前たちの顔は見られなかったようだが、目撃者が警察に通報して捜査が始まれば、春日部が名乗り出るかもしれなかった。そうなる前に、裏の人間を雇って彼女の口を封じた。結果的に上手く行ったが、綱渡りだった。二度と危ない橋は渡りたくない。次はないと思え」

真っ白になった頭の中を今聞いた言葉が飛びまわっていた。

お前が兄と二人で泣き付いてきた？　春日部さんをレイプした二人組は、三世と三世の兄だったってこと？

東蔵が春日部さんの口を封じた？　春日部さんは自殺じゃなかったの？

話が終わったらしく、三世がこちらに歩いてくる。私は咄嗟にドアから離れ、隣の応接間に逃げ込んだ。

弾む胸を押さえながら、私は思考を整理した。

間違いない、春日部さんは殺されたんだ。私の異母兄二人に凌辱《りようじよく》された後、私の父の手によって。

私が春日部さんをこの館に連れてきたことはないので、三世が彼女に目を付けたのは偶然だろう。何という恐ろしい偶然。しかし札付きの不良と、バイト帰りに夜道を歩くことになる女子高生が、同じ地区に住んでいた時点で、こういう不幸が起こることは必然だったのかもしれない。

三世も私と彼女が友達だということは知らなかっただろう。もし知っていた上で「お前の友達を犯す」などと脅していたのだとしたら、さすがに正気を疑う。いや、いずれにしても正気の沙汰ではない。

人間の所業ではない。

悪魔。

絶対に許さない。

殺してやる。

それから戸田とかいう男もだ。そいつが汚らわしい覗きをしなければ、春日部さんが死ぬこともなかったのだ。殺す必要まではないと思うが、何らかの罰を与えてやりたい。

復讐対象は四人。三世、三世の兄、東蔵、そして戸田。

最初にぶち当たった問題は、「三世の兄」とは一心と二胡のどちらなのかということだった。

おとなしい一心が三世とつるんでレイプをするとは思えなかった。だが二胡もどうか。彼は三世のことを頭の悪い人間だと見下している節がある。そんな相手と行動を共にするだろうか。

私の中では七対三くらいで二胡だったが、さすがに七割の疑惑で殺すことはできない。

春日部さんには根掘り葉掘り尋ねられなかったので、強姦魔の容姿は聞いていない。もちろん当人たちを問い質すわけにもいかない。それとなく鎌をかけてみることはしたのだが、誰もボロを出さなかった。

どうしたものか。

考えた末、私は一つの名案を思い付いた。

あのカミキライチとかいう春日部さんにそっくりの女を使うのだ。

どうにかして、黒い三つ編みおさげのウィッグと眼鏡を着けた彼女を、一心と二胡に引き合わせる。自分が死に至らしめた相手が蘇ってきたようなものだから、強姦した方は少なからず動揺し、表情や言動に現れるだろう。それでどちらか分かる。

どうしたらそういう状況を作れるだろうか。

そうだ、メイドとして雇いたいという偽の手紙を出そう。援助交際などしているということはどうせ金の亡者なのだろうから、「多額の給金」という言葉で釣れるはずだ。「変な噂を立てられたくないから真面目なメイドっぽい格好で来い」と書き、メイド服と一緒にウィッグと眼鏡を送れば、全部まとめて着けてくれるはずだ。彼女が空気を読めるならメイクも薄くしてくれるだろう。それでますます春日部さんに近付く。

カミキライイチが門前払いされることを防ぐため、手紙には東蔵の印鑑を押しておく。東蔵は誰が印鑑を持ち出したのか調べるため、彼女を一旦は館内に招き入れて事情を聞こうとするだろう。その後どうするかまでは予測できないが。

東蔵のくだらない帝王学とやらで、四人の子供が一階の書斎に集まっている夕食前に来てもらうのがいい。そこに謎のメイドが訪ねてくれれば、みんな見物しようとホールに出るだろう。そういう流れにならなければ、私が上手く誘導する。

一つ懸念もあった。それは動揺した犯人たち（特に三世）がカミキライイチに危害を加えないかということだ。しかし正直そこまで気にしていられない。金でホイホイ釣られる彼女も悪いのだ。援助交際のツケが回ってきたと考えてもらおう。

これで一心と二胡、どちらが罪人なのか判定する目処《めど》は立った。

もう一つ大きな問題があった。それは家族を三人殺すと、間違いなく残りの家族が疑われるということだ。その中でも妾の子であり、普段から迫害を受けていた私が一番疑われるだろう。

捕まりたくなかった。春日部さんを凌辱した上に殺した連中は捕まらずのうのうと生きているのに、どうしてそいつらに正義を執行した私が捕まらなければならないのか。春日部さんに救ってもらった命を大切に生きたかった。

疑われないような工夫が必要だ。

例えばアリバイトリック。死亡推定時刻の間、家族の誰かとずっと一緒にいたというのはどうだろう。しかし家族の証言は採用されないと聞くし、渋谷も家族のようなものと見なされるかもしれない。大体、本当にずっと一緒にいたら殺せないのだから、一緒にいなかったのに「いた」と証言してもらう必要がある。誰もそんな嘘をついてくれるとは思えなかった。

やはり捕まらないようにというのが虫のいい話なのか。特攻隊の覚悟で三人を殺すしかないのか……。

そこまで考えた時、特攻隊という言葉が呼び水となって、ある人との思い出と、その人が言った言葉が蘇ってきた。
――こんなことを知っても何の役にも立たんかもしらんがな。

この館は元々大空おじいちゃんのものだった。私たちが住むようになったのは、私が八歳の時だった。病気になったおじいちゃんを一人にはしておけないという名目だったが、東蔵がおじいちゃんに取り入ることで遺産分配の時、有利になろうと目論《もくろ》んでいるのは見え見えだった。

大空おじいちゃんは私の立場にとても同情的だった。おじいちゃんが生きている間、私に対する嫌がらせは大分弱まっていた。

そんなおじいちゃんも私が十歳になると、急速に衰えていった。

ある日、おじいちゃんは私一人を枕元に呼び出した。

「儂《わし》ももう長くないかもしれん。死ぬ前に、お前だけにはこの館の秘密を教えておこうと思う。普通なら東蔵に引き継ぐところだが、あいつはもうダメだ。金と名誉のことしか頭になくなっている。儂の心は理解できんだろう。その点、お前は優しいし、頭がいいからな」

そう言って、おじいちゃんは館の秘密を教えてくれた。おじいちゃんが昔作ろうとした戦闘機。その二重反転プロペラを模した回転。隠し金庫のこと。そして私は操縦桿形のリモコンを託された。

「こんなことを知っても何の役にも立たんかもしらんがな。それでも自分だけしか知らないことがあるというのは、なかなか気分がいいものだぞ」

おじいちゃんは弱々しく微笑むと言った。

「埼、強く生きるんだ」

その三日後、おじいちゃんは亡くなった。

その記憶と、アリバイのこと、戸田のことが爆発的な化学反応を起こし、異形の化合物を生み出した。

館の回転を利用して、戸田を三世の部屋に呼び込む。戸田とセックスしている最中、ベッドの下で眠らせておいた三世を絞殺する。その後、朝五時になると決まってトイレに行く習慣のある東蔵にわざと見つかる。彼はいつぞやのように激怒し、戸田を警察に突き出すに違いない。

戸田は淫行条例違反で逮捕される。彼の証言が私のアリバイを保証する。自分だけ逮捕されるという貧乏くじを引いた戸田が共犯者とは警察も思わないだろう。もし共犯なら、戸田が逮捕されないようなアリバイ作りをするはずだからだ。仮に共犯を疑ったところで、いくら戸田をつついても何も出てこない。

このトリックは単にアリバイを作るだけではない。春日部さんを辱《はずかし》めた戸田に性犯罪者の烙印を押してやることもできる一石二鳥の作戦なのだ。本当は強姦罪にしたかったが、そういう状況を作るのは難しいだろう。青少年淫行罪で勘弁しておいてやる。ありがたく思え。

私は初めて隠し金庫から館のリモコンを出し、操縦桿のようなそれを握り締めた。おじいちゃん、これが役立つ時が来たよ。力を貸してね。

私はおじいちゃんと最強の二重反転プロペラ機に乗っている光景を夢想した。

そうと決まれば、戸田とお近付きにならなければならない。しかし今の私は鳥籠の鳥。平日は学校が終わればすぐ帰宅しなければならないし、休日は外出時に渋谷が付いてくる。そういう状況で、戸田との関係を深めるのは難しそうに思えた。

唯一の救いは、以前「何とかして復讐できないか」と調べたことで、すでにある程度戸田の情報を持っていることだった。

春日部さんが死んで少しした頃、彼女の母親から「何でも好きなものを持っていっていいよ」と言われて、春日部さんの部屋に上がったことがあった。その時、私は「二年五組の愉快な仲間たち」という冊子を手に取った。彼女が高二になってすぐの時に作られた、クラスメートたちが自己紹介し合うための冊子だった。

その中に戸田の名前もあった。フルネームは戸田公平。誕生日は四月四日。趣味の欄に「音楽鑑賞」とあり、括弧書きでアーティスト名が五つほど挙げられていた。その中に私が一番好きな遺伝ティティの名前があったのがムカついた。どうせ浅い理解しかしていないくせに。

この情報化社会、フルネームが分かれば芋蔓《いもづる》式にいろんなことが分かることが多い。戸田公平でネット検索すると、SNSのページがヒットした。ご丁寧にプロフィールに「埼玉県立S高校」と書かれているので本人に間違いない。これだけ言われているのに、未だに個人情報をネットで垂れ流す馬鹿がいるのだ。

適当に日記を見ていると、「『自殺反対』考察」というタイトルの日記が目に入った。遺伝ティティの「自殺反対」か？　どうせあの曲の真意など汲み取れていないに違いないと思いながら、その日記を開いた。

「あら？」

予想外。彼は私と同じ真相に辿り着いていた。初めて出会えた理解者だっただけに複雑だった。

——こういう状況じゃなければ友達になれたかもしれないな。

こういう状況じゃなければ、ね。

彼の写真を探したが、彼のページ内にはないようだった。自撮りを載せるほど馬鹿ではなかったか。

そこで、SNS上で彼の「友人」とされている人々のページを漁った。

そして熊谷という「友人」と戸田が二人で写っている写真を見つけた。

「情けない面」

私はS高校の門で待ち伏せ、戸田が出てくるのを待った。彼が現れると、私はその後をつけていった。何か罵倒してやろうと思ったが、いい言葉が思い付かないうちに、彼は帰宅を完了してしまった。間抜けな話ではあるが、そのおかげで自宅の場所も分かったというわけだ。

そういった情報を、鳥籠の鳥になる前に入手していた。

明確な復讐計画ができた今、私は彼の再調査を開始した。

まずSNSの彼のページを再訪し、遺伝ティティ以外の好きな音楽や漫画について勉強した。もちろん話を合わせるためだ。

次に、放課後のわずかな時間や、休日の渋谷を引き連れた散歩の時、戸田家の前をうろつき行動パターンを把握しようとした。そして休日の午前中はいつもP公園でぼんやりしているという事実を摑んだ。

それが今年の四月上旬のことだった。

青少年淫行は、両方が十八歳未満だとどちらも罰せられない。彼の誕生日である四月四日はすでに過ぎ、彼は十八歳になっていたので、いつでも計画は実行に移せた。後はどうやって接触するかだ。

私は知恵を絞り、渋谷の監視があることを逆手に取ったSOSの手紙や、公衆トイレデートといったプランを思い付いた。そしてそれを実行に移した。繁華街で学んだテクニックのおかげか、彼を「落とす」ことは簡単だった。

並行して、放課後の時間と、こつこつと貯めていたお金をフル活用し、凶器やメイド服一式を揃えた。私は手紙とメイド服一式をカミキライチに送り、館に招く手筈《てはず》を整えた。

そしていよいよ五月一日、開戦。

ここでカミキライチが来なければ、戸田との逢引きも延期するしかなかったが、彼女はのこのことやってきた。

一心と二胡が彼女を見た時の反応の差は歴然だった。これだけでも二胡が強姦魔であることはほぼ確実だったが、その後、二胡と三世が「あいつは春日部の家族か」などと密談しているのを聞いたことで、確定した。

それにしても二胡か。彼が三世を見下しているのは明らかだ。見下している相手と一緒にレイプに及ぶ心理は分からないが、二胡自身は三世を上手く使っているとでも思っているのかもしれない。しかし実際は同レベルのクズだ。

三世との密談時、二胡が憔悴した様子でしきりにこう呟いていたのが印象に残った。

「女なんかに僕の人生が左右されるわけない。女なんかに……」

レイプもそういう意識でしていたのだろう。

待っていろ。もうすぐ女の私が人生を左右どころか終了させてやる。

しかし最初は三世だ。バカの方が睡眠薬を簡単に飲んでくれそうだからだ。

私は三世を眠らせて、トリックの準備を済ませると、戸田を招き入れた。そして館を回転させて、三世の部屋に案内した。

戸田はあさましく勃起していた。レイプを見ながらオナニーするような奴だ。エロければ何でもいいのだろう。

私は最大限の侮辱をもって彼を犯した。初めての、罰を受けるためではなく罰を与えるためのセックスは、なかなか痛快だった。

もちろん途中で三世を絞殺することも忘れなかった。上木に指摘された通り、シックスナインの時だ。

夜が明けると、私はホールを歩きながら館を戻し、わざと東蔵に見つかった。計画通り彼は激怒し、警察を呼んだ。

戸田は警官に連れていかれる時、私の方を振り返った。天国の後の地獄を体験した、その情けない表情を見て、私は溜飲が下がる思いだった。これでお前は一生、性犯罪者だ。ざまあみろ、変態覗き野郎。

東蔵が上木を雇ったどころか、事件発覚後も館内に置き続けたのは予想外だった。最初は、春日部そっくりの彼女が何を企んでいるのか知るため、あえて泳がせていたのだろう。事件発覚後は、すぐに辞めさせると警察の目が彼女に向かい、ひいては春日部事件が露見しかねないと恐れたのかもしれない。いずれにしても、容疑者が増えて嫌疑が分散するから、私にとっては好都合だった。

二胡は問題なくぶっ殺せた。春日部さんが使われたスタンガンを使ってやった。

アクシデントは東蔵殺しの時に起きた。

前室に出た私は、上プロペラを反時計回りに三部屋分回転させることで、東蔵の部屋を目の前に持ってきた。

殺人を成功させるために最優先すべきことは、スタンガンを確実に相手に当てることである。私は二重に手袋を嵌めた右手にスタンガン、左手にペンライトを持った。バタフライナイフと館のリモコンはポケットにしまった。そうしてからドアを開け、真っ暗な寝室に忍び込んだ。

ドアを閉めた瞬間、肩に激痛が走り、スタンガンを取り落とした。ドアの陰に東蔵が潜んでいたのだ。東蔵はスタンガンを蹴飛ばすと、何かの鈍器で殴りかかってきた。完全に私を殺すつもりだ。私の口を封じて、自分は正当防衛を主張して、春日部事件を闇に葬る気だ。そうはさせない。私は東蔵に組み付いた。揉み合いになる。六十歳とはいえ男だ。私は押し負け、水槽が置かれている長机に腰をぶつける。ポケットから突き出していたリモコンが水槽に落ちるのが分かった。しまったと思ったが、今はそれどころではない。私は東蔵の睾丸《こうがん》を握った。東蔵が悶絶《もんぜつ》している間に、私はペンライトで床を照らし、スタンガンを発見した。それを拾うと、痛みから復活した東蔵が襲いかかってきた。私は振り返りスタンガンを当てた。それで決着が付いた。

ペンライトで照らすと、東蔵が持っていた鈍器は魚の形をした釣り大会のトロフィーだった。私はそれを脇にどけると、ベッドから布団を持ってきて東蔵にかけた。

スタンガンは気絶させるわけではないので、彼の耳は聞こえている。

「春日部さんは私の親友だった」

そう告げると、彼の目に驚愕の色が現れた。トリックや殺害方法の関係で、戸田にも三世にも二胡にも伝えられなかったこの想い——ようやく伝えることができて、胸のつかえが取れた。私は晴れやかな気分でナイフを振り下ろした。東蔵は死んだ。

私はトロフィーを棚に戻し、リモコンを水槽から引き上げた。

しかし何という不運だろう、リモコンは故障してしまっていたのだ。

電池を換えたり、暖房の熱風で乾かしたりしたが、直らなかった。

私は天国のおじいちゃんにも見放されたように感じた。

ここまでか……。

いや、春日部さんに救ってもらった命を大切に生きると誓ったじゃないか！

絶対に逃げおおせるんだ。

私は必死に考えた。

そして一つの光明を見出した。

そうだ、自室の窓の鍵が開いている！　どうにかしてそこから自室に戻れないだろうか。私はペンライトで庭を照らした。

東蔵と格闘した際にリモコンが押されてしまったようで、上プロペラは今、通常時から反時計回りに二部屋分回転した状態で止まっていた。それなら木の前に私の部屋が来ているので、木を登って自室に戻れる。そのルートを使ったことがバレてしまったら一巻の終わりだが、このまま部屋に残るよりは何百倍もマシだ。

私は窓の下のせり出しに立ち、釣り糸でクレセント錠をかけた。そして庭を見下ろした。たかだか二階とはいえ、庭は真っ暗で底が見えず、まるで奈落の縁に立っているような錯覚を受けた。足が竦んだ。

その時、私の目の前にあの夜の情景が蘇った。私は橋の上から、深淵のごとき荒川を見下ろしていた。

耳元で春日部さんの声がした。

――死ぬつもりじゃなくて生きるつもりで飛んだら絶対助かると信じていました。

その言葉が私に最後の勇気をくれた。

うん、絶対捕まらずに生き抜いてみせるよ。

私は闇に飛んだ。

17　上木らいち

——というような内容のことを京は話した。

そうか、それで私はこの館に呼ばれたのか。メイド衣装一式として黒い三つ編みのウィッグと眼鏡が入っていたのは、「あらぬ噂が立たぬ」よう私の美貌を封印するためではなく、春日部という女性に扮させるためだったのか。

もし私が普段の格好のままだったら——。
①必要な食材があるか厨房を見に行く私に対して、二胡が「見た目通り」真面目だなどという表現を使うことはなかっただろう。
②私を覚えていた小松凪さんの「記憶力に舌を巻」くこともなかっただろう。前回と出で立ちがまったく違うのに、顔だけで識別できたからすごいのであって、印象的な赤毛なら覚えていて当然の話でしかない。
③三世の部屋を調査する時、髪の毛を落とさないよう、一心に帽子を借りるなりしただろう。一心に着帽を求めておきながら、私自身が無帽であることを「さして問題だとは考えていなかった」のは、ウィッグが帽子代わりになると思ったからだ。

④そして何より色仕掛けが失敗することもなかっただろう！

二胡と東蔵氏に拒まれた時、理由が分からず混乱した。でも心の奥底では分かっていた。黒い三つ編みに眼鏡、それに合わせた薄い化粧という地味なファッションが影響していないわけない。だが、もしそうだとすると、私のすっぴんは男に通用しないということになってしまう。普段の私は奇抜な赤毛と厚化粧で誤魔化しているだけだということになってしまう。違う、私は何もしなくても美人だ！

しかし花田刑事や田手刑事は、宅配便の青年と違い、私を見てハッとしなかった。それが二度の取調べの時に感じた欠落感の正体だった。

私が初めてこの館を訪れた時もそうだ。三世と二胡、東蔵氏はハッとしていたが、それは京が今話したような因縁があるからだったのだ。そういうものがない一心は鉛のように無関心だったではないか。

やはり私は自分で思っているほど美人ではないのだろうか……。

いや、ものは考えようだ。ビビッドな赤毛と化粧も含めて、上木らいちという一個の魅力的な人間だと考えたらどうだろう。赤毛と化粧が欠けたらいちはらいちではないのだから、その女性がいくら色仕掛けを拒絶されたところで、らいちがくよくよ悩む必要はないのではないか。

それに、京の話によると、私は二胡と東蔵氏にとって自分たちが殺した女性の亡霊なわけだ。だからそういう気になれなかったというのも大きいのではないか。そうだそうだ、きっとそうだ。そう思うようにしよう。

それはさておき——と私は気持ちを切り替える。

一つ彼女に言っておきたいことがあった。

「あなたは一つだけ思い違いをしています。戸田さんは廃工場の現場に居合わせた時、それがレイプだとは知らなかったんです。春日部さんが乱交をしているという噂に騙されていたのです」

京は一瞬ハッとしたような顔をしたが、すぐ無表情に戻った。

「それが何？　罪は変わらないわ」

「ええ、だから彼はずっと自分が春日部さんを殺したんだと苦しんできました。あなたと同じですよ。そんな中、あなたに出会ってようやく変われると思ったんです」

彼はそういう想いも与野さんに話していた。そして与野さんもそれを私に伝えることを選んだ。この情報は私のところで止まるべきものじゃない。私もメッセンジャーにならないと。

京の目が泳いだ。

「そんなこと私の知ったことじゃないわ。どっちにしろ、もう手遅れよ。彼は青少年淫行で裁かれる」

いや、一つだけそれを避ける方法がある。だがその方法を使うには、あることをしなければならない。だから藍川さんに相談せず、一人で対決しに来たのだ。だが本当にそんなことをしてもいいのだろうか。私の心はまだ揺れていた。

ここまでのトリックや推理、動機など、ある意味どうでもいい。回る館と同じくらいどうでもいい。この事件の本質はここからだ。

京が言った。

「大体さっきからあなた、上から目線で何様なの。クズどもに復讐して何が悪いわけ」

「戸田さんに対する復讐はともかく、殺人は犯罪です」

「言ったわね！」京は鬼の首を取ったように言った。「それを言うなら、あなたの売春も犯罪でしょ。犯罪者が法律を説くなんて自家撞着《じかどうちゃく》よ。どうして売春婦が探偵の真似事なんかしてるわけ」

私は少し考えてから答えた。

「それは——」

次の瞬間、私は後頭部に強い打撃を受け、地面に倒れた。

視界がぐるぐると回る中、京の声が聞こえてきた。

「渋谷、どうして」

渋谷さんの声が答えた。

「埼様が上木さんと歩いていくのを見て、後をつけたのです。そしてすべてを聞いてしまいました。まさか埼様が犯人だったなんて……。

しかし、私は貴女の味方です。貴女に見透かされている通り、私は貴女のお母上をお慕い申し上げておりました。当時私は東蔵氏の運転手をしていましたが、彼の横暴さに嫌気が差し、今日こそは辞めてやると毎日思っているような状態でした。その時出会ったのが、お母上です。彼女は一介の運転手に過ぎない私にもお優しかった……。

私は彼女に会うためだけに運転手を続けることにしました。そして彼女が亡くなった後は、貴女だけに仕えているつもりで今日までやってきました。埼様、私と一緒に逃げましょう」

「渋谷……」

二人の足音が遠ざかっていく。

追うべきか、追わざるべきか。いずれにしても体が動かなかった。

私の推理と、彼女の自白は、ポケットの中のボイスレコーダーに録音できたが……。

目が霞む中、側に二つのものが落ちていることに気付いた。

一つは、見覚えのあるロケットペンダント。渋谷さんが落としていったのだろう。蓋が開いており、中の写真が見えた。京にそっくりな女性の写真だった。彼女の母親か。

もう一つは、血が付いた石。くそ、渋谷の奴、あんなもので私を殴ったのか。いい感じの空気で立ち去ったけど、やってることは犯罪じゃないか。頭を殴ったら死んでもおかしくないんだぞ。

結果的に私の目的は達成されたかもしれないけど、それとこれとは話が別だ。渋谷だけは絶対に許さない。いつか必ず復讐する……。

ダメだ、意識が遠くなってきた。

ブラックアウト。

「……いち！　らいち！」

誰かが私の名前を呼んでいる。

この声は——。
藍川さんだ。
来てくれたのか。
別の声がこう呟いた。
「やっぱり正夢だったんだ」
小松凪さんだった。それを聞いた私は、
——ああ、小松凪さんもあの夢を見たんだ。
と理屈の合わないことを考えた。
私は再び意識を失った。

18　戸田公平

五月五日、午前。

僕は突然釈放された。留置係は理由を教えてくれなかった。「啓蒙者」浦和も姿を見せない。

訳が分からず留置場を出た僕を待合室で待っていたのは、与野と、頭に包帯を巻いた赤毛の少女だった。少女の顔を見て僕は驚いた。黒髪三つ編みおさげにして、眼鏡をかければ、春日部そっくりではないか。逆井邸に忍び込む時、僕が見たのはこの少女だったのだろうか。

（後で聞いたところ、その推測は当たっていた。一度ベッドに入った後なのでメイド服は着ていなかったが、庭で物音を立てたのが館の住人だという事態を想定して、ウィッグと眼鏡を着けてからカーテンを開けたとのこと）

僕が彼女に目を奪われていると、与野がぺらぺらとしゃべり始めた。

「戸田さん、釈放おめでとうございます。あ、こちら、私の助手の上木さん」

「初めまして、上木です。よろしくお願いします」

と少女は頭を下げた。僕も頭を下げてから、与野に聞いた。

「どうして僕は釈放されたんですか」

「ええ、ええ、さぞかし気になっていることでしょう。もちろん説明いたしますが、ここじゃ何ですので、私の事務所に行きましょう」

与野の運転で、僕たちは与野法律事務所に行った。

僕と与野は向かい合うソファに座った。上木が緑茶を三つ持ってくると、自分も与野の隣に座った。

車も、事務所も、ソファもボロかった。繁盛していないのだろう。やはり第一印象がな……。

しかし僕が釈放されたということは、与野が凄腕だったという何よりの証拠ではないか。

「聞かせてください、与野さん。一体どんな魔術を使ったんですか」

だが与野はこう言った。

「魔術を使ったのは私ではありません。この上木さんです。ですから彼女から話してもらおうと思います」

この少女が——？　僕は驚いて彼女を見つめた。

彼女は一礼すると話し始めた。

「魔術の話をする前に、まず京さんの話をしなければなりません。あ、埼さんと言わないと分かりませんか。彼女は愛人の子なので――」

「その辺の説明は大丈夫です。京埼というフルネームや、家庭内での立場のことは、本人から聞いていますので。埼は家族のことをよく愚痴ってましたよ。三世とかの名前は、事情聴取に来た警視庁の刑事に聞いて初めて知ったんですけどね」

「それなら話しやすくて助かります」

彼女は続けた。

そして僕は知った。春日部が埼の親友だったこと。春日部が埼の異母兄にレイプされた上、埼の父親に殺されたこと。レイプを覗いてオナニーしていた僕も埼の復讐対象だったこと。埼が僕に体を許したのは、アリバイのためと、僕を性犯罪者にするためだったこと。あのベッドの下に第一の被害者がいたこと。埼が僕としている最中に彼の首を絞めていたこと。三人を殺害した埼があの冷酷な目のボディガードと逃走し、現在指名手配をかけられていること……。

さまざまな感情が一度に僕を襲った。埼に愛されていなかったどころか、憎まれていたという哀しみ。春日部と埼にひどいことをしてしまったという申し訳なさ。三世や二胡、東蔵の非道に対する怒り。埼が違う男と逃げたことに対する嫉妬。それらがぐるぐると回り、僕の胸を掻き乱した。

上木が一旦言葉を置いた。僕は話が終わったのかと思って言った。

「そうか、そうだったんですね……。でもそれで分かりましたよ。埼が僕とセックスしたのが犯罪目的だったから、それが無効になったわけですね」

「いいえ、違います」

「え？　ああ、じゃあ、警察と地検に圧力をかけていた東蔵が死んだからですか」

「それも違います。どちらの場合でも、あなたが十八歳未満とセックスしたという事実は変わらないので、釈放はされません」

「じゃあ……？」

そこで彼女は一枚の紙を出し、テーブルに載せた。逆井邸の図面だった。

「いいですか。私はさっき『埼さんはホールを歩いている時に館を回転させ、あなたを三世さんの部屋に案内した』と言いました。でも回転する部分は二つあります。彼女は上プロペラと下プロペラ、どちらを回したんだと思いますか」

「それは……。埼が二胡や東蔵の部屋に忍び込んだ時と一緒で、二階の各部屋――つまり上プロペラでしょう」

「本当にそうでしょうか？　下プロペラは二階のホールを含みます。二階のホールを歩いている時に、そこを回せば、本来とは違う部屋に誘導できるじゃないですか」

僕は図面を頭の中で回してみた。

「ああ、確かにそうですね。じゃあ、彼女が回転させたのは下プロペラだったんですか」

「いえ、埼さんとの会話を録音したボイスレコーダーを何度も再生して確かめましたが、彼女はどちらのプロペラを回転させたか明言していませんでした。そして彼女は逃げてしまったので、逮捕されて自供しない限り、どちらのプロペラだったのかということは分かりません。これがこの話のポイントなんです」

「……？」

「回転したのが上プロペラだった場合、三世さんの部屋が埼さんの部屋のところに来ることになるため、あなたは埼玉県で淫行したことになります。下プロペラだった場合、あなたたちが三世さんの部屋のところに行くことになるため、あなたは東京都で淫行したことになります。つまり現段階ではあなたが淫行した場所は不定なんです」

「……言っていることは分かりますが、それにどういう意味が？」

「これが殺人であれば、全国共通の法律が適用されるので、行為地が不定でもどっち

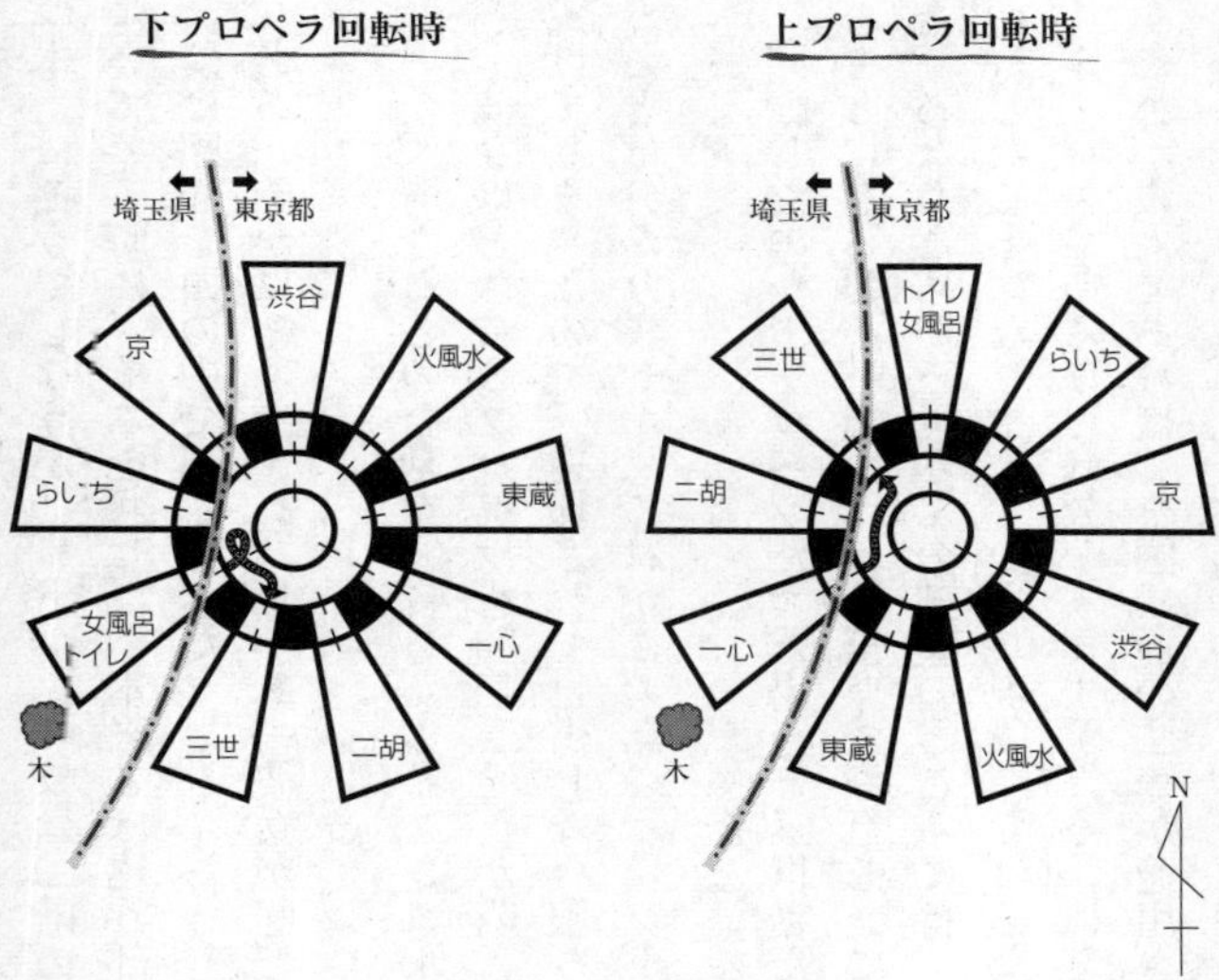

の警察が捜査するかで揉めるくらいなんです。でも青少年淫行は、犯行を行った都道府県ごとの条例が適用されるので、話が違ってきます」

ここで与野が勢い込んで口を挟んできた。

「ちょっと補足しときますと、青少年淫行も範囲に含める児童福祉法という全国共通の法律があるにはあるんですよ。あるにはあるんですが、それは親族関係とか師弟関係とか契約とか、そういった高い強制性がないと適用されないんですね。元々、児童福祉法で裁けないような軽度の淫行を裁くために淫行条例を制定したわけですから、条例で扱うべき案件に児童福祉法を持ち出すのは歴史に逆行しています。少なくとも十八歳と十七歳の自由恋愛に適用されるべき法律ではありません。だから条例だけを考えればいいとなるわけです、ええ、ええ」

上木が後を受けて話を続けた。

「さて今回のケースでは埼玉県と東京都、どちらの条例を適用するべきなのでしょうか。分かりません。行為地が分からないのだから当然ですね。この場合、あなたが、どの法に違反したという罪状が確定しないので、あなたを起訴することができないのです。誰もあなたを裁けないのです。だからあなたは釈放されました。このまま淫行条例の時効である三年間、埼さんが逮捕されず、どちらのプロペラが回されたのか判明しなければ、あなたは無罪です」

「ふほっ」と与野が奇声を上げた。「まさか上木さんあなた、その三年間の時間を稼ぐためにですね、わざと埼さんを逃がしたと、そういうわけじゃないでしょうね」

「まさか。単にミスっただけですよ」

上木は意味深な笑みを浮かべている。

一方、僕は別種の笑いがこみ上げてくるのを抑えられなかった。

「冗談ですよね。そんな言葉遊びが、人の一生を左右する国家の法に通用するわけないでしょう」

「法こそ言葉遊びの最たるものではありませんか」と上木は言った。「それに実例もあります。二〇一二年、飛行機の中でフライトアテンダントのスカート内を盗撮した犯人が逮捕されたのですが、最終的には釈放されてしまいました。飛行機は高速で複数の県を移動するため、行為地を特定できず、どの県の迷惑防止条例を適用するべきか確定しなかったからです」

「これはちょっと、何というか、ひどい話ですよね」と与野が言った。「国が早いとこ飛行機内の痴漢に対処できる法律を作ればいいのに、って思います。現状だとスチュワーデスには痴漢し放題ってことになっちゃいますからね」

「合意でない行為は、このらいちさんが許しません」と上木は胸を張った。

僕の中のもやもやは一向に晴れなかった。叫んだ。

「僕は愛する人とセックスしただけなのに、それが倫理的に正しくないとされて逮捕されたんですよ！　なら僕が釈放されるのは、それが倫理的に正しかったと認められた時でなければならないはずです！　なのに、館がどう回ったなんていう子供騙しな話で釈放されるのはおかしいじゃないですか！」

それに対して、上木は静かにこう言った。

「倫理的に正しいか正しくないかを語るなんておこがましいですよ。法的に正しいか正しくないか。あるのはただそれだけです」

彼女がどういうつもりでそんなことを言ったのか、その時の僕は分からなかった。

19　上木らいち

一週間後、私は階段から転落した火風水さんが入院している病院に行った。といっても彼女を見舞うつもりは毛頭ない。目的は一心である。

火風水さんが臥《ふ》せっている病室の外で、私は一心に頭を下げた。

「ごめんなさい、依頼を受けたのに犯人を逃がしてしまって」

「いえ、真相を解いてくれただけで充分です」

「そう言ってもらえると気が休まるのだけど」

私は一心の表情を窺った。この青年は気を遣ってくれているのだろうか。しかしそういうことではないようだった。

「こう言うと嘘っぽく聞こえてしまうかもしれませんが、犯人――埼のことは憎んでいないんです。確かに家族がたくさん殺されました。ですが彼らにも非があったし、何より埼も家族だ」

「そうですか。それを聞いて安心しました。あなたは優しい人ですね」

私は心からそう言ったが、その言葉が一心の顔を曇らせた。

「そんなことありません。俺は妹の助けになってやれなかった」

「自分を責める必要はありません。あの家の中で、あなたの存在は間違いなく彼女の心の支えになっていたはずです」

「そうでしょうか」

一心の顔は晴れない。私は彼の好きな話をすることにした。

「ところで執筆の方は順調ですか」

するとようやく一心は少し笑ってくれた。自信のなさそうな笑みだ。

「実は——この事件を題材にルポルタージュを書こうかと」

「へえ」

意外な言葉に思わず声が出た。だがすぐに当然の帰結と思えてきた。

一心がおずおずと尋ねてくる。

「不謹慎だと思いますか」

私はニッコリと笑って言った。

「いえ、とても強《したた》かだと思います」

大ニュースになった連続殺人事件。その遺族が事件のルポを書くとなったら話題を呼ぶだろう。推理作家志望者としては逃せないチャンスだ。

「もちろん口さがないことを言う人は出てくると思うけど、あなたは今後の逆井家を支えていかないといけない人間なんだから、使えるものは何でも使うといいと思います」

私の言葉で一心も自信が付いたようだ。

「はい、そのつもりです」

「それに、前言ってた『本格と社会派の新しい融合』というテーマにうってつけの内容ですもんね。名案ですね」

そこまで言ったところで、あることを思い出した。

「——と言いたいところですが、ごめんなさい、実は友達の推理作家もあの事件で一作書きたいみたいだったから、私いろいろ教えちゃったんです」

ミステリマニアの一心は案の定食い付いてきた。

「友達の推理作家？　それって誰ですか」

「ごめんなさい、名前は言えないの」

娼婦はお客様の個人情報を守る。

「でも外野が書くのと当事者が書くのとでは別ですし、出版社も乗ってくると思います。そうだ、お詫びに私の友達の編集者を紹介しますよ」

「えっ、編集者！　さすが名探偵、顔が広い……」

降って湧いたチャンスに一心は目を白黒させている。

「いえ、礼には及びません。頑張ってください。期待してます」

私は病室の方を見やった。

「そういえば火風水さんの具合はどう？」

「階段から落ちた怪我は大したことないんですが、精神的なショックが心配で」

一心も気遣わしげな目を病室に向ける。それを見て私は言った。

「お母さんのことが好きなんですね」

「え、いやあ、あんな母でも、僕に残された唯一の家族ですから」

一心は頭を掻きながら照れ笑いを浮かべた。私も微笑んだ。

「早く元気になるといいですね。私もまたお見舞いに来ようかな、香水たっぷり付けて。ふふ、なーんてね。二人で支え合って生きていくのよ。あ、従姉妹さんという味方もいるか」

「はい、彼女にはいろいろ助けてもらっています」

「彼女、名前は何とおっしゃるんですか」

「玉子《たまこ》と。本人は古い名前だと気にしていますが」

「いや、タマノスケさんの娘のタマコさんって、覚えやすくていいんじゃないかしら。そういえばタマコさん、『彼氏が逮捕された』って言ってたけど――あ、これは立ち聞きしていたわけじゃなくて、たまたま聞こえてきたんですけど――大丈夫だったんですか」

「玉子にちょっかいをかけてきた酔っ払いと喧嘩になって、しばらく留置場に入っていたんですが、結局不起訴で釈放されたとか」

「それは良かった」

「玉子の彼氏には俺も会ったことがありまして。ニワトリのトサカのように赤毛を逆立てていて、一見不良なんですが、話してみるとなかなかいい奴で」

タマコ（ゴ）とニワトリ。これもまた覚えやすい。私はそう思ったが、これは口にしなかった。

私は長椅子から立ち上がった。

「それじゃ私はこの辺で。例の件、編集者には伝えておきます」

「よろしくお願いします」

一心も立ち上がり、深々と頭を下げた。私はクスリと笑うと、その場を立ち去った。

私は病院を出ると、携帯の電源を入れた。

「さて、もう一人」

20　戸田公平

釈放されてから一週間くらい、僕は放心状態にあり、父に約束した受験勉強にも手が付かなかった。

そんなある日、上木が僕に電話してきて言った。

「私、援助交際してるんですけど、どうですか。通常五万円のところを、今なら厄落《やくお》としフェアで三万円に負けちゃいますよ」

援助交際だって？

僕は当然断ろうとしたが、厄落としという言葉にはハッとさせられるものがあった。確かにこのままだと、僕はまたトラウマに囚われて前に進めなくなる恐れがある。気持ちを切り替えるための儀式が必要かもしれない。

僕は彼女の誘いに乗ってみることにした。

休日の昼下がり、僕たちは駅前で待ち合わせた。

「それじゃ早速行きましょう」

上木はそう言うと、ホテル街の方に歩き始めた。

歩きながら僕は質問した。

「援助交際っていつもしてるんですか」

「それが仕事ですから」

「もしかして与野弁護士ともそういう関係なんですか」

「いえ、あの人はただの友達です」

彼女は澄ました顔でそう答えた。

僕たちはホテルに入った。

彼女はいたずらっぽい笑みを浮かべた。

「三つ編みのウィッグと眼鏡を着けて、しましょうか？」

「いや……バチが当たりそうだからやめときます」

「そう。それじゃ始めましょうか」

彼女は両手で僕の顔を挟み、唇を近付けてきた。しかしその時、僕はある男の言葉を思い出した。

「待った」

「どうしたの」

「その前に身分証を見せてもらえますか。十八歳以上か確認しないと」

彼女は苦笑し、学生証を見せてくれた。確かに十八歳以上だった。僕は納得すると、行為を再開した。

彼女とのセックスは素晴らしかった。自分の中の何かが抜けていくように感じた。もっとも、埼との初めてを上書きするほどではなかった。あれは本当にすごかった。恐ろしいほどの情念が籠っていたからだろう。今でも僕の中ではナンバーワンだ。しかし、この時「厄落とし」をしておいて良かったと思う。していなければ、僕は今も利用された男として鬱屈していたかもしれない。

ひょっとしたら、彼女はそれを心配して声をかけてくれたのかもしれなかった。

その後も数回、受験勉強のストレスを解消するため彼女を買った。

会合を重ねるにつれ、僕は徐々に彼女を理解していった。

彼女は援助交際をしているにもかかわらず――いや援助交際をしているからこそ、誠実なのだ。一晩五万円というルール。対価を払えば、彼女は必ずその分の愛情をくれる。そこに気が滅入るような男女の裏切りが介在する余地はないし、もちろんベッドの下に死体が隠されていることもない。契約に基づく関係は、どんな男女関係よりも清廉潔白とさえ言えるかもしれない。

──厳格に定められたルールこそが人間的である。

というフレーズが脳裏をよぎった。逆井一心が出版したあの事件のルポに書かれていた言葉だ。

本格ミステリは「倫理的に正しいかどうか」より「論理的に正しいかどうか」を重視するが、それは非人間的なことなのだろうか。いや、私は「厳格に定められたルールこそが人間的である」と考えている。

すでに述べた通り、今回の事件の陰には、一人の陥れられた少年がいた。彼を救うのに必要だったのは皮肉にも、倫理的な正しさを証明することではなく、論理偏重の法解釈だった。

回転する館という本格のルールにしてルーツが、現実社会のルールを侵食した結果、法が善悪を判断しないという矛盾が暴かれた。表面上、倫理を重んじているかのように振る舞っている現実社会も、実態は本格ミステリと同じ穴の狢《むじな》──論理で雁字搦めの世界だったのだ。

しかしこれは非人間的な社会に対する諦念ではない。私はむしろ、今まで無秩序だと思っていた現実に人間的な秩序が付与されてホッとしたのだ。私は自分の妹が傷付けてしまった少年が救われたことを、心から嬉しく思っている。

どうせ生きていかねばならない現実なら生きやすい方がよい。私も、私の母も生きている。そして今では、逃走中の二人もどこかで元気に生きていてくれたらよいなあ、と不思議なことに思うのである。

ルポはそう締め括られていた。

また、上木はこんなことも言っていた。

「私とあなたは似てるね」

「どうして」

「私は売春という犯罪を犯しているけど、罰則がないから処罰されない。あなたも犯罪を犯したけど処罰されなかった。なかま」

ここで彼女が言いたかったのは、処罰されなければ何をしてもいい、ということではないだろう。

僕は与野が、そして上木が言った言葉を思い出した。

――内容如何ではなく、それが法であるという事実が何よりもその正しさを証明しているという意味です。

――倫理的に正しいか正しくないかを語るなんておこがましいですよ。法的に正しいか正しくないか。あるのはただそれだけです。

青少年淫行や売春が倫理的に正しいか正しくないかなど関係ない。そこにはただルールがあるだけなのだ。無知を振りかざし、逸脱するなら獣である。ルールを掌握し、その上で自分の主張を通すのが人間的ということなのだろう。

僕の中で一つの考えが芽生えつつあった。

帰宅すると、僕は父に言った。

「志望校が――いや志望学部が決まったよ」

エピローグ　戸田公平

二十年後――。

僕が東京地裁の廊下を歩いていると、白髪の男とすれ違った。

「おい、戸田」

声をかけられた。

振り返ると、白髪の男は懐かしい人物だった。

「浦和さん」

彼は僕の胸元のバッジを睨み付けて言った。

「ふん、あの時のひよっこが弁護士とは偉くなったもんだぜ」

随分老けたが、憎まれ口は健在のようだった。

「浦和さんは相変わらずのようで安心しました」

「あ？　何だそりゃ嫌味か」

「とんでもない、昔の知り合いが変わってないと嬉しいものですよ。ところで、今日はどうして地裁に？」

「世間で話題の『淫行弁護士』を揺さぶるために呼ばれた検察側の証人さ」

検察が裁判員の心象を操作するため僕を攻撃してくるのは予想できていたので、別に驚かなかった。

「へえ、そうですか。僕なんかのためにわざわざ」

「あの時は館が回ったとかいうクソみたいな理由で起訴できなかったが、別にお前の罪が消えたわけじゃねえんだ。今日こそは目にもの見せてやるからな。覚悟しとけよ」

「お手柔らかに」そして付け加えた。「いろいろ教えていただきありがとうございます」

浦和はポカンと口を開けた。それから顔を背け、吐き捨てるように言った。

「まったく……弁護士って奴は変人しかいないのかねえ」

浦和はかぶりを振りながら立ち去った。僕はしばらくその背中を見送ってから、また歩き始めた。

接見室に行くと、分厚いアクリル板の向こうの椅子に、手錠をかけられた女性が座っていた。彼女は僕を見て少し微笑んだ。

僕は彼女に言った。

「いよいよですね、埼さん」

埼は二十年間逃げ続けたが、「匿名女性」の通報により、某県のボロアパートに独りでいるところを逮捕された。渋谷はというと、原因不明の腎虚で入院中だった。

僕は警官の立ち会いの下、病院のベッドで寝ている渋谷と対面した。渋谷は落ち窪んだ目でぼんやりと天井を見つめていた。かつて僕を射竦めた殺人者のごとき眼光はなかった。無理もない、あれから二十年経つのだ。彼ももういい歳だろう。

「渋谷さん、僕が分かりますか。戸田公平です」

しばらく反応がなかった。もう一度声をかけようとした時、渋谷の口が動いた。彼は天井を見つめたまま、空気を求めるように二、三度口をパクパクさせた後、掠れた声で言った。

「私は埼様を裏切ってしまった……。だがこの解放感はどうだ……。亡霊はようやく死んだのだ……」

まるでうわ言だ。逃亡生活のストレスが彼の精神を蝕んでしまったのだろうか。

だがそうではなかった。次の瞬間、彼は僕の方を向いた。その目にはあの頃とは別種の力強さが宿っていた。そして、しっかりとした口調でこう言った。

「戸田さん、もちろん覚えています。埼様はよくあなたのことを話していました。彼にひどいことをしてしまったと」

「埼さんが……」

渋谷は震える手を差し伸べた。

「戸田さん、誠に厚かましいお願いですが、どうか埼様を助けてあげてくださいませんか。真に彼女を救えるのはあなたしかいないと思うのです」

僕はその手を握った。見えない何かが受け渡された気がした。

「分かりました。僕に任せてください」

僕は埼の弁護に名乗りを上げた。注目された事件のため、弁護をやりたがる弁護士は多かった。けれども埼は僕を選んだ。

その時、僕は彼女に尋ねた。

「どうして僕を選んだんですか。自分で言うのも何ですが、弁護人がかつて関係を持った男――それもアリバイのために関係を持った男となれば、裁判員の目にはまるで共犯者二人が法廷に出てきたように映るでしょう。不利になる可能性が高いのに、どうして」

彼女は嘲笑を浮かべて言った。

「あなたへの復讐を完了するためよ。聞くところによると、あなた青少年淫行でに不起訴になったそうじゃない。そんなこと許さないわ。あなたも道連れにしてやる。法廷に引っぱり出して、『相手が人を殺している真っ最中であることにも気付かず淫行に耽っていた間抜けな男』だと全国に知らしめてやる。そう思ったのよ。さあ、私はこういうことを考えているわけだけど、どうする？　辞退するなら今のうちだけど」

「辞退はしませんよ」

「……どうして？　どうして自分を裏切った女の弁護をするわけ？　罪滅ぼしのつもり？」

「まさか。もう子供じゃないんだから、そんな感傷的な理由では動きませんよ。確かに僕は『間抜けな男』かもしれませんが、見方を変えれば『汚名を着てでも昔愛した女性を守ろうとする美談の主』です。僕には賛否両論集まり、多大な注目を浴びるでしょう。その状況で、あなたに有利な判決を勝ち取ったらどうでしょうね」

「要するに売名目的ってわけね」

「ええ。だからお互い気兼ねなく利用し合いましょう」

僕たちは揃って笑い声を立てた。

だが本当はお互い強がっていた。大人だからそれが分かった。

そして今日——。

答弁の最終確認をしてから、開廷まであと少しという時間になった時、埼がポツリと漏らした。

「一つ、聞きたいことがあるの」

部屋の空気が変わったことを感じながら、僕は言った。

「どうぞ」

「あなたはどうして、私の弁護をするつもりになったの」

「それは、最初に言ったように——」

「本当のことを言って！」埼の声は震えていた。「怖いの。私に勇気をちょうだい」

「それは……」僕の声も震えた。「それは——僕にしか分からないからですよ、埼さんの気持ちは！　埼さんを復讐に突き動かした想いの強さは！　あの夜、あなたの怒りを直接体に受けた僕にしか分からない！　僕にしかあなたの弁護はできませんよ！　僕はあなたがいつか捕まった時、その弁護をするため弁護士になったんだ——」

沈黙。

そこに埼の声が鳴った。

「百点」

「え？」

「今度はちゃんと私の心に響いたよ」

「埼さん……」

そこに刑務官が入ってきた。

「時間です」

埼は立ち上がり、僕に言った。

「さあ、行きましょう」

そして裁判が始まった。

半ばに差しかかった頃、世にも珍しい弁護人への個人攻撃が開始された。検事が三世殺しのアリバイトリックの説明にかこつけて、「戸田公平」が犯した淫行の詳細な内容と、その結果「戸田公平」が逮捕されたことを読み上げると、傍聴席からどよめきが上がった。彼らはテレビの報道などで事前情報を得ており、淫行弁護士「戸田公平」をこの目で見たいと集まったのだ。検事が真面目な顔でシックスナインと発声した時などは大いに盛り上がっていた。

検事は傍聴席の方を一瞥したが、口は止めず、声量のみ上げた。

その事務的な状況説明が、かえって鮮やかに記憶を呼び起こしてくれる。

あの時僕が埼を抱いたこと。

それが法に背く行為だという認識は、もちろん今ではある。

にもかかわらず、僕は今でも、自分が間違ったことをしたとはこれっぽっちも思っていないのだ。

間違ったことをしていない人間を誰が裁けるだろうか。

いや——誰も僕を裁けない。

逮捕されたばかりの頃、僕はそう考えていた。

だが司法の考えは違った。法は「行為地の条例しか適用できない」という原則通りに機能した。その結果が「行為地不定による罪状不定で不起訴」という、思わず笑ってしまうほど馬鹿げた話だった。

誰も僕を起訴できない。誰も僕を裁けない——結局、僕が最初に出した結論は動かなかったわけだ。その意味するところは正反対だが。

僕の想い、彼女の考え、二人を取り巻く状況。そういった一切合切を無視し、法の字面だけを追う。それが司法か。正義か。ならばそんなものに意味はない。

と声高に叫んでみたところで、今行われている裁判にはもちろん何の影響もない

――そう、これは埼の殺人を裁く裁判なのだから。

だから、いくら検事に論《あげつら》われようと、いくら傍聴人に嗤《わら》われようと、僕は埼の弁護に集中しよう。

今は、誰も僕を裁けない。

僕は、不当に彼女を裁かせない。

あとがき

早坂　吝

（このあとがきにはネタバレが含まれます。必ず本編を読了後にご覧ください）

まず最初に謝罪をしなければなりません。本作ノベルス版には法律上の誤りがありました。

①誤：戸田の刑事処分を検討するのが検察。
正：十八歳の戸田は少年法の対象となるため、一旦検察が取調べをした後、家庭裁判所に送致される。ただし家庭裁判所が逆送をすれば、再び検察の案件となる。
②誤：二人の犯人によるレイプを、被害者自身が被害届を出さないと立件できない親告罪と書いた。
正：複数犯の輪姦は親告罪ではない。なお単独犯の強姦については、ノベルス版刊

行当時は親告罪だったが、二〇一七年に親告罪ではなくなった。
③誤：犯行時十八歳未満だった者に死刑判決が下る可能性のある描写があった。
正：犯行時十八歳未満だった者に死刑相当の判決を下す場合は、代わりに無期刑とする。

推理部分に影響はありませんが、世間に出回る書物に間違った記述をしてしまったことを、誠に申し訳なく思っております。この文庫版では右三点を修正した他、いくつかの伏線・ミスリードを追加しています。

さて、本作は『〇〇〇〇〇〇〇殺人事件』『虹の歯ブラシ　上木らいち発散』に続く上木らいちシリーズの三作目です。講談社ノベルスでは『双蛇密室』という四作目も出ています。

このシリーズは原則、どれから読んでも楽しんでもらえるよう、推理小説としては一冊で完結することを心がけています。しかし、らいち・藍川・小松凪といったレギュラーキャラの関係性が巻を跨《また》いで進展することはあります。

『虹の歯ブラシ』を読まれた方の中にはひょっとしたら、前作のラストと本作は繋がっていないのではないか、路線変更か、と思う方もいらっしゃるかもしれません。しかしちゃんと繋がっていますし、前作で書いたことは何一つ放擲《ほうてき》していません。むしろ本作は『虹の歯ブラシ』と同一のテーマを扱っているため、「二次の虹」と呼んでもいいくらいです。

本作が『本格ミステリー・ワールド2017』（南雲堂）の「読者に勧める黄金の本格ミステリー」に選ばれた際、私は自作解説としてこう書きました。

——二作品は論理偏重主義がかえって不定解を導き出す点で共通している。しかし『虹の歯ブラシ』が天かける虹のように現実の地表から遊離していたのに対し、本書は人が統治する現実の大地に足を着けたスタンスで書いた。

したがって、多くの方には本作の方が身近で馴染みやすいかもしれません。一方、私のように「現実なんてクソ食らえ」と思っている人間は『虹の歯ブラシ』の方が好きでしょう。

もっとも本作にも、現実に向かって特大のクソを投げ付けるような部分はあります（私の作品は概《おおむ》ねそうですが）。この作品が社会派だとはちっとも思わないという読者も多いと思いますが、私は「引きこもりの視点から見た社会」を書いているつもりです。社会という我が物顔に幅を利かせている強大な存在に対して、私と同じような孤独を感じている方には、きっと届くはずだと信じています。

青少年淫行については前々から関心のあるテーマでした。十八歳未満の少女と淫行した有名人が逮捕されて失脚する一方で、少女の方には何の罰則もないことに理不尽を感じます。同様に理不尽なテーマとして痴漢冤罪がありますが、あちらには『それでもボクはやってない』という有名な先行作品がありますので、それの淫行版をらいちシリーズでやろうと思っていました。

しかし具体案は思い浮かばないでいる折、ある本格ミステリ大賞受賞作品を読みました。その瞬間、『誰も僕を裁けない』のプロットがほぼ完全な形で脳内に浮かび上がってきたのです。

……このように書くと、あたかも私がその作品を丸パクリしたみたいですが、そうではありません。信じてください。

その作品と本作の間に共通点はほとんどありません。にもかかわらず、その作品は触媒となり、私の脳内に不思議な化学反応を起こしたのです。推理小説には時々そういうことがあります。作り手側もしばしば驚かされる不思議なパズルです。

そういった経緯で完成したこの作品が、奇しくも二〇一七年度の本格ミステリ大賞の候補に選ばれた時は、運命的なものを感じざるを得ませんでした。残念ながら受賞はなりませんでしたが、候補に選ばれたことは私に大きな自信を与えました。その作品の本格スピリットを少しでも受け継げたのかなと思うと嬉しいです。

さっきから「その作品」「その作品」ってうるさいけど、どの作品だよ！　と思われるかもしれませんが、作品名は明かしません。大賞を受賞できなかった私が過去の大賞作品の名を挙げるのもおこがましいですし、何より先方に変な色を付けたくない。すべての作家は各自の責任においてセルフブランディングを行っているのであり、その領分を他の作家が侵すのは良くないという考えです。

——と、ここまで書いたところで、これでは将来の自分の言動を縛りすぎて息苦しいなと感じました。講演会とかでうっかり口を滑らせてしまう可能性も無きにしもあらずですから、「今のところは作品名は伏せる」程度の表現に留めておきます。

万が一気になる方がいれば、大賞受賞作品を読破し、どの作品がそうなのか推理してみるのも面白いでしょう。どれも素晴らしい作品ばかりですから、きっとあなたの本格力も向上するはずです。なお私は読破していないので、「その作品」よりもっと本作に似ている作品がある可能性は否定できません。

あと本作について感じていることは、登場人物が割と全員好きで感情移入できたので、私の作品の中では比較的勢いのある文章を書けたのではないかなということです。特に浦和刑事が大好きで、辛く苦しい後半を一気呵成に書き切れたのは彼のおかげです。ありがとうございます、浦和さん。

なお、彼が言っていた「ノンアルコールビールを四缶飲むだけで飲酒運転になる」というのは商品によります。最近の商品は完全にノンアルコールのものも多いですが、過信せず度数のチェックは怠らないようにしましょう。

最後になりましたが、現実社会の人々にも感謝を申し上げたいと思います。お忙しい中解説を書いてくださった辻真先さん、担当編集者さん、そして本作に関わったすべての方々へ。ありがとうございました。

解説

辻真先（作家）

『〇〇〇〇〇〇〇殺人事件』にはじめて接したときは、面食らった（〇の数合ってますか？）。読み終えて実に面白く、だが考えこんでしまった。大丈夫かよこのひと一発屋じゃないだろうな面白すぎるぞ。

長年ミステリ読者をつづけて疑い深くなったぼくだが、そんな上から目線の推測はみごとに外された。次作、次々作と読んで本作にいたり、降参した。

率直な感想は「一筋縄ではゆかない作品だぜコリャ」というものだ。主役戸田公平《とだこうへい》の視点と、シリーズを通してのヒロイン援交探偵上木《かみき》らいち視点の章が、交互に編まれて物語は進行してゆく。なるほど一筋縄ではない、二方向から立体構成された作品だ——なんて、わかりきったことをいうのではない。

仮にあなたがミステリ処女の読者であっても、開巻早々掲げられた邸《やしき》の見取り図を見ればピンとくるに違いない。

作中で館の全貌を把握した探偵役も思案している（いかにも○りそうな形だな）。ぼくもそうだが、ピンときたとたん邸の仕掛けに気をとられて、より大きな仕掛けが盲点にはいってしまった。念を押すが、二本の縄という作劇そのものに、ミステリならではの大トリックが潜んでいるのであって……。

ウーム。どう書いてもネタバレになりそうだな。

キー打つ指をいったん止めた。決して評者が意地悪なのではない（少しはあるか）。未読のあなたなら、らいち探偵と肩をならべて本作の謎に挑む特権がある。すでに読み終えた評者からすれば、実はまことに羨ましい境地なのだ。ただし一度読めばそれでオワリといった底の浅い謎ではない。再読し三読してこそわかる伏線が、大小入り乱れてトリックの根幹を支えている。たとえばあなたはきっと引っかかるだろう、……。

おっと危ない危ない。またもネタバレを演ずるところだ。

ぼくだけではあるまい、ミステリの解説を書く度にストレスを亢進させる評者は。その作品が優れていればいるほど、欲求不満には上限がない。頭に血がのぼったついでに、いっそ評者の看板を下ろし、読者の立場から書き直すとしよう。

公平くんの章は概してマジメな肌触りだ（実はプロローグからして事実誤認の演出

なのだが、ぼくはまったく気づかなかった)。そして第1章で話はたちまち核心に突入する。ものの5ページとめくらぬうちに、健全な青少年なら下半身の一部に変化が生ずるはずだ。

ここでらいちの視点の章に転ずると、いやもう調子いいったらない。「私はいい子、真面目な子」と本人がいってるから世話はないのだ。いかなるナンパも受け付けず、娼婦の天職に励む美少女高校生らいちに、多額の給金を保証するからメイドになれという封書が届いたとたん、彼女と読者の前に特大の疑似餌が泳ぎ寄ってくる、このテンポ。

かくて同時異種のスタートダッシュが競い合い、みるみる読者は話の渦にまきこまれる。公平編では、埼《みさき》と名乗る少女に誘われ淫々妖々の境地に陥り、らいち編では不可解な家族にまじってメイド業に励み、アラアラという間もなく第一の殺人現場に立たされるから忙しい。

そもそも本格ミステリを名乗る作品は、フェアな展開を心がけて伏線を張りまくるので、つい本命の事件発生が後手に回る。だが本作はそうではない。読者騙しのテクを連発しながら、快適な読み心地。たいていのすれっからし読者(ぼくも)でも、怒濤の勢いに押されて目つぶしを食らわされる。

一筋縄でゆかないのは、設定同様キャラクター群もそうだ。好感のもてる人物と見せかけながら正体は薄闇に紛れ、怪しげな奴が怪しくなくて、地味子が隠れた魅力を秘めていて、凝りに凝った人物像を披露するではないか。

事件もキャラ（警察側の人物まで）も絢爛《けんらん》たる迷彩を纏《まと》っているから、哀れな読者はミスディレクションの底無し沼へ引きずり込まされる。とっくに赤ニシン（レッド・ヘリング）を銜《くわ》えさせられたのも気がつかず、謎解きがはじまってから改めて狼狽したはずである。

読み返して無理もないと嘆息する。コアとなる殺人場面には、時間的にも空間的にも二重三重の奸計が用意されていたのだもの。

だが、と前記の拙文にもどるが、ぼくが未読の読者を羨ましく思うのはコレなのだ。ミステリ読者の醍醐味は、このスカッとした騙され気分にあるのではないか。本格ミステリ小説はパズルでもクイズでもない。思いがけぬ角度から水も漏らさぬ犯罪計画を展開され、それがあなたの理に適い、知を満たし、情に訴えられて、「うーン、やられた」「そんな手があったのか」「参ったなー」と気分よく納得できたとすれば、なんと素敵なカタルシスではないだろうか。

古今東西数多い本格ミステリの名作は、原則としてこの「やられた」気分を提供してくれる。エンタメに必須の知情理あわせた陶酔と充足が、ここにはある。ぼくはミステリ読みの初心者だと仰るなら、あなたの前に開かれた本格の沃野《よくや》は、目がくらむほどに広い。なんと素晴らしいことではありませんか。

　はじめてミステリを読んだ八十年昔からの読者歴に比べ、作者歴はずっと新しいけれど、ぼくの本業には違いないので、以後は作者の肩書で書かせていただこう。

　十分に練り込まれたミステリの読後感は複雑で、一言ではいいきれないものがある。ただやられただけではない。

　そうか、そんな見方があったのか！

　思いがけない真実をさらけ出され、素直に白旗を掲げて、いっそすがすがしい気分になったことがおありではないだろうか。

　正邪ふたつの語彙で割り切って字余りがない探偵小説に、識者は眉をひそめて非難したものだ。

「これは単なるミステリでしかない」

　その度に腹が立った。

「ぼくは単なるミステリが読みたかったんだ」

　かつての常套句に、いまは一定の理解ができるようになった。

　字余りがないから読後感はキッパリ切断される。ああ面白かった、ハイお次。秒速で消耗される現代の娯楽。

書き手も読み手もそんなもんだと納得して、せっせと書き続け読み続けるのだが、人間とは妙なものである。いつかなにかの弾みでヒョイと思い出し（ああ、そんな考え方もあったんだよな）、心の襞《ひだ》に滲みこんでいた作品の想い。

投網でリンゴを収穫するのはお門違いだ、ミステリにそれ以外の果実を期待するのは贔屓《ひいき》の引き倒しと思っていたのに、考えが変わってきたのです。ミステリという漁場を、書き手側からわざわざせばめる必要なんかない。釣り糸を垂らして、イキのいいリンゴや、脂の乗ったバナナがとれるなら、それも結構なことではないか。

遠くは新本格ミステリブームで旗をあげ、近くはメフィスト賞から飛び出た作家のみなさんに、目覚ましいばかりの新ミステリの誕生を期待したいのだ。

なにがいいたいかといえば、もちろん本作が書かれた意義だ。新書版のカバーに書かれたコピーを一瞥して、ぼくはたまげた。

「エロミスと社会派を融合させた」！

一過性のアイデアでなかったことは、作中の推理作家志望者にこう語らせていることでもわかる。「次に挑戦したいのは、本格と社会派の融合——の新しい形というか」

さらにつづく彼の言葉「本格のルールが現実社会のルールをも侵食」するに至って、ぼくは唸った。

作者としてシャシャリ出るのをご勘弁願うとして、実は今年の夏に発刊予定の近作が、まさに「本格だが社会派ミステリ」を狙っていたのだ。

決して本作のパクリじゃありませんよ。お化け屋敷じみた戦前の探偵小説で育ったぼくは、いつか本格お化け屋敷社会派ミステリを書きたかった。目下ゲラ直しの最中だが、ここで「本格のルールが現実社会のルールをも侵食」する一文を再読して、ガーン！　であった。遠くその境地に及ばないと知って唸ったのである、おのれ（恥ずかしいから書名は省略）。

最後にもう一度、解説に看板を掛け直して書き添えます。文庫化にあたっては、作者自身のあとがき通り、必要な改訂がほどこされているが、同時に新たな伏線と回収が加筆され、新しい驚きと整合性が付与されたことも申しあげる。もっともその箇所がわかるのは新書版の読者限定だから、ぜひ知りたいあなたたなら、文庫と並行して新書もお求めになるよう、作者と講談社に代わってお願いしておきましょう。

（二〇一八年五月二十三日）

本書は、二〇一六年三月に講談社ノベルスとして刊行されました。
文庫化に際し加筆修正を行っています。

|著者|早坂 吝　1988年、大阪府生まれ。京都大学文学部卒業。京都大学推理小説研究会出身。2014年に『○○○○○○○○殺人事件』で第50回メフィスト賞を受賞し、デビュー。同作で「ミステリが読みたい！2015年版」（早川書房）新人賞を受賞。他の著書に『虹の歯ブラシ　上木《かみき》らいち発散』『RPGスクール』『誰も僕を裁けない』（本書）、『アリス・ザ・ワンダーキラー』『双蛇密室』『ドローン探偵と世界の終わりの館』『探偵AI《アイ》のリアル・ディープラーニング』がある。

誰《だれ》も僕《ぼく》を裁《さば》けない

早坂《はやさか》 吝《やぶさか》

© Yabusaka Hayasaka 2018

講談社文庫

定価はカバーに
表示してあります

2018年7月13日第1刷発行
2019年4月1日第3刷発行

発行者——渡瀬昌彦
発行所——株式会社　講談社
東京都文京区音羽2-12-21　〒112-8001
電話　出版（03）5395-3510
　　　販売（03）5395-5817
　　　業務（03）5395-3615

デザイン—菊地信義
製版———凸版印刷株式会社
印刷———凸版印刷株式会社
製本———株式会社国宝社

Printed in Japan

落丁本・乱丁本は購入書店名を明記のうえ、小社業務あてにお送りください。送料は小社負担にてお取替えします。なお、この本の内容についてのお問い合わせは講談社文庫あてにお願いいたします。
本書のコピー、スキャン、デジタル化等の無断複製は著作権法上での例外を除き禁じられています。本書を代行業者等の第三者に依頼してスキャンやデジタル化することはたとえ個人や家庭内の利用でも著作権法違反です。

ISBN978-4-06-512150-4

講談社文庫刊行の辞

二十一世紀の到来を目睫に望みながら、われわれはいま、人類史上かつて例を見ない巨大な転換期をむかえようとしている。

世界も、日本も、激動の予兆に対する期待とおののきを内に蔵して、未知の時代に歩み入ろうとしている。このときにあたり、創業の人野間清治の「ナショナル・エデュケイター」への志を現代に甦らせようと意図して、われわれはここに古今の文芸作品はいうまでもなく、ひろく人文・社会・自然の諸科学から東西の名著を網羅する、新しい綜合文庫の発刊を決意した。

激動の転換期はまた断絶の時代である。われわれは戦後二十五年間の出版文化のありかたへの深い反省をこめて、この断絶の時代にあえて人間的な持続を求めようとする。いたずらに浮薄な商業主義のあだ花を追い求めることなく、長期にわたって良書に生命をあたえようとつとめるところにしか、今後の出版文化の真の繁栄はあり得ないと信じるからである。

同時にわれわれはこの綜合文庫の刊行を通じて、人文・社会・自然の諸科学が、結局人間の学にほかならないことを立証しようと願っている。かつて知識とは、「汝自身を知る」ことにつきていた。現代社会の瑣末な情報の氾濫のなかから、力強い知識の源泉を掘り起し、技術文明のただなかに、生きた人間の姿を復活させること。それこそわれわれの切なる希求である。

われわれは権威に盲従せず、俗流に媚びることなく、渾然一体となって日本の「草の根」をかたちづくる若く新しい世代の人々に、心をこめてこの新しい綜合文庫をおくり届けたい。それは知識の泉であるとともに感受性のふるさとであり、もっとも有機的に組織され、社会に開かれた万人のための大学をめざしている。大方の支援と協力を衷心より切望してやまない。

一九七一年七月

野間省一